한국 왕권신화의 계보

▌김화경

　　1947년 경북 상주에서 태어났다. 1971년 서울대학교 문리대학 국어국문학과를 졸업했다. 1981년 일본 쓰쿠바대학 대학원에서 〈한·일 설화의 비교연구 – 실꾸리형 뱀사위영입담을 중심으로 한 고찰〉로 석사학위를 받았고, 1988년 같은 대학 대학원에서 〈한국설화의 형태론적 연구〉로 박사학위를 받았다.

　　영남대학교에서 30여 년 동안 국어국문학과 교수로 재직했다. 현재 영남대학교 명예교수이다. 제25회 두계학술상과 제57회 3·1문화상 학술상을 수상했다.

　　대표저서로 《재미있는 한·일 고대 설화 비교분석》, 《한국 신화의 원류》, 《한국의 설화》, 《일본의 신화》, 《북한설화의 연구》, 《독도의 역사》, 《세계 신화 속의 여성들》, 《신화에 그려진 여신들》, 《얘들아 한국신화 찾아가자》, 《선녀와 나무꾼》 등이 있다.

▌한국 왕권신화의 계보

초판 1쇄 인쇄　2019년 5월 13일
초판 1쇄 발행　2019년 5월 20일

지은이　김 화 경
펴낸이　김 경 희
펴낸곳　**지식산업사**
　　본 사　10881, 경기도 파주시 광인사길 53(문발동)
　　　　　　전화 (031)955-4226~7　　팩스 (031)955-4228
　　서울사무소　03044, 서울시 종로구 자하문로6길 18-7(통의동)
　　　　　　전화 (02)734-1978,1958　　팩스 (02)720-7900
등록번호　1-363
등록날짜　1969년 5월 8일
누 리 집　www.jisik.co.kr
전자우편　jsp@jisik.co.kr

ⓒ김화경, 2019
ISBN 978-89-423-9066-3 (93810)

한국
왕권신화의
계보

김화경 지음

지식산업사

이 저서는 2014년 정부(교육부)의 재원으로 한국연구재단의 지원을 받아
수행된 연구임 (NRF-2014S1A6A4026085)

살아온 역정을 정리하는 작업이 결코 간단한 일은 아니다. 특히 평생 학문을 한답시고 책을 붙들고 살아온 사람으로서 자신의 연구를 총체적으로 정리한다는 것은 더욱 어려운 일이 아닐 수 없다. 이는 관심 분야가 한곳에 머물지 않고, 변화해 가는 것과도 무관하지 않다. 다시 말해 연구 대상이 때에 따라 바뀔 수 있기 때문에 자기가 추구해 온 학문적 결과를 정리하기가 쉽지 않다는 것이다.

필자도 예외가 아니었다. 한때 '독도' 연구에 매몰된 적이 있었다. 이것은 일본 측 주장의 근거나 그 사료史料는 검토하지 않은 채 반일 감정에만 호소하는 연구를 지양해야 한다는 생각에서 시작한 것이었다. 그때의 연구를 모아 《독도의 역사》와 《독도의 역사지리학적 연구》란 책으로 간행한 바 있다.

비록 이렇게 잠시 외도를 하기는 하였으나, 필자의 일관된 관심은 한국의 왕권신화를 총체적으로 정리하는 것이었다. 정년 이후에야 이 소망을 이룰 수 있었다. 그 결과를 취합한 것이 이번에 상재上梓하는《한국 왕권신화의 전개》와《한국 왕권신화의 계보》이다. 그러므로 이 두 권의 책은 필자의 40여 년 연구 역정이 응결된 결실이라고 해도 좋을 듯하다.

그러나 이렇게 정리하는 데 망설이지 않을 수 없었다. 무언가 새로운 가설을 제시한다는 것이 결코 쉬운 일은 아니다. 그렇다고 완벽한 연구를 하기 위해 언제까지 미루어 둘 수도 없는 노릇이었다. 고희를 넘긴 나이에 어떤 과제를 완전하게 해결한다는 것은 가능한 일이 아니기 때문이다.

그때 호카트A. M. Hocart, 1883~1939의 말을 떠올렸다. 그는《왕권Kingship》이라는 자신의 저서 서문에서, "완벽한 것을 얻지 못했다고 해서 공표하지 않는 학자가 칭찬의 대상이 되는 일이 있다. 그런 사람은 학자로서 존재할 가치가 없다. 그는 자기 분야에서 역할을 다하지 않고 있기 때문이다. 그렇게 하는 것이 그의 이상주의에 따른 것이든 나태懶怠에 따른 것이든 결론은 마찬가지이다. 과학의 분야에서든 또한 정치, 경제, 전쟁의 분야에서든 위험을 무릅쓰지 않는 자는 어떠한 것도 이룰 수 없다. 조심하는 것은 좋지만, 그렇다고 겁을 내서도 안 된다."고 언급하였다.

호카트는 왕권 연구에 괄목할 만한 족적을 남겼다. 하지만 자신의 견해가 완벽하다고 보지 않았기에, 쏟아질 비판을 감수하겠다는 각오를 이렇게 표현했던 것이 아닌가 한다.

그의 이러한 말을 인용한다고 해서 필자가 호카트에 맞먹는 연구 결과를 내어놓는다는 뜻은 아니다. 단지 완벽하지 못한 결과이지만 나름대로 최선을 다한 것이기 때문에 발표한다는 단순한 마음에서다.

그래도 여전히 망설임이 없을 수 없다. 이 책에서 제시한 프레임이 정말 학계에서 인정받을 수 있을까 하는 의문이 아직까지도 가시지 않는다. 일본의 미시나 아키히데三品彰英, 1902~1971가 왜곡한 한국 신화 연구의 큰 틀을 어떻게든 극복해 보겠다는 일념에서 무리한 시도를 감행했는지도 모른다. 혹이나 미진하거나 부족한 부분에 대해 후학들의 비판과 질정叱正이 있다면 서슴지 않고 수용하고 수정하겠다는 의지에는 변함이 없다.

이 책을 출판하기까지 많은 사람들의 도움을 받았다. 이 자리를 빌어서 감사를 뜻을 전한다. 특히 어려운 여건 아래서도 항상 따뜻한 격려의 말씀을 아끼시지 않으시며 기꺼이 출판을 승낙해 주신 지식산업사 김경희 사장님께 고맙다는 인사를 드린다. 또 하나하나 원전을 확인하며 치밀하게 교정을 보아 주신 맹다솜 님에게도 진심에서 우러나오는 감사의 뜻을 전한다.

2019년 5월
백자산 자락 서재에서

김 화 경

韓國

한국
왕권신화의
계보

일러두기

1 단행본은 겹화살괄호(《 》), 단행본의 일부와 논문은 홑화살괄호(〈 〉)로 묶었다. 《가락국기》는 일실된 원전을 말할 때는 겹화살괄호를 쓰고 《삼국유사》에 발췌 기록된 부분을 가리킬 때는 홑화살괄호를 사용하여 혼용된 곳이 있다.

2 주몽 신화처럼 인물이나 지역에 얽힌 신화는 앞말과 띄어 쓰고, 이 밖에 천강신화·난생신화 등 하나의 유형으로 분류한 신화는 전문용어로서 붙여 적었다.

3 역자를 따로 밝히지 않은 일본어판 자료의 내용은 지은이가 직접 옮긴 것이다.

4 한자는 처음 나오는 곳에 한 번만 병기하였으며 간자·통자 등은 가능한 한 정자로 바꾸었다. 필요하다고 생각되는 곳에는 다른 언어도 나란히 적었다.

5 외국어 표기는 국립국어원의 외래어 표기법 및 용례를 따랐다. 다만 고전을 제외한 일본어 문헌은 먼저 한국어로 옮기고 한자와 가나를 같이 썼다. 중국어의 경우 근현대 인명도 모두 한국식 한자음으로 적었다.

6 인용자 주 표시가 없는 인용문의 주는 원저자의 것이다. 각주는 모두 지은이의 주다.

신화란 "세계와 인간, 문화의 기원을 서술하는 것으로, 그렇게 함으로써 오늘날 존재하는 세계에 근거를 부여하여 사람들에게 삶의 모델을 제공하는 이야기"[1]를 가리킨다. 하지만 과학이 발달한 현대 사회에서 과연 이런 이야기가 존재한다고 할 수 있을까? 무엇이든지 합리적으로 생각하는 현대인들이 이와 같은 신화의 정의를 그대로 받아들일 수 있느냐는 의문이 드는 것은 어쩌면 당연한 귀결일지도 모른다.

그러나 신화가 그 기능을 수행하는 사회가 오늘날까지도 남아 있다. 그런 전통적인 사회에서도 신화에 이러한 의문을 제기할 수 있을까? 그들은 아직까지 신화를 하나의 전범典範으로 여기면서 생활하고 있다는 것을 상기할 필요가 있다.

---

1   松村一男·吉田敦彦,《神話とは何か》, 東京: 有斐閣, 1987, 3쪽.

이런 예는 외국에서만 발견되는 것이 아니라, 얼마 전까지만 해도 한국에서도 찾을 수 있었다. 한 예로 제주도 서귀포 본향당本鄕堂에 전하는 그 당의 주재신에 얽힌 본풀이에는 마을 사이의 혼인 규제에 대한 근거가 마련되어 있다.

> 고산국이 성을 내며 뽕게를 날리니 학탐에 이르고 일문관 바람운이 활을 쏘니 문섬(蚊島) 한돌로 일으럿다 거게서 고산국 말이 무가내하無可奈何요 나는 학담을 경계하야 서홍골(西洪里)을 전양 차지할 터이니 당신내란 문섬 이북 우알 서귀西歸를 차지로 들어가되 서홍리 사람이 동홍리東洪里 혼인 못하고 동홍리 인간이 서홍리 혼인 못하고 동홍리 당한(巫堂)이 서홍리 못 가고 서홍리 당한이 동홍리 못 갈 테이니 그리 알시요[2]

여기에서 고산국은 자기 동생과 눈이 맞아 도망을 친 남편 바람운과 다시 만나 심방[무당]의 관할권을 설정하고, 서홍리와 동홍리 사이 혼인을 금지하는 혼인 규제 제도를 확립하였다. 이것은 이들 마을 사이에 이미 존재하던 혼인 규제에 대한 근거를 제공한 것이라고 할 수 있다.

이와 같은 심방의 관할권 규정과 혼인 규제는 이 지역 주민들이 지켜야 했던 일종의 관습법이었다. 본풀이가 이렇게 동홍리와 서홍리 사람들의 삶을 제약하는 근거를 제공한 것은 이것

2　秋葉隆·村山智順 共編,《朝鮮巫俗の研究》上, 東京: 大阪屋號書店, 1937, 353 ~354쪽; 제주특별자치도, "서귀본향당본푸리(T_M_038)", 제주특별자치도 제주문화원형/설화편, 〈https://www.jeju.go.kr/files/ebook/cul-ebook/001/1926/T_M_038/e-book.html#p=1〉, (2019.4.18.) 참조.

이 그들의 생활과 직접적으로 연관되어 있었음을 나타낸다. 다시 말하자면 신화가 서귀포 사회의 규범으로 작용하던 시대에는 그것이 주민들 삶의 모델이 되었다는 것이다.[3]

현대 사회는 신화가 생활의 전범으로 통용될 수 없을 정도로 합리성을 추구하고 있다. 그렇지만 이처럼 과학이 발달한 사회라고 하더라도, 인간의 의지로 해결할 수 없는 문제들이 제기되는 것은 어쩔 수 없는 현실이 아닐까? 이런 처지가 되면 인간은 '신神'이라는 관념과 종교라는 세계관을 생각하지 않을 수 없게 된다. 신이라는 존재가 인간 사회의 불가항력적인 모든 일을 관장한다고 믿지 않을 수 없게 된다는 것이다.

인류 사회에서 형성된 '신'의 관념과, 국가라는 통치 조직이 갖추어지면서 출현한 '왕'의 관념 가운데 어느 쪽이 먼저 성립되었을까 하는 의문에 대해서는 아직까지 명확한 답을 얻지 못하고 있다. 종교학이 발달한 현재까지도 신의 관념이 먼저 형성되었는지, 아니면 왕의 관념이 먼저 형성되었는지를 구명하지 못한 것이다.[4]

이렇듯 왕에 대한 숭배는 인류 역사와 더불어 시작되었던 것 같다. 이는 인간 사회가 조직화되면서 정당하고 정통성을 지닌 통치자에 대한 복종이 절대적으로 필요했음을 말해 준다.

---

3 김화경, 〈서귀포 본향당 본풀이의 구조분석〉,《구비문학》5, 성남: 한국정신문화연구원, 1981, 48~49쪽.

4 A. M. Hocart, *Kingship*, London: Humphrey Milford for Oxford University Press, 1927, pp.7~8.

이와 같은 지배 논리를 바탕으로 창출된 것이 바로 왕권신화王權神話다.

이러한 왕권신화가 과연 어디로부터 들어왔느냐 하는 문제가 고대 국가의 성립과 그 문화의 성립 과정을 재구하는 데 매우 중요한 역할을 한다는 것은 두말할 나위도 없다. 두루 알다시피 신화는 그것을 만들어 낸 집단의 무의식을 반영한다. 그런 집단 무의식의 형성에 직접적이든 간접적이든 영향을 미치는 것이 그들이 향유하던 문화이다. 그러므로 어떤 집단이든 그들이 가지고 있는 신화의 창출에는 그 삶과 문화가 반영되기 마련이다.

그런데도 한국 신화학계는 지배 계층의 신화가 어떤 문화와 복합되어 이 땅에 유입되었는가 하는 문제에 대해 별다른 관심을 보이지 않고 있는 듯하다. 단지 몇 개의 중요한 신화들, 이를테면 단군 신화檀君神話나 주몽 신화朱蒙神話와 같은 자료에만 관심을 보이고 있다는 표현이 더 적절할 것 같다.

게다가 이들 신화에 대한 연구마저도 그 실상을 제대로 파악하지 못하고 있다는 인상을 지울 수가 없다. 주지하다시피 고구려를 세운 주몽의 시호는 동명성왕東明聖王이다. 그 때문에 주몽 신화를 부여의 동명 신화와 관련을 가진 것으로 보고 있다. 그리하여 고구려가 부여에서 나왔다는 잘못된 인식이 일반화되었고, 나아가서는 부여와 고구려를 같은 계통의 민족으로 보는 오류가 발생하기도 하였다.

그러나 부여의 동명은 하늘에서 내려온 기운, 곧 천기天氣의 감응으로 태어난 존재였고, 고구려의 주몽은 햇빛의 감응으로 태어난 존재였다. 이처럼 부여와 고구려가 분명하게 구분되는 왕권신화를 가졌고, 이와 같이 서로 다른 신화를 가진 두 나라의 지배 집단은 종족적으로도 구분되었을 것이라는 점을 감안하면 이들 신화에 대해서 더욱 면밀하게 검토해야 한다.

이런 지적은 여기에 그치지 않는다. 백제나 탐라국耽羅國의 왕권신화도 그 사정은 마찬가지이다. 백제 왕권신화의 경우 김부식金富軾이《삼국사기三國史記》백제본기 시조 온조왕溫祚王 조에 그 출자出自를 고구려 주몽의 아들로 기술하여, 고구려 유민이 백제를 세웠다는 인식이 지금도 역사학계에서는 그대로 통용되는 실정이다. 하지만 중국이나 일본에 전하는 자료에 따르면, 백제에도 분명히 왕권신화가 있었다는 사실을 확인할 수 있다. 특히 일본에 전하는 왕권신화는 백제 왕실의 후손들 사이에 전승되던 것이어서 사료로서 매우 중요한 가치를 지닌다. 그럼에도 일본 사료에 대한 부정적인 시각으로 말미암아 지금까지 그 실체에 대한 연구가 이루어지지 않고 있는 듯하다.

또 탐라국의 경우는 아직까지도 하나의 국가로 인정을 받지 못하고 있는 것 같다. 이 때문에 제주도에 전하는 삼성 시조신화三姓始祖神話는 세 성씨의 시조 유래담으로 인식되는 데 그치고 있다. 그러나《니혼쇼키日本書紀》에는 탐라국에서 일본에 일곱 번이나 사신을 보냈다는 기록이 남아 있다. 이것을 보면 마지막으로 사신을 보낸 7세기 말엽까지 탐라국이 하나의 국가로 존재했을 가능성을 배제할 수는 없다. 그런데도《삼국사기》신라 문무왕文武王 2년(662년) 조에 "2월 탐라국 우두머리 좌평佐平 도동음률徒冬音律이 항복해 왔다."[5]는 기록을 근거로 하여 탐라국의 존재 자체를 인정하지 않는 것이 현실이다.

이와 같은 오류는 고대 왕권신화의 연구에 문제가 있었음을 말해 주는 것이 아닐까 한다. 바꾸어 말하면 일본 제국주의의 어용학자들이 한국 문화의 자주성을 말살하기 위해서 의도적으로 왜곡했던 한국 신화에 대한 연구가 철저한 검증을 거치지 아니한 채 아직까지도 그 잔영殘影을 유지하고 있기 때문이라고 생각하지 않을 수 없다는 뜻이다.

이런 경우가 오늘날까지도 그 생명력을 유지하는 예가 바로 미시나 아키히데三品彰英의 연구이다. 그는 신화의 모티프가 분포되어 있는 지역을 지칭하는 '문화경역文化境域'[6]이라는 개념을 설정하고, 이 경역 안에 분포된 신화는 같은 성격을 띠는 문화가 복합된 것이라고 보았다. 이렇게 하여 마련된 것이 이른바 남북 문화의 원류가 다르다고 하는 '한국 기층문화의 이원적 성격론'이었다.

그는 우선 한국 민족이 북쪽의 예맥족濊貊族과 남쪽의 한족韓族이 복합되어 형성되었다는 전제를 세우고,[7] 이렇게 보는 근거

5　김부식,《삼국사기》, 서울: 경인문화사 영인본, 1982, 67쪽.
　　"二月 耽羅國主佐平徒冬音律來降."

6　미시나의 '문화경역'은 독일 민족학자들이 주장한 '문화권文化圈, Kulturkreis', 즉 공통적인 문화를 가진 하나의 권역圈域과 거의 같은 개념으로 볼 수 있다. W. Schmidt & W. Koppers, 大野俊一 譯,《民族と歷史》上, 東京: 河出書房新社, 1970, 101~108쪽.

로 신화 자료를 제시하였다. 즉 한국의 북부 지방에는 북방 대륙계 수조신화獸祖神話[8]와 만몽滿蒙 계통의 감응신화感應神話가 분포되어 있고, 남부 지방에는 남방 해양 계통의 난생신화卵生神話와 방주표류신화方舟漂流神話가 분포되어 있다는 것이다. 그의 이와 같은 연구는 한국 민족이 남북에서 유입된 이질적인 민족들에 의해 형성되었다는 것을 강조하기 위한 것이었다.

미시나의 한국 신화에 대한 연구는 지금까지도 짙게 그림자를 드리우고 있다. 그 흔적의 하나가 어떤 것에 접촉되어 임신한다고 하는 감응신화感應神話이다. 미시나는 유화柳花가 햇빛에 접촉되어 임신하는 모티프를 '감정신화感精神話'라고 지칭하였다. 하지만 그가 말한 '감정'은 우리말의 '감응感應'에 해당하며, '감정感精'이라는 단어는 사전에 존재하지 않는다. 따라서 이 용어는 당연히 감응신화로 수정되어야 마땅하다. 또 난생신화가 남방 문화의 소산이라는 억설도 당연히 재고되어야 한다. 동이족東夷族이 일찍부터 난생신화를 가지고 있었다는 기록이 남아 있는데도[9] 구전되는 남방의 자료에서 그 원류를 찾으려고 했기 때문이다.

---

[7]   三品彰英, 《日鮮神話傳說の研究》, 東京: 平凡社, 1972, 213~214쪽.

[8]   三品彰英, 《神話と文化史》, 東京: 平凡社, 1971, 436~441쪽.
     미시나는 한국에 수조신화가 없는 데는 북방 대륙과 한국의 문화적 차이가 반영되어 있다고 하였다. 즉 북방 대륙이 수렵·유목 사회였던 것과 달리 한국은 농경 사회였다는 것이다. 그러나 한국에도 단군 신화나 야래자夜來者 설화 같은 여러 종류의 수조신화가 전해 온다.

[9]   司馬遷, 《史記》, 서울: 경인문화사 영인본, 1975, 91쪽.

그러므로 이제 한국 고대 국가의 지배층이 가졌던 왕권신화에 대한 연구도 그 틀을 바꾸어야 하지 않을까 한다. 일본 학자들이 만들어 놓은 왜곡된 틀에서 벗어나 한국 신화의 특징을 구명하고, 또 그 원류의 문제도 다시 따져 보아야 한다는 것이다.

한국의 왕권신화들이 어디로부터 들어왔는가 하는 계보系譜를 밝히는 작업은 우리 민족과 그 문화 형성의 일단을 해명하는 데 매우 중요한 역할을 한다고 보지 않을 수 없다. 한민족韓民族은 단일민족이 아니다. 따라서 일제 강점 아래 민족혼民族魂을 일깨우기 위해서 만들어진 단군의 자손인 배달민족이라는 잘못된 인식에서 벗어나야 한다. 한국 민족과 그 문화는 여러 곳에서 들어온 다양한 민족과 문화의 복합으로 이루어졌다고 보아야 한다. 이런 의미에서 주변 민족들과 문화적 복합을 상정하는 작업이 필요하다.

필자는 이 방면에 관심을 가지고 이미 지난 2005년《한국 신화의 원류》라는 책을 펴낸 바 있다. 그렇지만 이 책이 나온 지도 벌써 십수 년의 세월이 흘렀다. 그 사이 새로운 연구도 이루어졌고, 자료도 많이 축적되었으므로 저서를 보완하고 수정할 필요성을 절감하였다. 그리하여 마련한 것이 이 책이다.

기원전 10세기 무렵의 대륙에는 여러 가지 문화가 있었다. 북방 유라시아 대륙에는 삼림지대에 사는 수렵 어로민 문화가 있었고, 흑해에서 얼마간 떨어진 동쪽에서는 유목 문화가 발생하였으며, 페르시아만의 동쪽에서는 농경 문화가 발생하였다.

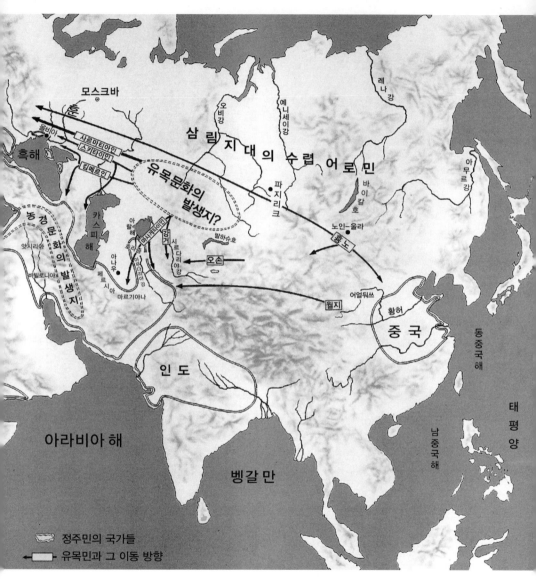

기원전 10세기 무렵의 문화 전파

(香山陽坪,《騎馬民族の遺産》, 東京: 新潮社, 1970)

이처럼 일찍부터 인류가 생활을 영위하는 데 필요한 생업 형태가 존재했고, 또 그 문화가 한반도에 유입되었을 것이라는 상정은 상당히 타당하다고 보아도 좋을 것이다.

그렇다면 이들 사이에서 발생한 지배층의 문화가 만주 일대를 포함하는 한반도에 들어와 통치 조직을 만들어 일정한 영토를 가지고 피지배민을 다스리는 국가를 형성했을 것이다. 그러면서 자신들이 가진 왕권의 정당성과 정통성을 확립하기 위해서 그들 나름의 신화를 창출했다는 것은 너무도 당연한 이치라고 할 수 있다.

이렇게 하여 만들어진 왕권신화는 상당히 복잡한 양상을 드러낸다. 하늘과 관련된 신화가 있는가 하면, 대지와 관련된 신화가 있고, 짐승, 알[卵], 해양 등과 관련된 왕권신화도 남아 있다. 이 책에서는 이와 같이 다양성을 가지고 있는 고대 국가 왕권신화의 계보를 살펴봄으로써 한국 지배 계층의 문화가 어디로부터 유입되었는가 하는 문제의 일단을 구명하려고 한다.

이러한 과제는 고고학이나 역사학, 인류학 등과의 학제 간 연구로써 해결될 문제이다. 그러므로 이 방면에 관심을 가진 많은 연구자들이 공동으로 참가하는 조직을 만들어 더욱 집중적인 연구가 이루어져야 할 것이다.

1-1 천강신화

한국 고대 국가의 왕권신화에는 그 왕권이 '하늘'이라는 우
주 영역으로부터 유래되었음을 서술하는 자료가 많은 양을 차
지한다. 여기에는 건국주가 천상 세계에서 내려왔거나 아니면
내려온 존재의 후손이 왕권을 장악한다는 천강신화天降神話를
비롯하여, 하늘에서 내려온 기운[天氣]의 감응으로 태어난 존재
가 왕권을 기틀을 마련하는 천기감응신화가 있고, 햇빛[日光]의
감응으로 태어나거나 태양과 관계된 존재가 왕이 된다는 태양
출자신화太陽出自神話가 있다. 또한 한국에서는 비록 왕권신화로
는 진전되지는 못하였으나 하늘 세계의 여자가 인간 세상의 남
성과 결합한다는 천녀설화天女說話1도 주변 민족들 사이에서는

---

1   한국에서 〈나무꾼과 선녀 이야기〉로 불리는 이 설화의 신화적 성격에 대해

신화적 성격을 지닌 이야기로 전승되었으므로, 이 부류에 들어
간다고 보아도 좋을 것 같아 고찰 대상에 포함시켰다.

이러한 구분이 절대적일 수 없다는 것을 미리 밝혀 둔다. 실
제로 지금까지는 왕권신화를 이처럼 세분한 연구가 없었다. 그
러나 한국의 왕권신화들을 고찰하면서 하늘이라는 우주 영역
과 관련된 신화들 가운데 이처럼 그 계보가 다른 네 범주의 자
료들이 존재한다는 점을 인정하지 않을 수 없다. 그들 사이에
얼마간의 변별적 특성이 존재하는 것도 사실이다. 그래서 이
책에서는 하늘과 관련을 가지는 왕권신화들을 이렇게 잠정적
으로 넷으로 분류하여 살펴보기로 한다.

하늘에서 직접 내려온 존재나 아니면 그 자손이 나라를 세
웠다고 하는 천강신화의 범주에 들어가는 단군 신화의 자료부
터 살펴보자.

[자료 1]

《위서魏書》에 이르기를, 지금으로부터 2천 년 전에 단군왕검壇君王儉이
있었다. 그는 아사달阿斯達(《경經》에는 무엽산無葉山이라 하고 또는 백악白嶽이라고도 하
는데, 백주白州에 있었다. 혹은 또 개성 동쪽에 있다고도 한다. 이는 바로 지금의 백악궁白嶽宮이
다.)에 도읍을 정하고 새로 나라를 세워 국호를 조선朝鮮이라고 불렀다. 이
것은 고高와 같은 시기였다.

《고기古記》에 이르기를, 옛날에 환인桓因2의 서자 환웅桓雄이란 자가

서는 신태수, 〈〈나무꾼과 선녀 설화〉의 신화적 성격〉, 《어문학》 89, 대구: 한국
어문학회, 2005, 157~178쪽 참조.

2　교토대학京都大學과 도쿄대학東京大學에서 출판된 《삼국유사》와 만송본晩松本

있어 자주 천하를 차지할 뜻을 두고, 인간 세상을 구하고자 하였다. 그 아버지가 아들의 뜻을 알고 아래로 삼위태백三危太伯의 땅을 내려다보니 인간들을 널리 이롭게 해 줄 만하였다. 이에 환인은 천부인天符印 세 개를 환웅에게 주어 인간의 세상을 다스리도록 하였다.

환웅은 무리 3천 명을 거느리고 태백산 꼭대기의 신단수神檀樹 아래 내려와서, 이곳을 신시神市라고 이르고 그를 환웅천왕桓雄天王이라고 하였다. 그는 풍백風伯·우사雨師·운사雲師를 거느리고 곡식·수명·질병·형벌·선악 등을 맡게 하며, 무릇 인간의 360여 가지 일을 주관하여 세상을 다스리고 교화하였다.

때마침 범 한 마리와 곰 한 마리가 같은 굴속에 살고 있었다. 그들은 항상 신령스러운 환웅에게 빌어 사람이 되기를 원했다. 이때 환웅신은 영험이 있는 쑥 한 줌과 마늘 스무 개를 주면서 말하기를, "너희들이 이것을 먹고 백 일 동안 햇빛을 보지 않으면 쉽사리 사람이 될 것이다."라고 하였다.

곧 곰과 범이 이것을 받아서 먹고 삼칠일 동안 기忌하여 곰은 여자의 몸으로 변했으나, 범은 기하지 못하여 사람의 몸으로 변하지 못했다. 웅녀熊女는 혼인할 자리가 없었으므로, 매일 신단수 아래 [와서] 어린애를 배도록 해 달라고 빌었다. 환웅이 잠시 사람으로 변해서 그녀와 혼인하여 아들을 낳아 이름을 단군왕검檀君王儉이라 하였다.

[단군왕검은] 당나라 요堯 임금이 즉위한 지 50년인 경인庚寅에 평양에 도읍하고 비로소 조선이라 일컬었다. 또 도읍을 백악산白嶽山 아사달阿斯達로 옮겼는데, 또 그곳을 궁홀산弓忽山(궁을 방方으로도 쓴다.)이라고도 하고 금미달今彌達이라고도 한다. 그는 1천 5백 년 동안 여기에서 나라를 다스렸다.

주周나라 무왕武王이 즉위한 기묘년己卯年에 기자箕子를 조선에 봉하였다. 이에 단군은 장당경藏唐京으로 옮겼다가 뒤에 아사달에 돌아와 숨어서 산신이 되었으니, 나이는 1천 9백 8세였다고 한다.[3]

《삼국유사》에는 '환인桓因'이 아니라 '환국桓國'으로 되어 있다.
一然, 《三國遺事》, 京都: 京都大學文學部, 1904, 50쪽; 一然, 《三國遺事》, 東京: 東京大學文科大學, 1904, 80쪽; 一然, 《晚松文庫本 三國遺事》, 서울: 오성사 영인본, 1983, 32쪽.

3 최남선 편, 《신정 삼국유사》, 경성: 삼중당, 1946, 33~34쪽.

《삼국유사》에 수록된 이 신화의 전거典據가 된 것은 《위서魏書》와 《고기古記》라는 책이었다. 그렇지만 이들 두 사서는 현재 남아 있지 않다. 그 때문에 일제의 어용학자들은 이 신화가 후대에 지어졌다고 하는 위작설僞作說을 주창하기도 하였다.4 하지만 김재원金載元의 연구로 이 신화와 유사한 유형의 이야기가 이미 2세기 무렵에 중국 산둥반도山東半島 일대에 전하고 있었다는 사실이 구명됨으로써5 이러한 위작설은 그 근거를 잃게 되었다.

그러나 김재원의 연구가 아니더라도, 김부식이 편찬한 《삼국사기》 고구려본기 동천왕東川王 21년 조에 실린 다음 기사가 단군의 실체에 대한 의문을 불식시켜 준다.

[자료 2]

봄 2월에 왕이 [앞서] 환도성丸都城에서 난리를 치러 다시 도읍할 수 없

"魏書云 乃往二千載 有壇君王儉. 立都阿斯達 (經云 無葉山. 亦云 白嶽. 在白州地. 或云在開城東. 今白嶽宮是.) 開國 號朝鮮. 與高同時. 古記云 昔有桓因 庶子桓雄 數意天下 貪求人世. 父知子意 下視三危太伯 可以弘益人間. 乃授天符印三箇 遣往理之. 雄率徒三千 降於太伯山頂神檀樹下 謂之神市. 是謂桓雄天王也. 將風伯雨師雲師 而主穀主命主病主刑主善惡 凡人間三百六十餘事 在世理化. 時有一熊一虎 同穴而居 常祈於神熊 願化爲人. 時神遺靈艾一炷蒜二十枚曰 爾輩食之 不見日光百日 便得人形. 熊虎得而食之 忌三七日 熊得女身 虎不能忌 而不得人身 熊女者無與爲婚 故每於壇樹下 呪願有孕. 熊乃假化而婚之 孕生子 號曰檀君王儉. 以唐高卽位五十年庚寅 都平壤城 始稱朝鮮. 又移都於白嶽山阿斯達 又名曰弓一作 方 又今彌達 禦國一千五百年. 周虎王卽位己卯 封箕子於朝鮮 壇君乃移於藏唐京 後還隱於阿斯達 爲山神 壽一千九百八歲."

4   那阿通世, 〈朝鮮古史考〉, 《史學雜誌》 5-4, 東京: 日本史學會, 1894, 14쪽.

5   김재원, 《단군신화의 신연구》, 서울: 탐구당, 1979, 49~50쪽.

게 되었으므로 평양성平壤城을 쌓고 백성과 종묘사직宗廟社稷을 거기로 옮겼다. 평양은 본시 선인 왕검仙人王儉이 살던 곳이었다. 혹은 왕의 도읍터 왕검이라고 하였다.[6]

이 기사는 동천왕 시대에 평양이 선인 왕검의 살던 곳으로 알려져 있었다는 것을 말해 준다. 이런 전승이 《삼국사기》가 편찬될 당시까지 남아 있었다는 사실은 당대의 사람들이 평양을 단군이 살던 도읍터로 인식하고 있었음을 나타낸다고 보아도 좋을 듯하다.

이렇게 왕권의 연원이 하늘 세계와 관련된다는 것을 서술하는 자료가 단군 신화만 있는 것은 아니다. 북부여를 세웠다고 하는 해모수 신화解慕漱神話도 이처럼 천상 세계를 주재하는 천제의 후손이 지상 세계에 내려와 나라를 건국했다고 하는 천강신화의 유형에 속한다.

[자료 3]

한漢 신작神雀 3년 임술 세壬戌歲에 천제가 태자를 보내어 부여 왕의 옛 도읍지에 내려가 놀게 하였는데, [그 이름을] 해모수라고 하였다. 하늘에서 내려올 때 오룡거五龍車를 탔고, 따르는 자 백여 인은 모두 흰 고니[白鵠]를 탔다. 채운이 위에 떠 있었고, 음악은 구름 속에서 울렸다. 웅심산熊心山에 머물렀다가 십여 일이 지나서야 비로소 내려왔다. 머리에는 오우관烏羽

6 　김부식,《삼국사기》, 서울: 경인문화사 영인본, 1982, 175쪽.
　　"春二月 王以丸都城經亂 不可復都 築平壤城 移民及廟社. 平壤者本仙人王儉之宅也. 或雲 王之都王儉."

冠을 쓰고, 허리에는 용광검龍光劍을 찼다. 아침에는 정사를 보고 저녁이면 하늘로 올라가니 세상에서 그를 천왕랑天王郎이라 일컬었다.7

이것은 이규보李奎報가 《동국이상국집東國李相國集》 동명왕편東明王篇에서 인용한 《구삼국사舊三國史》의 해모수 신화로, 한국 문헌에 가장 먼저 문자로 정착된 것이어서 매우 중요한 의의를 지닌다. 이 신화는 천제의 태자인 해모수가 직접 이 땅에 내려와 이미 존재하던 부여왕의 도읍터에 북부여라는 나라를 세웠다고 말한다.

그런데 해모수에 얽힌 신화들 가운데 위 자료와 내용을 달리하는 이야기도 전하고 있어 관심을 불러일으킨다.

[자료 4]

《고기古記》에 이르기를, "전한前漢 효선제孝宣帝8 신작神爵 3년 임술壬戌 4월 8일 천제가 다섯 마리 용이 끄는 수레를 타고 흘승골성訖升骨城(대요大遼 의주醫州 지역에 있다.)에 내려와서 도읍을 정하고 왕으로 일컬으며 나라 이름을 북부여라 하고 자칭 이름을 해모수라고 하였다. 아들을 낳아 이름을 부루扶婁라 하고 '해解'로써 성을 삼았다. 그 뒤 왕은 상제의 명령에 따라

---

7 이규보·이승휴, 박두포 역, 《동명왕편·제왕운기》, 서울: 을유문화사, 1984, 224쪽.
"漢神雀三壬戌歲 天帝遣太子 降遊扶餘王古都 號解慕漱. 從天而下 乘五龍車 從者百餘人皆騎白鵠. 彩雲浮於上 音樂動雲中. 止熊心山 經十餘日始下. 首載烏羽之冠 腰帶龍光之劍. 朝卽聽事 暮卽昇天 世謂之天王郎."

8 원문에는 "前漢書宣帝"로 되어 있으나, 여기에 들어간 '서書'는 '효孝'의 잘못된 표기라고 한다.
이범교 역해, 《삼국유사의 종합적 해석》上, 서울: 민족사, 2005, 140쪽.

동부여로 옮기게 되고, 동명제東明帝가 북부여를 이어 일어나 졸본주卒本州에 도읍을 세우고 졸본부여가 되었으니 곧 고구려의 시조이다."라고 하였다.**9**

일연一然의 《삼국유사》 권1 기이紀異 제2 북부여 조에 전하는 이 자료에는 천제가 직접 이 세상에 하강하여 나라를 건국한 것으로 되어 있다. 그리고 그의 아들을 '부루'라고 하였으며, 동부여로 수도를 옮긴 것도 해모수라고 하여 [자료 3]과는 얼마간 차이를 보여 준다. 내용에 이런 차이가 있기는 하지만, 이들 자료가 단군 신화와 마찬가지로 그 왕권이 하늘에서 연원되었음을 나타내고 있다는 데는 변함이 없다.

이와 같이 왕권을 장악한 인물이 하늘로부터 내려온 존재의 후손으로 되어 있는 신화로는 일본의 천강신화인 아메니키시쿠니니키시아마쓰히코히코니니기노미코토天邇岐志國邇岐志天津日高日子番能邇邇藝命(이하 니니기노미토코)에 얽힌 이야기가 있다.

[자료 5]

그리하여 ㉠ 아마테라스오미카미天照大禦神와 다카키노카미高木神가 태자인 마사카쓰아카쓰카치하야히아메노오시호미미노미코토正勝吾勝勝速

---

9 최남선 편, 앞의 책, 39쪽.
"古記雲 前漢書宣帝神爵三年壬戌四月八日 天帝降於訖升骨城在大遼醫州界. 乘五龍車 立都稱王 國號北扶餘 自稱名解慕漱. 生子名扶婁 以解爲氏焉. 王後因上帝之命 移都於東扶餘. 東明帝繼北扶餘而興 立都於卒本州 爲卒本扶餘卽高句麗之始祖."

日天忍穗耳命에게 명령하기를, "지금 아시하라노나카쓰쿠니葦原中國를 평정했다고 한다. 그러므로 너에게 앞서 위임한 바와 같이 [거기에] 내려가서 그 나라를 다스리도록 하여라."라고 하였다.

이에 ⓛ 태자인 마사카쓰아카쓰카치하야히아메노오시호미미노미코토가 대답하기를, "제가 내려가려고 준비를 하고 있는 동안 아이가 태어나고 말았습니다. 그의 이름은 아메니키시쿠니니키시아마쓰히코히코니니기노미코토라고 하는데, 이 아이를 내려보내는 것이 좋을 듯합니다."라고 말했다.

이 아이는 아메노오시호미미노미코토가 다카키노카미의 딸인 요로즈하타토요아키쓰시히메노미코토萬幡豊秋津師比賣命와 혼인하여 낳은 자식으로, 아메노호아카리노미코토天火明命를 낳은 다음에 낳은 신이 히코호노니니기노미코토日子番能邇邇藝命이다. 이와 같은 사정으로 아메노오시호미미노미코토가 말한 대로 히코호노니니기노미코토에게 "이 도요아시하라豊葦原의 미즈호노쿠니水穗國는 네가 다스려야 할 나라이다. 그러므로 우리들의 명을 받들어 지상으로 내려가거라."라고 말하였다.

……그리하여 [니니기노미코토는] 아메노코야네노미코토天兒屋命, 도타마노미코토布刀玉命, 아메노우즈메노미코토天宇受賣命, 이시코리도메노미코토伊斯許理度賣命, 다마노오야노미코토玉祖命 등 모두 다섯으로 나뉜 부족의 수장들을 거느리고 하늘에서 내려왔다. 그때 ⓒ 아마테라스오미카미를 석실石室에서 나오게 하였을 때 사용했던 야사카노마가타마八尺句璁라는 구슬과 거울(鏡), 구사나기노쓰루기草那藝劍라는 칼, 그리고 도코요常世의 오모히카네노카미思金神, 다치카라오노카미手力男神, 아메노이와토와케노카미天石門別神도 함께 동행하게 하고는, 아마테라스오미카미가 니니기노미코토에게 말하기를, "이 거울을 오로지 나의 혼魂으로 여기고, 내 자신을 모시는 것처럼 우러러 모시도록 하여라. 그리고 오모히카네노카미는 나의 제사에 관한 일을 맡아서 하도록 하여라."라고 명하였다.

이 두 신은 이스즈伊須受의 신사神社에 정중히 모셔져 있다. 도유케노카미登由氣神는 외궁外宮의 와타라이度相라는 곳에 진좌鎭座해 있는 신이다. 아메노이와토와케노카미(이 신의 다른 이름은 구시이와마토노카미櫛石窓神라고 하며, 도요이와마토노카미豊石窓神라고도 한다.)는 미카도노카미御門神이다. 다치카라오노카미는 사나나현佐那那縣에 진좌해 있다. 아메노코야네노미코토는 나카토

미노무라지中臣連들의 시조이며, 후토타마노미코토는 이무베노오비토忌部首들의 시조이다. 아메노우즈메노미코토는 사루메노키미猿女君들의 조상이고 이시코리도메노미코토는 가가미쓰쿠리노무라지作鏡連들의 조상이며, 다마노오야노미코토玉祖命는 다마노오야노무라지玉祖連들의 시조이다.

한편 천신天神은 아마쓰히코호노니니기노미코토天津日番能邇邇藝命에게 명을 내려, 니니기노미코토는 하늘의 바위자리[天之石位]를 떠나 여러 겹으로 쳐진 하늘의 구름을 가르고 위세 있게 길을 헤치고 헤치어, 아메노우키하시天浮橋로부터 우키시마浮島라는 섬에 위엄 있게 내려서서 쓰쿠시竺紫 히무카日向 다카치호高千穂의 구시후루노타케久士布流多氣로 내려왔다. 그때 아메노오시히노미코토天忍日命와 아마쓰쿠메노미코토天津久米命 두 신이 훌륭한 전통箭筒을 메고, 구부쓰치노타치頭椎大刀라는 큰 칼을 차고, 훌륭한 하지유미波士弓라는 활은 손에 쥐고, 마카고야眞鹿兒矢라는 화살도 손으로 집어 들고 천손天孫의 앞에 서서 호위하며 갔다. 아메노오시히노미코토는 오토모노무라지大伴連들의 시조이다. 아마쓰쿠메노미코토는 쿠메노아타이久米直들의 시조이다.

이때 니니기노미코토가 말하기를, ㉣ "이곳은 가라쿠니韓國를 바라보고 있고, 가사사笠沙의 곶과도 바로 통하여 아침 해가 바로 비치는 나라, 저녁 해가 비치는 나라이다. 그러므로 여기는 정말 좋은 곳이다."라고 하며, 그곳의 땅 밑 반석에 두터운 기둥을 세운 훌륭한 궁궐을 짓고 다카마노하라高天原를 향해 치기千木를 높이 올리고 살았다.[10]

---

10   荻原淺男 共校注,《古事記·上代歌謠》, 東京: 小學館, 1973, 126~131쪽.
"爾天照大禦神高木神之命以 詔太子正勝吾勝勝速日天忍穗耳命, 今訖葦原中國之白 故隨言依賜降坐而知看. 爾其太子正勝吾勝勝速日天忍穗耳命答曰 僕者將降裝束之間 子生出 名天邇岐志國岐志天津日高日子番能邇邇藝命 此子應降也. 此禦子者 禦合高木神之女 萬幡豊秋津師比賣命 生子 天火明命 此日子番能邇邇藝命也. 是以隨白之科詔日子番能邇邇藝命 此豊葦原水穗國者 汝將知國 言依師 高隨命以可天降. ……爾天兒屋命布刀玉命天宇受賣命伊斯許理度賣命玉祖命 幷五伴緒矣支加而天降也. 於是 副賜其遠岐斯 八尺句璁鏡 及草那藝劒 亦常世思金神手力男神天石門別神而詔者 此之鏡者 專爲我禦魂而 如拜吾前 伊都岐奉. 次思金神者 取持前事爲政. 此二柱神者 拜祭佐久久斯佞 伊須受能宮. 次登由宇氣神, 此者坐外宮之度相神也. 次天石戶別神, 亦名謂櫛石窓神 亦名謂豊石窓神 此神者 禦門之神也. 次手力男神者 坐佐那縣也. 故其天兒屋命 布刀玉命者 天宇受賣命者

이것은 《고지키古事記》에 실려 있는 진무천황神武天皇의 할아버지인 니니기노미코토의 천강신화로, 일본이 이른바 만세일계萬歲一系라고 자랑하는 천황가 조상의 탄생에 얽힌 이야기이다.

군국주의를 지향한 일본 제국주의 아래서 이런 천강신화는 제대로 연구조차 되지 못했다. 1924년에 일어났던 쓰다 소키치津田左右吉, 1873~1961의 필화筆禍 사건이 바로 그 대표적인 사례라 할 수 있다. 그의 《고지키 및 니혼쇼키의 신연구古事記及び日本書紀の新研究》란 저서는 "외람스럽게도 진무천황에서 주아이천황仲哀天皇에 이르는 역대 천황의 존재에 대하여 의혹을 품게 하는 설명을 함으로써 황실의 존엄을 모독하는 문서"[11]로 판단되어 필화에 휘말렸다.

이처럼 인위적으로 절대적 숭배가 강요되었던 이 자료에서 ㉠에 보이는 바와 같이 천상의 세계를 주관하는 아마테라스오미카미와 다카키노카미의 명령을 받은 것은 태자인 마사카쓰아카쓰카치하야히아메노오시호미미노미코토(이하 아메노오시호미미노미코토)였다. 즉 아메노오시호미미노미코토로 하여금 아시하라노나카쓰쿠니를 다스리라는 것이었다.

伊斯許理度賣命者 玉祖命者 故爾詔天津日子番能邇邇藝命而 離天之石位 押分天之八重多那. 雲而 伊都能知和岐知和岐國. 於天浮橋, 宇岐士摩理 蘇理多多斯國 天降坐於竺紫日向之高千穗之久士布流多氣. 故爾 天忍日命天津久米命二人 取負天之石靫 取佩頭椎之大刀 取持天之波士弓 手挾天之眞鹿兒矢 立禦前而仕奉. 故其天忍日命 天津久米命 於是詔之 此地者 向韓國 眞來通笠沙之禦前而 朝日之直刺國 夕日之日照國也. 故此地甚吉地, 詔而 於底津石根宮柱布斗理 於高天原氷椽多迦斯理而坐也."

11　上田正昭, 《日本神話の世界》, 東京: 創元社, 1967, 8쪽.

그러나 ⓛ에서와 같이 그는 자기가 가는 대신에 그의 둘째 아들인 니니기노미코토를 내려보낼 것을 제안하였다. 이러한 강림 주체는 환인의 서자 환웅이 지상으로 내려오는 단군 신화와 매우 유사하다는 것을 알 수 있다.

어쨌든 이렇게 하여 니니기노미코토가 지상으로 내려올 때 가지고 오는 것이 ⓒ에서와 같은 야사카노마가타마라는 구슬과 거울, 구사나기노쓰루기라는 칼이었다. 장주근張籌根은 이들 세 신기神器가 단군 신화에 나오는 천부인 세 개와 같다는 견해를 제시하였다. 즉 그는 "한국 본토에서는 금속제의 신성神聖 삼무구로서 거울〔明鬥〕, 신칼〔神劍〕, 방울이 공통적이다. 그중에서 신칼과 방울은 굿에서 사제용구司祭用具로 사용되나, 명두는 그렇지 않고 신성한 상징성을 띤다. 신어머니〔師巫〕가 그의 많은 신딸〔弟子巫女〕들 중에서 자기 뒤를 이을 한 무녀에게 명두를 비롯한 명다리 등을 물려주어 계승의 상징으로 여긴다."12고 하면서, [자료 5]에 나오는 세 신기가 한국 본토의 신성 무구인 검, 거울, 방울과 합치한다고 보았다.13

이러한 장주근의 견해는 상당한 타당성을 가지고 있다. 왜냐하면 이들 두 신화가 다 같이 동북아시아 일대에 분포된 샤머니즘적 세계관에 기반을 두고 있을 뿐만 아니라, ⓓ에서 니니기노미코토가 궁궐을 지은 곳이 가라쿠니, 곧 한국을 마주보

---

12   장주근,《한국 신화의 민속학적 연구》, 서울: 집문당, 1995, 24쪽.
13   위의 책, 26쪽.

고 있다고 하여 그들이 있었던 천상 세계인 다카마노하라가 한국이었음을 나타내고 있기 때문이다.

이처럼 한국의 개국신화인 단군 신화와 매우 유사한 모티프들로 구성되어 있는 이 자료의 계보에 대하여, 오바야시 다료大林太良, 1929~2001는 매우 시사적인 견해를 밝힌 바 있다. 그는 프랑스의 알타이학자 루Jean-Paul Roux, 1925~2009가 고대 돌궐 왕권의 특징으로 '왕은 하늘로부터 내려왔으며 하늘의 의지를 집행하는 사람이고 우주의 질서를 유지할 책무를 가지고 있다'고 본 것에 주목하였다. 그리하여 오바야시는 "일본의 천손강림신화는 왕권의 기원이 천상에 있다는 것을 이야기하고 있다. 또 《고지키》와 《니혼쇼키》 천손강림 조의 1서 제1에는 니니기[노미코토]가 아마테라스[오카미]로부터 지상을 통치하라는 신칙神勅을 받았다. 따라서 이 경우에도 천손과 그 자손은 하늘로부터 명령을 받고, 하늘의 의지를 집행하는 자에 가까운 성격을 지니고 있다. 게세르 보그도Gesir Bogdo의 경우에도 왕권의 기원이 하늘에 있다고 생각되며, 또한 천명을 받고 강림했다. 그러므로 게세르 보그도 전승에도 일본의 천손강림신화에도 고대 돌궐의 왕권 관념과 통하는 것이 있다고 할 수 있다. 이것은 천손강림신화를 북방의 기마 민족 문화와 연결시키는 것에 유리하다."[14]고 하여, 일본의 천손강림신화가 부랴트족Buryats의 게세르 보그도 신화와 관련이 있다는 것을 지적하였다. 그가 언급

14　大林太良, 《神話の系譜》, 東京: 靑土社, 1986, 190쪽.

한 게세르 보그도 신화를 아울러 소개하기로 하겠다.

[자료 6]

맑고 밝은 것으로 만들어진 하늘은 돌론 오둔Dolon Odun을 중심으로 99개의 하늘로 나누어졌다. 거기에서 최고신最高神 델퀜 사간Delquen Sagán이 태어나고, 이어서 44명의 동방신東方神을 비롯하여 서남방의 하늘을 포함한 99명의 텡그리Tengri가 태어났다. 그런 다음에 천상의 신은 천상신天上神을 닮은 마라족Marat을 지상으로 내려보냈다. 그들은 지상에서 유목 생활을 하면서 평화롭게 지내고 있었다.

그런데 하늘에서 분란을 일으켜 추방된 아타이 울란 텡그리Atai Ulan Tengri가 지상에 내려와 살모 칸Shalmo Khan이라고 하는 마왕魔王이 되었다. 그의 부하들은 만가타이Mangathai라고 하는 아주 두려운 마신魔神이 되었는데, 이들은 평화스럽게 유목을 하고 있는 마라족에게 여러 가지 흉악한 짓을 하였다. 그러자 마라 사람들은 델퀜 사간에게 "제발 용맹한 천신을 보내시어 살모 칸을 토벌하고 만가타이를 퇴치하여 주십시오." 하고 읍소하고 애원하였다.

마라 사람들이 읍소하고 애원하는 소리를 들은 델퀜 사간은 '이대로 내버려 두었다가는 마라 사람들이 살모 칸과 만가타이 때문에 멸망해 버릴 것이다. 하루라도 빨리 천신天神을 보내어 그 흉악한 무리들을 토벌하지 않으면 안 된다.'고 생각하여, 돌론 오둔과 하늘의 동방신 44명을 비롯해 그 밖의 하늘의 제신들을 포함한 99명의 주신들과 천상에 사는 수천의 부르칸Burkan들을 모아서 살모 칸을 정벌할 커다란 회의를 열었다. 처음에 제신들 가운데 한 신이 지고신至高神 델퀜 칸의 아들 칸 튜마스Khan Tyurmas 신을 내려보내야만 한다고 제안하였다. 하지만 칸 튜마스는 노령老齡을 이유로 그 제안을 거절하면서, 나이가 차지 않은 막내아들 게세르 보그도를 보낼 것을 요청하였다. 제신들도 이에 찬성하여 네 살 난 보그도에게 이 일을 맡겼다.

보그도는 ① 전 하늘의 텡그리 99명이 가진 지혜와 ② 조부가 가지고 있는 검은 군마, ③ 영웅들의 준비금準備金, ④ 조부의 제승蹄繩, ⑤ 조부의 짧은 창, ⑥ 아내 한 명을 요구하였다. 이것들을 손에 넣은 보그도는 조부의 말을 타고 살모 칸과 만가타이들이 온갖 악행을 저지르고 있는 지상 세계를 3년 동안 돌아다니면서 살펴본 다음, 알타이 데다Altai Deda라는 곳에 사는 마라족 선들레이 우구군Sundlei Uğuğun이라는 일흔 살의 노인과 예순 살인 그의 아내 선들러 하미아간Sundler Hamiagan의 아들로 태어났다.**15**

이 자료에서는 천상 세계의 지고신至高神 델켄 칸이 자신의 아들 칸 튜마스를 지상 세계로 내려보내려고 하였으나, 그의 나이가 많아 그의 막내아들인 게세르 보그도를 대신 내려보내게 되었다. 그리하여 이 세상에 태어난 게세르 보그도는 마라족 사람들을 괴롭히던 지상의 살모 칸과 만가타이들을 퇴치하고, 사즈가이 바인 칸Sazgai Bain Kahn의 딸 상가 고훈Sangha Gohun과 결혼하여 그 사이에서 태어난 아지르 보그도Ashir Bogdo에게 이 세상을 물려주었다.

부랴트족의 이와 같은 게세르 보그도 신화는 일찍부터 일본 신화학자들의 관심을 끌었다. 일본 천황가 조상의 시조신화로 정착된 천강신화와 유사한 내용으로 되어 있기 때문이다. 니시무라 신지西村眞次, 1879~1943는 이 자료에 대응되는 일본의 신화 자료로서 아시하라노나카쓰쿠니를 정벌하는 이야기 속에 나오는 아메노와카히코 신화天若彦神話로 보았고, 나카다 센보中田千畝는 니니기노미코토 신화로 보았다. 그리하여 이들 신화와 위의 자료가 가지는 공통점을 추출하여 일본의 천강신화가 부랴트

15　中田千畝,《蒙古神話》, 東京: 郁文社, 1941, 1~27쪽.

족 게세르 보그도 신화와 친연 관계가 있다는 주장을 펼쳤다.**16**

한편 한국의 이선아李善娥는 《〈단군신화〉와 몽골 〈게세르칸〉 서사시의 신화적 성격 비교》라는 논문에서 이들 두 신화의 관계를 아래와 같이 정리하였다.

> 두 신화는 공통적으로 천신의 하늘세계를 기점으로 삼단적三段的 우주관—선신善神이 거居하는 광명세계와 악령惡靈이 거하는 암흑세계와 그 중간인 인간세계의 삼단으로 우주가 구성되었다고 하는 것**17**—을 바탕으로 하며, 숫자 '삼'의 원리에 의거하여 전개된다. 환국桓國이라는 관점에서 본다면 단군신화는 천신숭배사상을 기반으로 하는 삼단적 우주관을 반영하고 있다고 알려져 있다. 부리야트 몽골의 신화 세계에서는 이러한 수직적 세계관과 함께 방위에 대한 관념 역시 중시되어 천상세계가 동서로 구분된 것으로 보인다. 또한, 천상에서 텡게르들이 좌정하고 있는 동, 서, 중앙의 3개 공간의 구도 또한 '몽골 신화에서 말하는 우주의 3단 구조의 연장'이라고 보기도 하였다. ……신화의 층위에 있어서도 단군 신화와 게세르 신화의 서사는 중간계에 해당하는 성산聖山을 배경으로 산신의 신화 층위에서 강한 신화적 성격을 보인다.**18**

이러한 이선아의 견해는 결국 게세르 칸 서사시나 단군 신화의 신화적 사유가 동일하게 삼단적 우주관을 바탕으로 한다는 점을 구명하였다고 하겠다. 이와 같은 그의 견해는 상당한

16　김화경, 《일본의 신화》, 서울: 문학과지성사, 2002, 272~274쪽.
17　이선아, 《〈단군신화〉와 몽골 〈게세르칸〉 서사시의 신화적 성격 비교》, 서울: 고려대학교 대학원 박사학위논문, 2012, 177쪽.
18　위의 논문, 222~223쪽.

타당성을 지니고 있으므로, 한국의 천강신화들이 부랴트족의 게세르 칸 서사시와 직접적인 관련을 가진다고 보아도 무방할 것 같다.

이처럼 하늘로부터 왕권이 기원되었다는 신화의 한 예로 칭기즈칸Genghis Khan, 成吉思汗의 손자로서 일한국Il汗國〔伊兒汗國〕을 세운 훌라구Hulagu, 旭烈兀 밑에서 역사를 기술하는 벼슬을 했던 주바이니Ata-Malik Juvaini가 지은《세계 정복자의 역사The History of the World-Conqueror》에 들어 있는 부쿠 칸Buqu Khan 출생담의 내용을 소개하기로 하겠다.

[자료 7]

카라코룸Qara-Qorum산에서 발원하는 툴라Tughla강과 셀렝게Selenge강이 만나는 곳의 캄란추Qamlanchu에 나무 두 그루가 서로 가까이 서 있었다. 하나는 쿠스크qusuq라고 하는 소나무와 비슷한 것으로서 노송나무처럼 상록常綠의 열매를 가지고 있었다. 다른 하나는 토즈toz라고 부르는 나무였다. ㉠ 이들 두 나무 사이에 홀연 큰 구릉이 생겨나 하늘로부터 내려오는 한 줄기의 신광神光을 받으면서 날마다 조금씩 커졌다.

이 놀라운 광경을 본 위구르 부족들은 경외에 휩싸여 경건하게 구릉에 다가갔다. 그들은 [그 속에서] 노랫소리와 같은 흥겨운 소리가 들려오는 것을 들을 수가 있었다. 매일 밤 한 줄기의 신광이 주위 30보 되는 지역을 환하게 비추었다. ㉡ 그리고 마침내 임산부가 아기를 분만하듯이 구릉이 갈라지며 문 하나가 나타났는데, 그 속에는 천막식으로 나뉜 다섯 개의 방이 있었다. 은으로 만든 망사에 매달려 있는 막사의 각 방마다 포유哺乳를 위한 대롱을 입에 문 남자아이들이 하나씩 있었다.

여러 부족의 추장들이 이 경이로운 광경을 보고 그 앞에서 무릎을 꿇어 예를 올렸다. 바람이 불어와 아이들을 건드리자, 그들이 힘을 얻어 걷기 시작하여 밖으로 걸어 나왔다. 그들은 숭배의 의식을 받으며 모두 유모에게 맡겨졌다. ⓒ 그들은 젖을 떼자마자 말을 하기 시작했는데, 먼저 그들의 부모부터 찾기에 사람들은 두 그루의 나무를 가리켰다. 그들은 나무에 다가가 효자가 부모를 공경하듯이 예를 올리는 동시에 그 나무를 키워준 대지에도 존경을 표했다. 이때 두 나무가 갑자기 소리를 내며 말하기를, "품덕이 고귀한 착한 아이들아, 항상 이곳에 와서 자식의 도리를 다하라. 장수를 누리며 이름을 천고에 빛나도록 하라."고 했다.

　　그 지방의 모든 부족들이 와서 이 다섯 아이들을 보았으며, 왕자에게와 같은 존경을 나타냈다. 이들은 물러나면서 아이들에게 이름을 선사했는데, 맏이는 손쿠르 테긴Sonqur Tegin, 둘째는 코투르 테긴Qotur Tegin, 셋째는 투켈 테긴Tükel Tegin, 넷째는 오르 테긴Or Tegin, 막내는 부쿠 테긴Buqu Tegin이다. ⓓ 위구르 사람들은 모든 일을 고려한 끝에 하늘에서 내려 준 다섯 아이들 가운데 하나를 뽑아 지도자인 왕으로 삼자고 합의했다. 그들은 부쿠 테긴이 이들 가운데 가장 용모가 출중하고 재주가 뛰어날 뿐만 아니라, 각 나라의 언어와 문자에 능통하다는 사실을 발견했다. 이리하여 그들은 그를 칸으로 세우기로 결정한 뒤 성대한 집회를 열어 그를 칸으로 옹립했다.[19]

　　이 자료에 등장하는 신화적 인물들의 출자를 단정하기는 어려울 것 같다. 밑줄 친 ⓐ을 중심으로 볼 때는 다섯 아이의 탄생을 햇빛의 감응에 따른 것으로 설명할 수 있고, ⓒ으로는 나무에서 탄생했다고 볼 수도 있으며, ⓓ로는 하늘로부터 강탄했다고도 볼 수 있기 때문이다. 실제로 야마다 노부오山田信夫, 1920~1987는 이 신화에 대해 "유목민의 하늘 숭배 사상을 기축으로 하면서 수조, 특히 이리[狼]의 형태를 취하지 않고 수목을 모태로 한

19　　Ata-Malik Juvaini, *The History of the World-Conqueror*, Andrew Boyle trans., Manchester: Manchester University Press, 1958, pp.55~59; 번역은 박원길, 《북방민족의 샤마니즘과 제사습속》, 서울: 국립민속박물관, 1998, 190~191쪽 참조.

다는 것이 주목할 만한 특색으로 지적될 수 있다."[20]고 하여, 나무로부터의 탄생에 무게를 두는 듯한 견해를 밝힌 바 있다.

그러나 ⓛ의 기록은 그들이 하늘에서 내려왔을 것이라는 추정을 가능하게 한다. 다섯 개의 오두막 위에 걸려 있던 은줄을 하늘과 연결된 것으로 보아야 그 뒤에 이어지는 "바람이 불어와 아이들을 건드리자, 그들이 힘을 얻어 걷기 시작하여 밖으로 걸어 나왔다."고 하는 기록의 해석이 자연스러워지기 때문이다.

이러한 해석은 ⓔ에서 위구르[21] 사람들이 다섯 아이들을 하늘에서 내려 준 것이라고 믿었다는 기술을 통해서도 그 타당성을 입증할 수 있다. 다시 말해 이들은 하늘로부터 나무를 타고 내려온 존재로, 왕이 된 부쿠 칸의 왕권이 하늘에서 유래되었음을 말해 주는 신화라고 볼 수 있다는 것이다.

이와 같이 후대 구전 자료들의 근원이 되는 문헌 신화는 발견된 예가 거의 없다. 단지 6세기에 중국의 위수魏收가 편찬한 《위서》에 실려 있는 고차족高車族의 시조신화에서 그 흔적을 더듬을 수 있을 따름이다.

---

20 山田信夫, 《北アジア遊牧民族史硏究》, 東京: 東京大出版會, 1989, 98쪽.

21 위구르[回紇]는 774년 돌궐 왕조를 넘어뜨리고 위구르 왕조를 세웠다. 몽골의 오르콘강 유역에 도읍을 설치하였으나 840년 무렵 붕괴되어 중앙아시아 텐산天山의 비슈발리크Bishbalik, 別失八裏와 갸오창高昌 쪽으로 이주하였다.
佐口透, 〈アルタイ諸民族の神話と傳承〉, 《騎馬民族とは何か》, 東京: 每日新聞社, 1975, 92~93쪽.

[자료 8]

흉노匈奴의 선우單於가 두 딸을 낳았는데, 그 자태와 용모가 대단히 아름다워서 나라의 사람들이 모두 신으로 여겼다. 선우가 말하기를 "나의 이 딸들을 어찌 인간의 배필로 삼겠는가? 장차 하늘에게 줄 것이다."라고 하였다. 이에 그 나라 북쪽의 사람들이 살지 않는 땅에 높은 누대樓臺를 만들어 두 딸을 그 위에 두고 이르기를, "청컨대 하늘 스스로 맞아들이소서." 라고 했다. 3년이 지나서, 그 어머니가 끌어내리려고 하였다. 하지만 선우는 "안 된다. [만들어 놓은 누대를] 걷어치울 때가 아닐 따름이다."라고 말하였다.

다시 1년이 지나자, 한 늙은 이리가 와서 밤낮으로 누대를 지키면서 울부짖었다. 누대 아래를 파서 빈 움을 만들고 때가 지나도 가지 않았다. 그러자 소녀가 "우리 아버지가 우리들을 이곳에 둔 것은 하늘께 드리기를 바라서였는데, 지금 이리가 온 것은 어쩌면 신령스러운 것으로 하여금 하늘이 그렇게 시킨 것일 것이다."라고 말하면서 장차 내려가 나아가려고 하니, 그 언니가 크게 놀라면서 "이는 짐승이므로 부모님을 욕보이는 것이 아니겠는가?"라며 말렸다. 동생이 이 말을 따르지 않고 누대에서 내려가 이리의 아내가 되어 아이를 낳았는데, 뒤에 그 자손이 번성하여 나라를 이루었다. 그렇기 때문에 그 사람들은 소리를 길게 끌어 노래 부르기를 즐겼는데, 이리의 울부짖는 소리를 닮았다고 한다.[22]

고차족은 돌궐계 유목 민족으로, 그들이 끄는 수레의 높이가 높았던 탓에 이런 이름이 붙었다고 알려져 있다. 이들은 5세

---

22 魏收, 《魏書》, 서울: 경인문화사 영인본, 1976, 2307쪽.
"俗雲 單於生二女 姿容甚美 國人皆以爲神. 單於曰 吾有此女 安可配人 將以與天. 乃於國北無人之地 築高臺 置二女其上 曰 請天自迎之. 經三年 其母欲迎之 單於曰 不可 未徹之間耳. 復一年 乃有一老狼晝夜守臺嗥呼 因穿臺下爲空穴 經時不去. 其少女曰 吾父處我於此 欲以與天 而今狼來 或是神物 天使之然. 將下就之. 其姉大驚曰 此是畜生 無乃欲父母也. 妹不從 下爲狼妻而産子 後遂滋繁成國 故其人好引聲長歌 又似狼嗥."

기 무렵에 몽골과 알타이Altai 산맥의 서쪽에 부족국가를 세워 상당한 세력을 떨치기도 하였다.

이 신화에서는 선우의 딸이 이리와 결합하여 자손을 퍼뜨린 것으로 되어 있다. 이것을 이리를 조상으로 하는 수조신화의 일종으로 파악할 수도 있다. 하지만 밑줄 친 곳에 나타나듯이, 여기에 등장하는 이리는 하느님이 보낸 신령스러운 것으로 인식되었다.23 이렇게 본다면 퉁구스계 민족의 일파인 돌궐족은 하늘 세계와 관련된 존재가 이 지상의 왕권을 장악했다는 신화를 가지고 있었던 것이 분명하다고 하겠다.

이상과 같은 고찰을 거쳐, 하늘에 거주하는 존재나 그의 자손이 이 지상에 내려와 왕권을 장악하는 한국의 천강신화는 고차족을 비롯한 돌궐 계통의 민족들이 공유하고 있던 신화적 사유와 밀접한 관련이 있다는 사실을 구명하였다. 또 이러한 신화적 사유가 수렵·유목 문화와 관련을 가진 것이기 때문에 한국의 천강신화도 이런 문화와 복합되어 한반도에 들어왔다고 보아도 좋지 않을까 한다.

1-2 천기감응신화

한편 한국의 고대 왕권신화들 가운데는 위에서 살펴본 것처럼 천제나 그 자손이 직접 왕권을 장악하는 것이 아니라 '하늘

---

23   佐口透, 앞의 논문, 89쪽.

에서 내려온 기운', 곧 천기의 감응으로 탄생한 존재가 왕권을 잡는 한 무리의 자료가 존재한다.

이런 자료들을 지금까지는 일광감응신화日光感應神話의 범주에 들어간다고 보아 왔다.**24** 그러나 한국의 왕권신화 자료들을 총체적으로 검토하면서 부여와 고구려의 왕권신화가 계통을 달리한다는 사실을 확인하였다.

고구려의 왕권신화가 부여의 것을 계승하였다고 보는 이유는 특히 진수陳壽의《삼국지三國志》위서 오환烏丸·선비鮮卑·동이전東夷傳 고구려 조에 "동이東夷의 옛말에 따르면 [고구려는] 부여의 별종別種이라고 하는데, 언어나 풍속 같은 것은 부여와 같은 점이 많았으나 그들의 기질이나 의복은 다름이 있다."**25**는 기록에 크게 의존하고 있다. 그동안 학계에서는 고구려의 언어와 풍속이 부여와 같은 것이 많다는 전자의 지적을 중시하였지만, 기질이나 의복이 다르다는 후자의 지적도 아울러 고려하지 않으면 안 될 것이다.**26** 또 여기에 사용된 '옛말〔舊語〕'이란 아주 의심스러운 내용을 수반하는 경우에 사용되는 표현으로, 중국인들이 사실인 것처럼 그럴듯하게 말하기 위해서 쓴다는 점**27**

24　三品彰英,《神話と文化史》, 東京: 平凡社, 1971, 502~503쪽.

25　陳壽,《三國志》, 서울: 경인문화사 영인본, 1975, 843쪽.
　　"東夷舊語以爲夫餘別種 言語諸事 多如夫餘同 其性氣衣服有異."

26　부여족은 몽골 계통인데 고구려족은 퉁구스 계통이라고 보는 학자도 있다 [鳥越憲三郎,《古代朝鮮と倭族》, 東京: 中央公論社, 1992, 20쪽].

27　田村專之助,〈魏略魏志東夷傳の性質上〉,《歷史學硏究》10-7, 東京: 歷史學硏究會, 1940, 62~63쪽.

을 유의해야 한다. 실제로 고구려 신화에는 일광감응과 난생 모티프가 복합되어 있으나, 부여 신화에서는 천기감응 모티프가 강조된다는 차이가 있다.**28**

그래서 우선 천기감응의 모티프를 가진 부여의 동명 신화東明神話부터 고찰하기로 한다. 제일 먼저 문자로 기록된 동명 신화는 1세기 무렵 후한後漢 시대에 왕충王充, 27~97?이 지은《논형論衡》길험편吉驗篇에 실려 있는 다음과 같은 자료이다.

[자료 9]

북이족北夷族인 탁리국橐離國 왕의 시비가 임신을 하자, 왕이 그 시비를 죽이려고 하였다. [그러자] 시비가 "계란만 한 크기의 기운이 있어 하늘로부터 나에게 내려온 까닭에 임신하게 되었습니다."라고 대답했다. 나중에 아이를 낳아 돼지우리에 버렸으나, 돼지가 입으로 숨을 불어넣어 주어 죽지 않았다. 다시 마구간으로 옮겨 놓고 말에 밟혀 죽도록 하였지만, 말들 역시 입으로 숨을 불어넣어 주어 죽지 않았다. 왕은 아마 천제의 자식일 것이라고 생각하여 그의 어머니에게 노비로 거두어 기르게 하였고, 동명東明이라 부르며 소나 말을 치게 하였다.

동명의 활 솜씨가 뛰어나자, 왕은 그에게 나라를 빼앗길 것이 두려워 그를 죽이려고 했다. 동명이 남쪽으로 도망가다가 엄사수掩㴲水에 이르러 활로 물을 치니 물고기와 자라가 떠올라 다리를 만들어 주었고, 동명이 건너가자 물고기와 자라가 흩어져 추적하던 병사들은 건널 수 없었다.

그는 부여에 도읍하여 왕이 되었다. 이것이 북이北夷에 부여국이 생기

28　이복규李福揆도 "문헌 기록상의 실상을 통해서 볼 때, 이들 두 신화는 별개의 신화로 취급하는 것이 마땅하다. 주인공의 이름이 다르고 건국한 나라의 이름이 다른 두 신화를 동일시하는 것은 잘못이다."라고 하여 이들 두 신화를 구분한 바 있다[이복규, 〈부여 건국신화와 고구려 건국신화의 관계〉, 《부여·고구려 건국 신화 연구》, 서울: 집문당, 1998, 19쪽].

게 된 유래이다.[29]

이와 같은 동명 신화는 3세기 무렵에 진晉나라의 진수가 편찬한 《삼국지》 위서 동이전 부여 조에도 실려 있다. 여기에 수록된 것은 서진西晉 무제武帝 때 위魏나라의 어환魚豢이 지은 《위략魏略》에서 인용한 것으로, 그 내용은 아래와 같다.

[자료 10]

옛날 북방에는 고리高離라는 나라가 있었다. 그 왕의 시비가 아이를 배자, 왕이 [그 시비를] 죽이려고 하였다. 시비가 말하기를 "계란만 한 크기의 [신령스러운] 기운이 나에게 떨어졌기 때문에 임신을 하였습니다." 라고 했다.

그 뒤에 [그녀는] 아이를 낳았다. 왕이 그 아이를 돼지우리에 버리자 돼지가 입김을 불어 주어 죽지 않았고, 마구간에 옮겨 놓았으나 말도 입김을 불어 주어 죽지 않았다. 왕은 천제天帝의 아들일 것이라고 생각하여 그 어머니에게 거두어 기르게 하고는, 이름을 동명이라 하고 항상 말을 사육하도록 하였다.

동명이 활을 잘 쏘자, 왕은 자기 나라를 빼앗길까 두려워하여 죽이려 하였다. [이에] 동명이 남쪽으로 달아나서 시엄수施掩水에 당도하여 활로

---

29 今西龍, 《朝鮮古史の硏究》, 東京: 國書刊行會, 1970, 475~476쪽.
"北夷橐離國王侍婢有娠 王欲殺之. 婢對曰 有氣大如鷄子 從天而下我 故有娠. 後產子. 捐於豬溷中 豬以口氣噓之 不死. 復徙置馬欄中 欲使馬藉殺之, 馬復以口氣噓之 不死. 王疑以爲天子 令其母 收取奴畜之 名東明. 令牧牛馬 東明善射. 王恐奪其國也. 欲殺之. 東明走南 至掩淲水 以弓擊水 魚鼈浮爲橋 東明得渡 魚鼈解散 追兵不得渡. 因都王夫餘. 故北夷有夫餘國焉. 東明之母 初姙時 見氣從天下 及生 棄之 豬馬以氣齅之 而生之. 長大 欲殺之 以弓擊水 魚鼈爲橋 天命不當死. 故有豬馬之救命 當都王夫餘 故有魚鼈爲橋之助也."

물을 치니, 물고기와 자라가 떠올라서 다리를 만들어 주었다. 동명이 [그것을 딛고] 물을 건너간 뒤 물고기와 자라가 흩어져 버리니 추격하던 군사는 건너오지 못하였다. 동명은 부여 지역에 도읍하여 왕이 되었다.**30**

이렇게 3세기에 전사傳寫되었던 동명 신화는 그 뒤에 남북조 시대에 남조南朝 송宋나라의 범엽范曄, 398~445이 편찬한《후한서 後漢書》동이열전東夷列傳 부여국 조에도 실렸다.

[자료 11]

처음에 북쪽 이족의 색리국索離國 왕이 바깥에 나가 다녔는데, [그 사이에 왕을 모시는] 여자(侍兒)가 아이를 배었다. 왕이 돌아와서 죽이려고 하자, 그 여자가 말하기를 "앞서 하늘을 쳐다보았더니 계란 같은 크기의 기운이 있어 나에게 내려온 연고로 임신을 하였습니다."라고 하였다. 왕이 [그녀를] 가두어 두었는데 그 뒤 마침내 사내아이를 낳았다.

왕이 그 아이를 돼지우리에 버리게 하였으나, 돼지가 입김을 불어주어 죽지 않았다. 다시 마구간에 옮겼으나, 말도 역시 그와 같이 해 주었다. 왕이 그 아이를 신이하게 생각하여 그 어머니가 거두어 기르도록 허락하고, 이름을 동명이라 하였다.

동명이 장성하여 활을 잘 쏘니, 왕이 그의 용맹함을 꺼리어 다시 죽이려고 하였다. [그러자] 동명이 남쪽으로 도망하여 엄사수掩遞水에 이르러서 활로 물을 치니 고기와 자라가 모두 모여 물위에 떠올랐다. 동명이 그것

---

30 陳壽,《三國志》, 서울: 경인문화사 영인본, 1975, 843쪽.
"魏略曰 舊志又言. 昔北方有高離之國者 其王者侍婢有身 王欲殺之 婢云 有氣如雞子來下 我故有身 後生子. 王捐之於溷中 豬以喙噓之 徙至馬閑 馬以氣噓之 不死. 王疑以爲天子也. 乃令其母收畜之 名曰東明 常令牧馬. 東明善射 王恐奪其國也 欲殺之. 東明走 南至施掩水 以弓擊之 魚鱉浮爲橋. 東明得度 魚鱉乃解散. 追兵不得度. 東明因都王夫餘之地."

을 밟고 물을 건너서 그대로 부여에 도착하여 왕이 되었다.[31]

위에서 소개한 세 자료 가운데《논형》에서는 동명이 태어난 곳이 탁리국橐離國으로 되어 있는데,《위략》에는 고리국高離國으로, 또《후한서》에는 색리국索離國으로 되어 있다. 동명이 건넌 강의 이름도 제각기 엄사수掩㴲水(掩㴲水)와 시엄수施掩水 등으로 되어 있어 그 이름은 차이를 보인다. 하지만 내용에는 별다른 차이가 없다. 이것은 "《위략》이나《후한서》가 부여의 건국전설로서는 가장 이른 시기의 기록인《논형》(기원 1세기 중엽의 책) 기사에 의거하였기 때문"[32]이라고 할 수 있다.

이들 자료는 밑줄 그은 곳에서 보이는 바와 같이 모두 시비가 하늘에서 내려온 계란만 한 크기의 기운에 감응되어 잉태를 하였고, 그리하여 낳은 존재가 바로 동명이다. 이것은 햇빛의 감응으로 태어난 고구려의 건국주인 주몽의 탄생신화와는 분명하게 구별된다고 하겠다.[33]

---

31 范曄,《後漢書》, 서울: 경인문화사 영인본, 1975, 2811쪽.
"初北夷索離國王出行 其侍兒於後姙身 王還欲殺之 侍兒曰 前見天上有氣 大如雞子 來降我 因以有身王囚之 後遂生男. 王令置於豕牢 豕以口氣噓之 不死. 復徙於馬蘭 馬亦如之. 王以爲神 乃聽母收養 名曰東明. 東明長而善射 王忌其猛 復欲殺之. 東明奔走 南至掩㴲水 以弓擊水 魚鼈皆聚浮水上 東明乘之得度. 因至夫餘而王之焉."

32 사회과학원 력사연구소 편,《조선전사》2(고대편), 평양: 과학백과사전출판사, 1979, 117쪽.

33 재일 사학자 이성시李成市도 부여와 고구려의 신화를 비교하여, 전자의 경우는 난생이 아니고, 감응感應이기는 하지만 일광日光으로 말미암은 것은 아니어서 신화의 유형으로서는 중요한 점에 커다란 차이가 있으며, 또《위서》[《삼국지》의

그런데 이러한 부여의 동명 신화와 계통을 같이하는 자료가 남아 있다. 그것은 바로 중국의 문헌에 전하는 백제의 구태 신화이다.

[자료 12]

백제의 선대는 고려국高麗國에서 나왔다. 그 나라 왕의 한 시비侍婢가 갑자기 임신을 하게 되어 왕은 그녀를 죽이려고 하였다. [그러자] 시비가 말하기를, "[하늘에서] 달걀같이 생긴 물건이 나에게 내려와 닿으면서 임신이 되었습니다."라고 하자, 그냥 놓아주었다. 뒤에 드디어 사내아이 하나를 낳았는데, [죽으라고] 뒷간에 버렸으나 오래도록 죽지 않았다. [왕이] 신령스럽게 여겨 기르도록 명하고, 이름을 동명東明이라고 하였다. 장성하자 고려 왕이 시기하므로, 동명은 두려워하여 도망가서 엄수淹水에 이르렀는데, 부여 사람들이 모두 그를 받들었다. 동명의 후손에 구태仇台라는 자가 있어 매우 어질고 신의가 두터웠다. [그가] 대방帶方의 옛 땅에 처음 나라를 세웠다. 한漢의 요동태수遼東太守 공손탁公孫度이 딸을 주어 아내로 삼게 하였다. 나라가 점점 번창하여 동이 중에서 강국이 되었다. 당초에 백가百家가 바다를 건너왔다고 해서 백제百濟라고 불렀다.**34**

위서를 가리킨다-인용자 주]의 "동이의 옛말"이라고 하는 것은 아주 모호한 전문傳聞·추량推量이기 때문에 신뢰성이 없음을 지적하였다.
李成市,〈《梁書》高句麗傳と東明王傳說〉,《中國正史の基礎的硏究》, 東京: 早稻田大學出版部, 1984, 128~139쪽.

34 魏徵 共纂,《隋書》, 서울: 경인문화사 영인본, 1976, 1817~1818쪽.
"百濟之先 出自高麗國. 其王有一侍婢 忽懷孕 王欲殺之. 婢云 有物狀如鷄子 來感於我 故有娠也. 王捨之. 後遂生一男 棄之廁溷 久而不死 以爲神 命養之 名曰東明. 及長 高麗王忌之 東明懼 逃至淹水 夫餘人共奉之. 東明之後 有仇台者 篤於仁信 始立其國於帶方故地. 漢遼東太守公孫度以女妻之 漸以昌盛 爲東夷強國. 初以百家濟海 因號百濟."

이 자료는 7세기에 위징魏徵 등이 편찬한 《수서隋書》 동이열전 백제 조에 기록된 백제의 왕권신화이다. 밑줄 그은 곳에서처럼 여기에서도 왕의 시비가 하늘에 내려온 달걀같이 생긴 물건에 감응되어 임신하였다고 되어 있다. 이와 같은 신화적 표현은 구태의 선조인 동명이 천기감응으로 탄생했음을 말해 주는 것이어서, 앞에서 고찰한 부여의 동명 신화와 같은 계통의 신화라는 것을 알 수 있다.

전자가 후자의 내용을 그대로 옮겨 적은 듯한 인상을 주는 것은 사실이다. 그렇지만 차이가 없는 것은 아니다. 백제 신화에서는 동명의 후손인 구태가 대방 땅에서 나라를 세웠고, 그것을 중국의 한나라가 인정하였음이 덧붙여져 있다. 이것은 백제가 부여의 왕권신화를 수용하면서도 그들 나름대로 부연하였음을 나타내는 것이 아닐까 한다.

이러한 두 나라 왕권신화의 유사성은 백제의 지배 계층이 부여와 연관된다는 것을 말해 준다고 보아도 좋을 것 같다. 이런 추정은 당唐 태종太宗 2년(628년)에 방현령房玄齡 등에 의해 편찬된 《주서周書》 열전列傳 백제 조에 "왕의 성은 부여씨夫餘氏로 어라하於羅瑕라고 부르며, 백성들은 건길지鞬吉支라고 불렀는데, 중국 말로 모두 왕이라는 뜻이다."**35**라는 기록으로도 확인할

35　房玄齡 共撰, 《周書》, 서울: 경인문화사 영인본, 1976, 88쪽.
　　"王姓夫餘氏 號於羅瑕 民呼爲鞬吉支 夏言竝王也."
　　부여씨에 대해서는 노중국盧重國, 《백제 정치사 연구》, 서울: 일조각, 1988, 65~67쪽으로부터 시사를 받았다.

수 있다.[36]

8세기에 일본의 스가노노 마미치菅野眞道 등이 완성한 《쇼쿠니혼기續日本記》에 전하는 도모 신화都慕神話도 이와 같은 사실을 드러내는 자료로 볼 수 있어 매우 중요한 의의를 가진다.

[자료 13]

황태후의 그 백제 먼 조상이 도모왕都慕王인데, [그는] 하백河伯의 딸이 해의 정기[日精]에 감응하여 태어났다.[37]

이것은 《쇼쿠니혼기》 엔랴쿠延曆 8년(789년) 12월 조에 실려 있는 도모 신화이다. 이 신화에는 하백의 딸이 해의 정기에 감응하여 도모를 낳은 것으로 기록되어 있어, 언뜻 보면 고구려의 주몽 신화가 연상된다. 하지만 해의 정기를 의미하는 일정日精과 햇빛[日光]은 다른 의미를 지니는 것이 아닐까? 이런 구분을 인정한다면, 해의 정기를 하늘의 기운으로 해석하는 것이

36　그러나 6세기 북제北齊의 위수魏收가 편찬한 《위서魏書》 열전 백제 조는 "백제국은 그 선조가 부여로부터 나왔다."고 하였고, 백제 왕 여경餘慶[개로왕蓋鹵王을 지칭하는 것으로 보인다-인용자 주]이 올린 표表에는 "신은 고구려와 함께 부여에서 나왔다."고 하여 출자를 고구려와 같이한다고 하였다[魏收, 《魏書》, 서울: 경인문화사 영인본, 1976, 2217쪽].
　　비슷한 표현으로 《삼국사기》 권23 백제본기 제1 시조 온조왕 조에 "그 세계世系가 고구려와 더불어 부여에서 나왔기 때문에 부여를 씨로 삼았다[其世系與高句麗同出扶餘 故以扶餘爲氏]"는 것이 있다[김부식, 앞의 책, 231쪽]. 하지만 《삼국사기》의 이런 기록은 김부식이 위의 《위서》와 같은 기록을 참고한 것이 아닌가 한다.

37　黑板勝美 編, 《續日本記後篇》, 東京: 吉川弘文館, 1979, 542쪽.
　　"皇太後 其百濟遠祖都慕王者. 河伯之女 感日精而所生."

불가능하지 않을 듯하다.

이처럼 천기감응으로 잉태되어 탄생한 존재가 왕권을 장악한다는 신화로는 선비족鮮卑族38의 자료가 있다.

[자료 14]

투록후投鹿侯가 [지난날] 흉노匈奴의 군대에 3년 동안 종군하는 사이 그의 아내는 집에 있었는데 [임신을 하여] 아이를 낳았다. 투록후가 돌아와 괴이하게 생각하여 아이를 죽이려고 하였다. [그러자] 아내가 "일찍이 낮에 길을 가다가 천둥 치는 소리를 듣고 하늘을 우러러보니 번개가 갑자기 입안으로 들어와 삼켰더니 임신이 되어 버렸으며, 열 달이 지나 아이를 낳았습니다. 이 아이는 기이함이 있으니 반드시 길러야 합니다."라고 말했다. 투록후는 아내의 말을 믿지 아니하였다. 아내는 이에 친정에 말하여 아기를 거두어 기르게 하였으며, 그 이름을 단석괴檀石槐라고 불렀다. 단석괴는 자라서 용감하고 건장하였으며, 무리들 가운데 지략이 뛰어났다.39

이처럼 단석괴檀石槐의 탄생 이야기는 그의 어머니가 입안으로 들어간 번개를 삼키고 임신하여 그를 낳았다고 되어 있다. 이것은 하늘에서 내려온 기운인 천기에 따른 임신이었음을 나타낸다고 볼 수 있다.

38　선비鮮卑라는 명칭의 유래는 陳壽, 《三國志》, 서울: 경인문화사 영인본, 1975, 836쪽에 다음과 같이 나와 있다.
　　　"魏書曰 鮮卑亦東胡之餘也. 別保鮮卑山 因號焉."

39　위의 책, 837쪽.
　　　"投鹿侯從匈奴軍三年 其妻在家 有子. 投鹿侯歸 怪欲殺之. 妻言 當晝行聞雷震 仰天視而電入其口 因呑之 遂姙身 十月而産 此子必有奇異 且長之. 投鹿侯固不信. 妻乃語家 令收養焉 號檀石槐 長大勇健 智略絶衆."

선비족은 흉노 다음으로 일어난 동호계東胡系 유목 민족이다. 이들이 위와 같은 신화를 가졌다는 것은 자신들이 하늘의 자손이라고 인식하고 있었음을 보여 주는 것이 아닐까? 이는 그들의 왕인 선우單于를 "하늘이 세워 준 흉노 대선우〔天所立匈奴大單于敬問皇帝無恙〕"**40**라고 했던 것으로 미루어 보더라도 분명한 사실인 듯하다.

이와 같은 단석괴의 탄생담이 중국의 여러 문헌에 전하는 부여의 동명 신화와 유사한 모티프로 되어 있다는 것은 매우 흥미로운 일이다. 이렇게 천기감응으로 태어난 존재가 왕권을 장악한다는 선비족의 단석괴 신화와 부여의 동명 신화는 이들 두 민족이 문화적으로 접촉하면서 만들어졌을 가능성이 높다. 특히 단석괴가 권력을 장악하였을 때 "남쪽으로 한漢나라의 북변北邊 지역을 약탈하였고, 북쪽으로는 정령丁令을 막았으며, 동쪽으로는 부여를 물리치고, 서쪽으로는 오손烏孫을 공격하여 흉노의 옛 땅을 모두 점유하였으니 동서로 1만 2천 리, 남북으로 7천여 리에 달하였고, 산천과 수택水澤, 염지鹽地를 망라하여 영토가 매우 넓었다."**41**는 기록에서 부여와 직접적인 접촉이 있었다는 것을 확인할 수 있다. 따라서 부여의 천기감응 왕권신

---

40   이것은 흉노의 선우가 기원전 176년 한漢나라 효문제孝文帝에게 보낸 서한에 나오는 표현이다.
　　　司馬遷,《史記》, 서울: 경인문화사 영인본, 1976, 2896쪽.
41   陳壽, 앞의 책, 838쪽.
　　　"南鈔漢邊 北拒丁令 東卻夫餘 西擊烏孫 盡據匈奴故地 東西萬二千餘里 南北七千餘里 罔羅山川水澤鹽地甚廣."

화가 선비족의 그것과 같은 계보의 자료인 것은 당연한 귀결이라고 볼 수 있다. 더욱이 후자가 유목 문화를 가진 기마 민족이었다는 사실을 감안한다면, 농사를 짓기 이전에 부여가 가졌던 유목 문화도 그들과 긴밀한 관련을 가졌을 가능성이 짙다고 하겠다.

1-3 태양출자신화

한편 고구려의 건국주인 주몽의 탄생담에서는 그가 햇빛의 감응에 의해 태어난 것으로 되어 있다. 그래서 김부식의《삼국사기》권13 고구려본기 시조 동명성왕 조에 전하는 신화의 내용부터 살펴보기로 하겠다.

[자료 15]

이때[금와가 왕이 되었을 때를 가리킨다−인용자 주] [금와가] 태백산의 남쪽 우발수優渤水에서 한 여자를 만나 [그 사정을] 물어보았다. [그랬더니] 그녀가 "나는 하백의 딸로 유화라고 합니다. 여러 동생들과 더불어 나와 놀고 있을 때, 한 남자가 있어 자칭 천제의 아들 해모수라고 하면서 나를 웅심산 밑의 압록강가에 있는 집 안으로 유인하여 동침을 하고 곧 가서는 [다시] 돌아오지 않았습니다. 나의 부모는 내가 중매도 없이 남자와 상관한 것을 꾸짖고 드디어 우발수에서 귀양살이를 하게 하였습니다."라고 대답하였다.
ㄱ 금와가 이상하게 생각하여 [그녀를 데리고 와서] 방 안에 가두었더니, 그녀에게 햇빛이 비추었다. 그녀가 몸을 피하면 햇빛이 또 따라와 비추었다. ㄴ 이로 말미암아 태기가 있어 알 한 개를 낳았는데, 크기가 닷 되들이만 하였다. 왕이 그 알을 버려 개와 돼지에게 주었으나 모두 먹지 않았다. 다시 길 가운데에 버렸으나 소와 말이 피하며 밟지 않았다. 나중에는

들판에 버렸더니 새가 날개로 덮어 주었다.

　왕이 그것을 쪼개려고 하였지만, 깨뜨릴 수가 없었기 때문에 마침내 그 어머니에게 돌려주었다. 그 어머니가 물건으로 싸서 따뜻한 곳에 두었더니 한 사내아이가 껍질을 깨고 나왔다.

　그의 골격과 풍채가 영특하고 기이하였으며, 나이가 겨우 일곱 살인데도 보통 사람들보다 월등하게 달랐다. 스스로 활과 화살을 만들어 쏘았는데 백발백중이었다. 부여의 속담에 활을 잘 쏘는 것을 주몽이라고 하였으므로 이렇게 이름을 지었다고 한다.[42]

　이 자료에는 주몽이 ㉠ 햇빛의 감응으로 잉태되어 ㉡ 알의 형태로 태어났다고 기록되어 있다. 그래서 전자에 주안점을 두었을 때는 일광감응신화라고 하고, 후자에 주안점을 두는 경우에는 난생신화라고 지칭한다.

　여기에서 주몽이 알의 형태로 태어났다는 난생 모티프를 가지고 있는 데 착안하여 이 신화의 계통을 남방에서 구하는 견해가 상당히 널리 인정되어 왔다.[43] 그렇지만 이것은 이처럼 간단하게 처리할 성질의 문제가 아니다. 만약 고구려의 왕권을

42　　김부식, 앞의 책, 145~146쪽.
"於是時 得女子於太白山 南優渤水 問之曰 我是河伯之女 名柳花 與諸弟出遊 時有一男子 自言天帝子解慕漱 誘我於熊心山下 鴨渌邊室中私之 卽往不返 父母責我無媒而從人 遂謫居優渤水 金蛙異之 幽閉於室中 爲日所炤 引身避之 日影又逐而炤之 因而有孕 生一卵 大如五升許 王棄之與犬豕 皆不食 又棄之路中 牛馬避之 後棄之野 鳥覆翼之 王欲剖之 不能破 遂還其母 以物裹之 置於暖處 有一男兒 破殼而出 骨表英奇 年甫七歲 嶷然異常 自作弓矢射之 百發百中 扶餘俗語 善射爲朱蒙 故以名雲."

43　　三品彰英, 앞의 책, 378~381쪽; 김재붕, 〈난생신화의 분포권〉, 《문화인류학》 4, 서울: 한국문화인류학회, 1971, 39~53쪽.

장악한 집단이 남방으로부터 들어왔다면, 그들이 남긴 문화적인 흔적이 어디엔가 남아 있어야 하고 또 그것이 확인되어야 당연하다. 다시 말하자면 남방에서 들어온 집단이 지배 계층으로 군림했을 경우 그것을 증명할 수 있는 고고학적인 자료들이 발굴되어야 마땅하다는 뜻이다. 하지만 그런 자료는 아직까지 발견되지 않고 있다. 이 문제는 알과 관련된 신화를 분석할 때 자세히 살펴볼 것임을 미리 밝힌다.

지금까지는 이 "주몽 신화의 원류源流가 어느 면에서는 《논형》에 보이는 부여국 동명왕의 전설에서 나왔다."**44**고 하여, [북]부여의 왕권신화와 같은 계통의 자료로 보아 왔다. 특히 신화의 문맥에서 주몽이 부여로부터 망명한 것으로 표현되어 있어, 고구려의 역사도 부여와 밀접한 관련을 가지는 것이란 견해가 무비판적으로 받아들여져 왔다.

이에 대하여 이성시는 부여의 동명 신화와 광개토대왕 비문의 주몽 신화는 전연 별개의 자료임을 지적한 다음,**45** "부여를 출자로 하는 건국설화가 전략상 대단히 유효했다는 것은 말할 필요도 없다. 안으로는 신부新附 부여족과 융합을 꾀하고, 밖으로는 연燕과 적대시하고 있던 당시에 옛 부여의 영역 점유에 대한 정당성과 역사적 근거를 주장하기에 적당한 이데올로기가 될 수 있었다."**46**고 하였다.

44　앞의 책, 320쪽.
45　李成市, 앞의 논문, 129~132쪽.
46　위의 논문, 139쪽.

이성시의 연구 성과를 받아들인 일본의 다나카 도시아키田中俊明, 1952~는 주몽이 북부여에서 왔다고 하는 신화적 표현을 "살린스Marshall D. Sahlins가 언급한 '외래왕foreign king' 전설로 유형화할 수 있다."고 분석하였다. 즉 고구려 지배자의 이 같은 정치적 주장을 충분히 '지배자 스스로에게 대내외적으로 권위를 부여하고자 특히 외부로부터 왔음을 주장하는 것'이라고 생각할 수 있다는 것이다. 또 그는 부여와 고구려가 종족적 계보 관계가 있다는 적극적인 근거는 없다고 보았다.**47** 이러한 견해들에 따르면 고구려의 신화는 부여의 것과 다른 계통의 자료라고 보아도 무방하지 않을까 한다.

이렇게 부여의 동명 신화와는 구별되는 위의 자료에는 유화가 햇빛의 감응으로 잉태하여 낳은 존재가 주몽이라는 점이 명확하게 기술되어 있다. 특히 그녀가 피하였음에도 햇빛이 따라와 비추었다는 것은 주몽의 탄생에 태양이 직접적으로 관여했음을 나타낸다. 그러므로 이러한 신화적 표현은 그의 왕권이 태양에서 유래되었음을 말해 준다고 보아도 좋을 듯하다.

한국의 고대 왕권신화에는 이처럼 햇빛의 감응으로 태어난 것은 아니지만 그 왕권의 유래를 태양에서 구하는 한 부류의

다케다 유키오武田幸男도 고구려 왕권의 기반이 된 군신 관계의 전형적인 인격적 노속奴屬의 모습과 관련한 중요한 지적을 한 바 있다.
武田幸男, 〈牟頭婁一族と高句麗王權〉, 《朝鮮學報》 99·100合倂號, 奈良: 天理大學朝鮮學會, 1981, 166~174쪽.

47　田中俊明, 〈高句麗とは〉, 東潮·田中俊明 編著, 《高句麗の歷史と遺跡》, 東京: 中央公論社, 1995, 15쪽.

신화들이 존재한다. 이 범주에 들어가는 자료로 가락국駕洛國의 수로 신화首露神話와 신라의 혁거세 신화赫居世神話를 들 수 있다. 먼저 전자의 내용부터 소개하기로 한다.

[자료 16]

개벽한 이래로 이곳에는 아직 나라의 이름이 없었고, 또한 군신의 칭호 따위도 없었다. 그저 아도간, 여도간, 피도간, 오도간, 유수간, 유천간, 신천간, 오천간, 신귀간 등의 아홉 간이 있을 뿐이었다. 이들이 곧 추장이 되어 백성들을 통솔했는데, 일백 호戶에 칠만 오천 인이었다. 많은 사람들이 산야에 [흩어져] 살면서 우물을 파서 물을 마시고 밭을 갈아 양식을 했다.

마침 후한 세조 광무제 건무 18년 임인 3월의 계욕일禊浴日에 사는 곳 북쪽 구지龜旨(이것은 봉우리의 이름인데 십붕+朋이 엎드린 형상과 같았으므로 이렇게 이른 것이다.)에서 수상한 소리와 기척이 있더니 부르는 소리가 났다. 이삼백 사람이 이곳에 모이니 사람 소리 같으면서 그 형상은 숨기고 그 소리만 내어 가로되 "여기에 사람이 있느냐?"라고 하였다. 아홉 간 등이 "우리들이 있습니다."라고 하자, 또 말하기를 "내가 있는 곳이 어디인가?"라고 하였다. 대답하여 "구지입니다."라고 하니, 또 가로되 "황천께서 나에게 명하시기를 이곳에 임해서 나라를 새롭게 하여 임금이 되라고 하시기에 이곳에 내려왔으니 너희들은 모름지기 봉우리를 파서 흙을 집으며 노래하기를 ㉮ '龜何龜何 首其現也 若不現也 燔灼而喫也'라 하고 뛰고 춤추면 곧 대왕을 맞이하여 즐거워 날뛸 것이다."라고 하였다. 아홉 간 등이 그 말과 같이 모두 즐거워하며 노래 부르고 춤추었다.

[노래하고 춤춘 지] 얼마 되지 않아 우러러 바라보니, ㉯ <u>하늘에서 자색 줄이 내려와 땅에 닿았다. 줄 끝을 찾아보니 홍색 보자기 속에 금합金合이 있었다. 그것을 열어 보자 해와 같이 둥근 황금 알이 여섯 개가 있어 많은 사람들이 다 같이 놀라 기뻐하면서 함께 백배하였다.</u> 조금 있다가 다시 [그 알들을] 보자기에 싸들고 아도간의 집으로 가서 탑상榻上에 놓아두고 무리들은 제각기 흩어졌다.

하루가 지나 이튿날 아침에 여럿이 다시 모여 합을 여니 여섯 개의 알이 동자가 되어 있었는데, 용모가 매우 빼어났다. 이에 상床에 앉힌 다음, 무리들은 절하고 치하하며 공경을 다해 모셨다. [사내아이들은] 날마다 자라서 십여 일이 지나자 신장이 9척이나 되는 것은 은나라의 천을天乙과 같았고, 얼굴이 용과 같은 것은 곧 한나라의 고조였다. [그리고] 눈썹이 여덟 가지 색깔인 것은 당나라의 요堯(高)와 같았고, 눈의 동자가 둘씩 있는 것은 우나라의 순제와 같았다.

그달 보름에 즉위하였는데, 처음으로 나타났다고 해서 휘諱를 수로라고 하고, 혹은 수릉首陵(수릉은 붕어한 뒤의 시호이다.)이라고도 하였으며, 나라를 대가야라 하고 가야국이라고도 일컬으니 곧 여섯 가야의 하나다. 남은 다섯 사람들도 제각기 돌아가서 다섯 가야의 임금이 되었다.**48**

이것은《삼국유사》권2〈가락국기駕洛國記〉에 실려 있는 수로 신화이다.《가락국기》는 "고려 문종 조인 대강大康 연간에 금관金官의 지주사知州事 문인文人이 지은 것"**49**이다. "건안建安 4년 기

48　최남선 편, 앞의 책, 108~109쪽.
"開闢之後　此地未有邦國之號　亦無君臣之稱　越有我刀幹·汝刀幹·彼刀幹·五刀幹·留水幹·留天幹·五天幹·神鬼幹等九幹者 是酋長　領總百姓　凡七百戶七萬五千人　多以自都山野　鑿井而飮　耕田而食　屬後漢世祖 光武帝建武十八年　壬寅三月禊浴之日 所居北龜旨 是峰巒之稱若十朋伏之狀　故雲也　有殊常聲氣呼喚　衆庶二三百人集會於此　有如人音　隱具形而發其音曰 此有人否　九幹等雲 吾徒在 又曰 吾所在爲何　對雲龜旨也　又曰　皇天所以命我者　禦是處　惟所家邦　爲君後　爲妓故降矣 你等須掘峰頂　撮土歌之雲　龜何龜何　首其現也　若不現也　燔灼而喫也　以之踏舞 則是迎大王 歡喜踴躍之也　九幹等如具言　鹹所而歌舞　未幾仰而觀之　唯紫繩自天垂而著地　尋繩之不　乃見紅幅裏金合子　開而視之　有黃金卵　圓如日者　衆人悉皆驚喜俱伸百拜．尋還裏著 抱持而歸我刀家　寶榻上 其衆各散　過浹辰　翌日平明 衆庶復相聚集開合 而六卵化爲童子 容貌甚偉 仍坐於床 衆庶拜賀 盡恭敬止 日日而大 踰十餘晨昏 身長九尺則殷之天乙 顔如龍焉則漢之高祖 眉之八彩則有唐之高 眼之重瞳則有虞之舜 具於月望日卽位也 始現故諱首露 或雲首陵 (首陵是崩後謚也) 國稱大駕洛 又稱伽倻國 卽六伽倻之一也 餘五人各歸五伽倻王."

49　위의 책, 108쪽.
"文廟朝大康年間 金官知州事 文人所撰也."

묘己卯에 처음 이 사당을 세운 때부터 지금 임금께서 즉위하신지 31년 만인 대강大康 2년 병진丙辰까지 도합 878년이 되었다."**50**는 기록이 있는 것으로 보아 1076년에 기록된 것이 분명하다. 《삼국사기》가 편찬된 1145년보다 거의 1세기 먼저 저술되었음을 알 수 있다.

이 책에 기록된 [자료 16]는 신탁에 따라 아홉 간 등 구지봉에 모였던 사람들이 봉우리의 흙을 파고 춤을 추면서 ㉮와 같은 노래를 부르자, ㉯에서 여섯 개의 알들이 내려왔다고 적고 있다. 여기에서 문제가 되는 것이 이때 부른 노래의 내용이다.

지금까지 국문학계는 "거북아, 거북아, 네 목을 내어라. 내 목을 내잖으면, 구워서 먹으리."라고 해석하여, 이 노래를 영신가迎神歌 내지는 영신군가迎神君歌로 보아 왔다.**51** 이미 필자는〈수로왕 신화의 연구〉란 논문에서 이 노래를 영신가나 영신군가로 해석하려면 수로와 같은 절대적인 존재를 맞이할 때 이렇게 위협적인 주술가呪術歌를 불렀다는 증거가 제시되어야 한다는 점을 지적한 바 있다.

이런 증거를 찾지 못하면서 이 노래를 영신가 내지는 영신군가로 해석하는 것은 납득하기 어렵다. 필자는 "검하, 검하, 먼저(빨리) 물러가거라, 만약에 물러가지 않으면 굽고 구워서 먹으리라."라고 해석하여 잡신雜神을 물리치는 '축귀요逐鬼謠'로 해

50　앞의 책, 115쪽.
　　"自建安四年己卯始祖 速今上御圖三十一載大康二年丙辰 凡八百七十八年."
51　이병기·백철,《국문학전사》, 서울: 신구문화사, 1963, 42~43쪽.

석하는 것이 타당할 것이라는 견해를 밝힌 바 있다. 이런 해석은 '구龜'자가 '검, 금'의 향찰로 잡신을 의미한다는 박지홍朴智弘의 연구 성과52를 받아들이면서, '수首'자를 '먼저'라는 부사로 보고, '현現'자를 '출出'과 통하는 것으로서 퇴출退出의 뜻이 있다는 데 바탕을 둔 것이다.53

현대의 발달된 종교학 연구조차 고대 사회에서 신과 왕 가운데 어느 쪽의 개념이 먼저 생겨났는지 명확하게 답하지 못할 만큼 그때 왕은 신격과 동일시되는 존재였다.54 이처럼 신성한 존재를 맞이할 때 그토록 위협적인 주술가를 부른다는 것은 도저히 있을 수 없는 일이다. 신성한 존재인 수로를 맞이하기 위해서는 부정을 물리치고 정결한 공간을 만드는 불제祓除의 의식儀式이 선행되어야 한다. 그렇다면 위의 해석과 같은 축귀요를 불러서 부정을 물리침으로써 신성한 공간을 만들었다고 보아야 한결 자연스럽다.55

실제로 강신降神에 앞서 신성한 공간을 확보하는 것은 모든 굿에서 공통되는 특징이다. 주신主神이 강림하기 이전 그 공간을 부정이 없는 신성한 공간으로 만들어야 하므로 잡신을 물리

---

52 박지홍, 〈구지가 연구〉,《국어국문학》15, 서울: 국어국문학회, 1957, 532~533쪽.
53 김화경, 〈수로왕 신화의 연구〉,《진단학보》67, 서울: 진단학회, 1989, 139~140쪽.
54 A. M. Hocart, *Kingship*, London: Humphrey Milford for Oxford University Press, 1927, pp.7~8.
55 제사를 지낼 때 분향焚香을 하여 불제를 한 다음 조상신을 맞이하는 강신 절차도 이와 비슷한 원리를 따른 것이라고 볼 수 있다.

치는 것이 순리이기 때문이다. 제사에서도 그렇고, 가면극을 연행하는 경우에도 그렇다. 따라서 수로를 맞이하면서도 이처럼 불제가 행해졌다고 보아야 하지 않을까 한다.

따라서 이 축귀요를 불러 잡신을 몰아낸 다음에, 구지봉에 모였던 사람들이 ㉯와 같이 여섯 개의 알을 맞이하였다고 보는 것이 타당할 것 같다. 그 알은 하늘에서 내려온 자색 줄의 끝에 달린 홍색 보자기 속 금합 안에 들어 있었다. 이런 신화적 표현에 등장하는 자색이나 황색은 태양에서 연원된 색깔이고,**56** 금합이나 해와 같이 둥근 알 역시 태양을 표상한다.**57** 그러므로 수로는 태양으로부터 내려온 존재, 즉 태양족의 후손임을 나타낸다고 볼 수 있다.

이렇게 태양에서 강탄한 것으로 되어 있는 수로의 탄생신화는 햇빛의 감응으로 알로 태어났다고 하는 주몽과 마찬가지로 태양으로부터 왕권이 유래되었음을 말해 주는 자료이다. 따라서 이들 신화는 다 같이 그 왕권의 연원이 태양에 있다는 것을 나타내는 태양출자신화의 범주에 들어간다고 할 수 있다.

이런 상정은 《동국여지승람東國輿地勝覽》 권29 고령현高靈縣의 건치연혁建置沿革 조에 전하는 대가야국의 시조 이진아시왕伊珍阿豉王의 탄생신화로도 그 타당성을 확인할 수 있다.

56　Hocart, op. cit., p.123.
57　Ibid., p.80.

[자료 17]

　가야산신伽倻山神 정견모주正見母主는 곧 천신인 이비가夷毗訶에 감응되어 대가야大伽倻의 왕 뇌질주일惱窒朱日과 금관국金官國의 왕 뇌질청예惱窒青裔 두 사람을 낳았다. 즉 뇌질주일은 이진아시왕의 별칭이고, 청예는 수로왕의 별칭이다.**58**

　이 자료는 최치원崔致遠이 저술한 《석리정전釋利貞傳》에서 인용된 것이다. 이 책이 노사신盧思愼과 양성지梁誠之 등이 편찬한 《동국여지승람》에 인용된 것으로 보아 15세기까지는 남아 있었다는 것을 알 수 있다. 그 뒤 비록 일실되기는 하였으나, 위의 자료가 신라 시대에 기록된 것은 명백한 사실이라고 하겠다. 따라서 이 신화도 당시에 전하던 이야기였을 것이므로, 그 근거가 분명하다고 보아도 무방할 듯하다.

　이 자료는 대가야국의 시조 이진아시왕과 금관가야국의 시조 수로왕을 천신인 이비가와의 감응으로 정견모주가 낳았다고 하였다. 이렇게 태어난 이진아시왕의 이름이 뇌질주일惱窒朱日이다. 여기에서 주일, 즉 '붉은 해'는 태양을 가리키는 것이 명백하다. 그러므로 가락국 사람들이 이들을 태양족의 아들로 인식하고 있었다는 것은 거의 확실한 것 같다.

　신라를 세운 박혁거세朴赫居世의 탄생 이야기도 이렇게 태양

58　朝鮮史學會 編, 《東國輿地勝覽》 4, 서울: 朝鮮史學會, 1930, 29~30쪽.
"伽倻山神政見母主 乃爲天神夷毗訶之所感 生大伽倻王惱窒朱日 金官國王惱窒青裔二人. 則惱窒朱日爲伊珍阿豉王之別稱 青裔爲首露王之別稱."

에서 왕권이 유래되었다고 하는 왕권신화의 범주에 들어간다.

[자료 18]

전한前漢 지절地節 원년 임자壬子(고본에는 건호建虎, 建武 원년이라고도 하고 또는 건원建元 3년이라고도 하였으나 모두 잘못된 것이다.) 3월 초하룻날에 여섯 부의 조상들이 자제를 거느리고 알천關川 언덕 위에 모여서 의논하여 이르기를, "우리들이 위로 군주가 없이 여러 백성들을 다스리므로 모두 방자해져서 제 마음대로 하니, 어찌 덕 있는 사람을 찾아 군주로 삼아 나라를 세우고 도읍을 정하지 아니하겠는가?"라고 하였다.

이에 높은 곳에 올라 남쪽을 바라보니 양산楊山 밑 나정蘿井 곁에 이상한 기운이 마치 번갯불[電光]처럼 드리우고, 거기에 백마 한 마리가 꿇어앉아 절하는 형상을 하고 있었다. 그곳을 찾아가 보니 자색의 알(혹은 푸르고 큰 알이라고도 한다.)이 하나 있는데, 말은 사람을 보고는 길게 울다가 하늘로 올라가 버렸다. 곧 그 알을 깨 보니 사내아이가 나왔는데 그 모양이 단정하고 아름다웠다.

[그들은] 놀랍고 이상스러워 그 아이를 동천東泉(동천사東泉寺는 사뇌야詞腦野 북쪽에 있다.)에서 목욕시켰다. 그랬더니 몸에서 광채가 나고 새와 짐승이 따라와 춤추며 천지가 진동하고 해와 달이 맑아졌다. 그 일로 그를 혁거세왕赫居世王(아마도 우리말일 것이다. 불구내왕弗矩內王이라고도 하니 밝게 세상을 다스린다는 뜻이다. 해설하는 이는 "이는 서술성모西述聖母가 낳은 것이다. 그러므로 중국 사람이 선도성모仙桃聖母를 찬양한 말에 현인을 낳아 나라를 세웠다고 하는 것은 이 일을 가리킨 것이다."라고 말한다. 계룡鷄龍이 상서祥瑞를 나타내면서 알영關英을 낳았다고 한 이야기 또한 서술성모의 현신을 말한 것이 아닐까 한다.)라고 하고, 위호位號를 거슬한居瑟邯(혹은 거서간이라고도 한다. 그 자신이 처음 말을 할 때 알지閼智 거서간이 한 번 일어났다고 한 말을 따라 부른 것인데 이로부터 왕자의 존칭이 되었다.)이라 하였다.[59]

---

59   최남선 편, 앞의 책, 44~45쪽.
"前漢地節元年壬子 古本元建虎元年 又云建元三年等 皆誤 三月朔 六部祖各率子弟 俱會於關川岸上 議曰 我輩上無君主臨理蒸民 民皆於逸 自從所欲 盍覓有德人

이것은 《삼국유사》 기이 권1 신라 시조 혁거세왕 조에 전하는 자료이다. 여기에서 밑줄 그은 문장에서 보는 바와 같이, 흰 말이 하늘로부터 가지고 온 자색 알에서 혁거세가 탄생했다. 이런 내용의 이 신화 역시 가락국의 수로 신화와 마찬가지로 알에서 태어난 난생신화의 범주에 들어간다. 이 신화에 나오는 자색도 태양에서 연원된 색깔이므로,**60** 신라의 왕권도 태양에서 유래되었다는 것을 말해 준다고 하겠다.

이 신화에 등장하는 백마는 그리스 신화에서 태양의 신 헬리오스Helios가 몰았다고 하는 태양을 실은 마차의 말과 같은 기능, 곧 태양의 심부름을 하는 신화적 동물일 가능성이 높다.**61** 이런 추정이 허용된다면 말에 대한 신화적 사유에서는 그리스 신화와 관계를 밝히는 작업도 필요하다는 것을 지적해 둔다.

이제까지의 고찰로 한국의 고대 왕권신화들 가운데 태양에서 왕권의 유래를 서술하는 일군의 신화들이 존재한다는 사실을 확인하였다. 그렇다면 한국 민족이나 그 문화의 형성 과정을 재구하는 입장에서는 당연히 이들 신화가 어디로부터 들어

爲之君主 立邦設都乎. 於是 乘高南望 楊山下蘿井傍 異氣如電光垂地 有一白馬跪
拜之狀 尋撿之 有一紫卵 一雲靑大卵 馬見人長嘶上天 剖其卵得童男 形儀端美 驚
異之 浴於東泉 東泉寺在詞腦野北 身生光彩 鳥獸率舞 天地振動 日月淸明 因明赫
居世王 (蓋鄕言也 或作弗矩內王 言光有理世也 說者云 是西述聖母之所誕也 故
中華人讚 仙桃聖母 有娠賢啓邦之語是也 乃至鷄龍現端産閼英 又焉知非西述聖母
之所現耶.) 位號曰居瑟邯或作居西幹 初開口之時 自稱云 閼智居西幹一起 因其
言稱之 自後爲王者之尊稱."

60 Hocart, op. cit., p.123.

61 유재원, 《그리스 신화의 세계》 1–올림포스 신들, 서울: 현대문학, 1998, 102쪽.

왔는가 하는 문제를 따져보아야 한다. 먼저 《원조비사元朝祕史》
에 전하는 신화의 내용을 소개한다.

[자료 19]

그리하자[아들들이 그 어머니의 출산을 의심하자-인용자 주] 그의 어머니 알란 코
아Alan Qo'a, 阿蘭豁阿가 말하기를, "벨구누테이Belgünütei, 別古訥台·부구누테
이Bügünütei, 不古訥台 두 아들들아, [다른 사람들이] 내가 낳은 세 아이를 누
구의 아이인지 의아하게 여기고 있으니 너희들이 의혹을 가지는 것도 당
연하다. 너희들은 [그 내막을] 알지 못할 것이다. [실은] 매일 밤 황백색黃
白色 남자가 천창天窓 문설주의 밝은 곳으로 들어와서 나의 배를 쓰다듬자
그의 광명光明이 내 뱃속으로 스며들었다. [그가] 나갈 때는 일월日月의 빛
을 따라서 마치 누런 개가 기어가는 것같이 하였다. [그러니] 너희들은 그
런 말을 하지 말거라. 이것을 보면 분명히 하늘의 아들(天的兒子)이니, 보통
사람들은 가히 알지 못할 것이다. 오랜 뒤에 그[의 후예]가 제왕 노릇을 할
터인즉 그때 가서야 비로소 [그것을] 알 것이다."라고 하였다.62

이것은 칭기즈칸의 선조 보돈차르Bodonchar, 孛端察兒의 탄생담
이다.63 여기에서 그의 어머니인 알란 코아에게 접근한 존재는

---

62   李文田 注,《元朝祕史》, 上海: 商務印書館, 1936, 17~18쪽.
"因那般 他母親阿蘭豁阿說 別古訥台 不古訥台 您而兒子 疑惑我這三個兒子是誰
生的 您疑惑的也是 您不知道 每夜有黃白色人 自天窓門額明入來 將我肚皮摩
挲 他的光明透入肚裏 去時節隨日月的光 恰似黃狗 般爬出去了 您休造次說 這般
看來 顯是天的兒子 不可比做凡人 久後他每做帝王呵 那時纔知道也者."

63   《원조비사》의 서두에는 다른 계통의 신화도 실려 있다. 8~9세기 무렵 싱안
링興安嶺 북부의 아르군Argun 강역을 원주지로 삼았던 몽골족[蒙兀]의 기원신화
는 푸른 이리[蒼狼]가 흰 암사슴[白牝鹿]과 결합하여 시조가 탄생했다는 내용이다.
역사적으로 볼 때 [자료 19]는 그들이 이동을 개시한 11세기 초 무렵의 것이며,
그들이 부르칸 칼둔Burqan Qaldun, 不兒罕嶽이라는 산으로 이동한 12세기의 신화

지붕에 난 창을 통해 들어온 사람의 형상으로, 성적인 접촉 대신 손으로 그녀의 배를 만지면서 빛을 뱃속으로 스며들게〔透入〕하였다. 이 때문에 알란 코아는 자신이 빛의 감응으로 잉태하였으며, 그리하여 태어난 삼 형제는 하늘의 아들이므로 보통 사람들은 알지 못할 것이라고 말하는 것이다. 따라서 이렇게 하여 태어난 존재가 태양을 표상한다고 보아도 아무 지장이 없을 듯하다.

이처럼 하늘을 대표하는 빛의 감응에 의해서 위대한 인물이 태어난다고 하는 신화가 몽골에만 국한되어 전하는 것은 아니다. 북위北魏의 태조 도무제道武帝의 탄생담도 이와 같은 유형의 신화로 되어 있으므로, 그 내용도 아울러 소개하기로 한다.

[자료 20]

태조 도무황제道武皇帝의 휘는 규珪이고 소성황제昭成皇帝의 적손이며 헌명황제獻明皇帝의 아들이다. 어머니는 헌명하황후獻明賀皇後라고 하였다. 처음에 이사를 하여 운택에서 놀다가 [집에 들어와] 이미 하던 일을 멈추고 잠자리에 들었는데, 해가 방 안을 지나가는 꿈을 꾸고 깨어나 본즉 빛이 창으로부터 하늘에 닿아 있었고 갑자기 감응함이 있었다. 건국 34년[371년] 7월 7일 참합파參合陂[지금의 중국 산시성山西省 다퉁시大同市 부근이다 —인용자 주] 북쪽에서 태조를 낳자, 밤에 다시 광명이 있어 소성황제가 크게 기뻐하였으며 군신들이 경사를 치하하였고 대사면이 있었다.[64]

가 이리를 조상으로 하는 낭조신화狼祖神話이다.
佐口透,〈アルタイ諸民族の神話と傳承〉,《騎馬民族とは何か》, 東京: 每日新聞社, 1975, 99쪽.
64 魏收, 앞의 책, 19쪽.

이 자료는 오호십육국 시대 대代나라를 세운 소성제 탁발십익건拓跋什翼犍의 손자인 탁발규拓跋珪의 탄생 이야기이다. 북위를 건국한 탁발족拓跋族은 선비족의 후예로 알려져 있으나, 그 출자가 명확하지 않아 별개의 몽골계 집단이 아니었는가 하는 견해도 있다.65 북위의 태조가 된 그는 밑줄 친 곳에서 보는 것처럼 해가 방 안을 지나가는 꿈을 꾸고 깨어난 헌명하황후가 하늘에서 비치는 빛의 감응으로 잉태하여 태어났다.

이런 모티프는 꿈과 현실이 뒤섞인 것일 가능성이 있다. 그 가능성에 관해서는 탁발규가 태어난 연대, 곧 건국 34년을 생각해 볼 필요가 있다. 여기에서 말하는 '건국建國'은 그의 할아버지인 탁발십익건이 '대'라는 작은 나라를 번치繁時[지금의 중국 산시성 신저우시忻州市 판스현繁時縣이다-인용자 주]에 세우고 정한 연호로, 건국 34년은 곧 371년이 된다. 이 시대는 이미 역사 시대로 접어든 다음이다. 그 때문에 신화시대에 있었던 비정상적인 탄생과 같은 비합리적인 요소를 꿈의 세계와 결부시킨 것이 아닌가 한다.

이런 착종錯綜 다음에 만들어진 왕자들의 탄생에 얽힌 이야기에서는 이 꿈의 세계가 한층 더 일반화되어 있다.

"太祖道武皇帝 諱珪 昭成皇帝之嫡孫 獻明皇帝之子也 母曰獻明賀皇后 初因遷徙 遊于雲澤 旣而寢息 夢日出室內 寤而見光自牖屬天 欻然有感 以建國三十四年七月七日 生太祖於參合陂北 其夜復有光明 昭成大悅 群臣稱慶. 大赦."

65 佐口透, 앞의 책, 101쪽.

[자료 21]

세종世宗 선무宣武의 휘는 각恪이고, 고조高祖 효문황제孝文皇帝의 둘째 아들이다. 어머니를 고부인高夫人이라고 한다. 그녀가 말하기를, 꿈에 처음 해가 따라오기에 마루 밑으로 피하자 해가 용[龍]이 되어 몸을 칭칭 감아서 [혼절하였다가] 깨어나 보니 놀라서 가슴이 뛰었는데, 이미 임신을 했다고 하였다. 태화太和 7년[483년] 윤4월에 평성궁平城宮에서 황제를 낳았다. 태화 21년[497년] 정월 갑오甲午에 황태자가 되었다.**66**

이는 탁발규의 7대손인 선무황제宣武皇帝 원각元恪**67**의 탄생담으로, 그 내용이 거의 유사하다는 특징을 가지고 있다. 이 신화에서 관심을 끄는 것은 그가 건국 시조나 성씨의 시조가 아니라는 사실이다. 그런데도 밑줄 그은 곳에서처럼 꿈에 그의 어머니가 몸에 비치는 햇빛이 비치는 것을 피하자 그 햇빛이 용으로 변하여 감응을 했다는 내용이 들어 있다.

후대의 왕이 위와 같은 탄생담을 가진 이유는 그가 장악한 왕권의 정당성을 확보해야 했기 때문이라고 상정된다. 그들이 꿈에 나타난 어떤 것과의 감응으로 태어났다고 하는 탄생담을 가지는 경우**68**가 있다는 사실은 매우 흥미로운 일이라 하겠다.

---

66   魏收, 앞의 책, 191쪽.
"世宗宣武皇帝 徽恪 高祖孝文皇帝第二子. 母曰高夫人 初夢爲日所逐 避於牀下 日化爲龍 繞己數匝 寤而驚恪. 太和七年閏四月 生帝於平城宮 二十一年正月甲午 立爲皇太子."

67   북위의 황제들은 건국 초에는 자기들의 성인 탁발拓跋을 사용하였으나, 6대 고조高祖 효문제孝文帝에 이르러서 중국식 성으로 바꾸어 '원元'이라고 하였다.

68   방현령과 이연수李延壽 등이 편찬한 《진서晉書》 권102 재기載記 제2에 실려 있는 유총劉聰, 그리고 같은 책 권127 재기 제27에 실려 있는 모용덕慕容德의 탄생

[자료 22]

후주後主는 휘가 위緯이고, 자는 인강仁綱이며, 무성황제武成皇帝의 장자이다. 어머니를 호황후胡皇后라고 한다. 그녀가 말하기를 꿈에서 바다 위의 옥동이(玉盆)에 앉았는데, 해가 치마 밑으로 들어가는 꿈을 꾸고 드디어 임신하였다고 했다. 천보天保 7년[556년] 5월 5일 병주幷州의 저택에서 황제를 낳았으며, 어릴 때 아름다운 용모를 지녔기에 무성황제가 특별히 총애하여 왕세자로 배수했다.**69**

이 자료는 북주北周가 침공하자 도망하여, 황제에 즉위하기는 하였으나 결국에는 북주의 군사들에게 잡혔던 북제北齊 고위高緯의 탄생담이다. 북제 황제의 대수代數에 들어가지 못하는 것으로 보아 그의 왕권은 상당히 불안정했을 것으로 추정된다. 그 때문에 이렇게 해가 치마 밑으로 들어가는 태몽을 꾸고 태어났다는 이야기를 가지게 되었을 가능성이 있다.

그런데 거란족契丹族이 세웠던 요遼의 태조 아보기阿保機의 탄생담도 이와 비슷한 내용으로 되어 있어 이목을 끈다.

[자료 23]

태조 대성대명신열천황제는 …… 거란契丹 질라부迭剌部 하뢰익석열향霞瀨益石烈鄕 야율미리耶律彌里 사람이다. 덕조황제德祖皇帝의 장남으로 어머니는 선간황후宣簡皇后 소씨蕭氏이다. 당나라 함통咸通 13년[865년]에 태

담이 그런 예에 속한다고 할 수 있다.

69 李百藥,《北齊書》, 서울: 경인문화사 영인본, 1976, 97쪽.
"後主諱緯 字仁綱 武成皇帝之長子也. 母曰胡皇后 夢於海上坐玉盆 日入裙下 遂有娠 天保七年五月五日 生帝於幷州邸. 帝少美容儀 武成特所愛寵 拜王世子."

어났는데, 처음에 어머니가 품 안에 해가 떨어지는 꿈을 꾸고 임신하였다고 한다. 태어남에 미쳐 방 안에 신비로운 광채와 이상한 향기가 있었고, 몸은 세 살 먹은 아이와 같아 능히 기어 다닐 수 있었다.[70]

위에서 소개한 자료들은 제각기 약간의 차이가 있다. 곧 [자료 19]의 보돈차르는 햇빛의 감응으로 태어났다고 되어 있고, 그 다음 자료들에서는 해와 관련된 꿈을 꾸었다고 되어 있다. 하지만 [자료 21]에서는 용으로 변한 해에 감응하는 것으로 기록되어 있고, [자료 22]에는 해가 치마 밑으로 들어왔으며, [자료 23]에서는 해가 품 안에 떨어졌다고 하여 꿈의 내용도 조금씩 다르다.

이러한 차이는 인간 지혜의 발달과 더불어 햇빛의 감응으로 영웅이 탄생하였다는 신화적 사유가 좀 더 합리적이라고 할 수 있는 태몽으로 바뀐 결과라고 보는 것이 타당하지 않을까 한다. 바꾸어 말하면 역사 시대에 접어들어 합리적인 사유가 발달하자, 일광감응 모티프가 일광감응의 태몽 모티프로 변환되었다는 것이다.

이렇게 말하면 13세기에 기록된 [자료 19]가 과연 몇 세기 먼저 기록된 자료들보다 앞서는 일광감응 모티프를 가질 수 있느냐는 의문이 제기될지도 모른다. 그렇지만 전자는 칭기즈칸

---

70 脫虎脫, 《遼史》, 서울: 경인문화사 영인본, 1976, 1쪽.
"太祖 大聖大明神烈天皇帝 ……契丹迭剌部霞瀨益石烈鄉耶律彌里人 德祖皇帝之長男 母曰宣簡皇后蕭氏 唐咸通十三年生 初母夢日墮懷中 有娠 及生 室有神光異香 體如三歲兒 卽能匍匐."

이 원나라를 세우고 나서 그 조상의 비정상적인 탄생담을 만들기 위해 북방 아시아 일대에 퍼져 있던 일광감응 모티프를 차용했을 가능성이 높다.

여하간 이상의 자료들을 볼 때 북방 아시아, 특히 몽골 일대의 수렵·유목민들 사이에는 왕이나 그의 선조가 햇빛의 감응에 의해 탄생하였다는 전승이 상당히 널리 분포되어 있었음을 알 수 있다. 따라서 [자료 15]의 주몽 신화 역시 이와 같은 북방 아시아에 살고 있던 수렵·유목민들의 신화와 그 계통을 같이한다고 보아야 마땅하지 않을까 한다.

건국주나 왕권을 장악한 인물의 출자를 태양과 연계시키는 사상은 태양신 숭배와 밀접하게 연관된다. 인류 역사의 초기 기록을 보면, 당시 사람들은 신과 지상에서의 그의 대리자인 왕을 동시에 숭배하고 있었을 가능성이 짙다. 현재까지 지식으로는 신에 대한 숭배가 왕에 대한 숭배보다 선행되었다고 주장할 아무런 근거도 없다. 아마 어떠한 왕도 신 없이는 존재하지 못했고, 또 어떠한 신도 왕 없이는 존재하지 못했을 것이다. 예를 든다면 고대 이집트에서 왕을 신과 동일시하는 군주제의 관념이 있었다든지, 수메르Sumer의 도시 국가들에서 왕을 신이 보낸 구세주로서 그들의 대리자라고 믿고 있었던 것, 히타이트족Hittite이 왕을 항상 태양으로 이야기하였던 것 등은 이와 같은 고대인들의 왕에 대한 신앙을 말해 주는 것들이다.[71]

---

71   Hocart, op. cit., pp.7~8.

이러한 그들의 신화적 사유는 왕들의 출자를 태양에서 구하
는 많은 신화들을 만들어 냈다. 그러한 신화를 하나 소개하기
로 한다.

[자료 24]

이때 페르시아의 왕은 한漢나라에서 아내를 맞이하였다. 그녀는 한나
라에서부터 쭉 호위를 받았다. 그때 반란이 일어나서 동서를 연결하는 길
이 폐쇄되어 버렸다. 그 때문에 그들은 그녀를 아주 높고 위험한 외딴 산봉
우리에 데려다 놓았다. 거기는 사다리로만 접근할 수 있었다. 게다가 그들
은 그녀를 보호하기 위해서 밤낮으로 경비를 섰다. 3개월 뒤 혼란은 평정
되었다. 평온을 되찾았으므로 [페르시아로] 여행을 다시 시작하려고 했을
때 그들은 그녀가 임신했다는 사실을 알았다. ······몸종이 말했다. "물어
볼 것이 없습니다. 그녀를 임신시킨 것은 정령spirit입니다. 매일 정오에 태
양의 표면으로부터 수장chief-master이 말을 타고 그녀를 만나러 왔습니다."
······때가 되자 그녀는 대단히 아름다우면서도 모든 재능을 다 갖춘 아이
를 낳았다. ······그는 하늘을 날고 바람과 눈을 제어할 수 있었다. 그때부
터 지금까지 그의 자손들은 어머니 쪽에서 한나라 황실의 혈통을, 아버지
쪽에서는 태양신sungod의 혈통을 이어받았다고 전하고 있다.[72]

현장Hiune Tsiang, 玄奘의 《서역기西域記》에 실려 있는 이 자료에
서는 인간 남편인 왕이 있는데도 태양의 정령, 곧 태양신이 인
간의 형상을 하고 나타나서 왕후를 임신시켰다고 되어 있다.

이런 신화적 표현을 햇빛의 감응으로 볼 수 있느냐는 의문
이 들 수 있다. [자료 24]는 앞에서 살펴본 자료들과는 다소 다

---

72   op. cit., pp.18~19.

른 신화적 기술로 표현되어 있기 때문이다. 하지만 정령이 말을 타고 태양에서 왔다는 것은 햇빛이 비치는 것과 떼려야 뗄 수 없는 관계를 가지고 있다. 따라서 이러한 기술도 일광감응의 다른 표현이라고 보아도 좋지 않을까 한다.

이렇게 왕권이 태양과 밀접한 관계가 있다는 신화적 사유는 제왕의 탄생담에서만 찾을 수 있는 것이 아니다. 왕의 즉위 의례에도 태양과의 관계를 말해 주는 다음과 같은 자료가 있다.

[자료 25]

임금이 처음 즉위할 때는 가까운 시종과 중신 등이 [그를] 담요(毡)로 [싸서] 수레에 태우고 해가 움직이는 방향을 따라 아홉 바퀴를 돌린다. 한 번 돌 때마다 신하들이 모두 절했으며, 절을 마치면 [임금을] 도와 말에 타도록 하였다. 그런 다음 비단 끈으로 그의 목을 조여 겨우 숨이 끊어지지 않을 지경에 이르게 하였다. 그런 뒤에 [그것을] 풀어 주면서 급히 그에게 묻기를, "당신은 몇 년이나 가한(可汗)이 될 수 있습니까?"라고 하였다. 임금은 이미 정신이 혼미하여 [재위 연수의] 많고 적음을 제대로 생각할 수 없었다. 신하들은 [그가] 말하는 것에 따라 재위 기간의 많고 적음을 따졌다.[73]

이 자료가 보여 주는 즉위식의 한 과정은 좀 이상하다. 이에 대하여 미시나 아키히데는 "돌궐의 왕이 즉위 즈음하여 해를 따라 아홉 번을 구른 다음 마침내 일시적인 실신 가사失神假死의

73　李延壽,《北史》, 서울: 경인문화사 영인본, 1977, 3287쪽.
"其主初立 近侍重臣等輿之以毡 隨日轉九回. 每回臣下皆拜 拜訖乃扶乘馬 以帛絞其頸 使纔不之絶 然後釋而急問之曰 你能作幾年可汗 其主旣神情瞀亂 不能詳定多少 臣下等隨其所言以驗修短之數."

상태에 빠져들게 하는 의식은, 가한이 해와 상통하는 재탄생 의례를 통해서 새롭게 해의 아들로 재생하는 것을 나타낸다고 보아도 크게 잘못이 없을 듯하다."**74**고 하였다.

이런 기묘한 즉위 의례를 가지고 있는 돌궐의 왕이 머물던 텐트에 대한 다음과 같은 기록은 더욱 흥미를 불러일으킨다.

[자료 26]

비록 옮겨 다녀 정해져 있지는 않았지만 [각자가] 나누어 갖고 있는 땅〔地分〕이 있었으며, 가한이 늘 어도근산於都斤山(외튀켄산Ötüken山)에 머물렀고 장막牙帳[의 문]을 동쪽으로 열어둔 것은 아마 해가 떠오르는 방향을 숭상했기 때문일 것이다.**75**

위 기록에서는 돌궐의 왕들이 태양이 떠오르는 동쪽을 숭상했을 것이라고 상정하고 있다. 하지만 이들이 이와 같은 관습은 자신들의 왕권이 연원된 태양을 숭배하는 의식이었을 가능성을 시사해 주는 것이 아닐까 한다.

이렇게 보면, 히타이트족의 왕권 사상 같은 것이 동쪽으로 전하는 과정에서 일광감응신화를 창출하였고, 이것이 북방 아시아의 수렵 또는 유목 문화와 함께 만주 방면으로 이동하여 한국의 고대 왕권신화에 등장하는 일광감응 내지는 태양출자

---

74 三品彰英,《神話と文化史》, 東京: 平凡社, 1971, 517쪽.
75 李延壽, 앞의 책, 3288쪽.
   "移徙無常 而各有地分. 可汗恒處於都斤山 牙帳東開 蓋敬日之所出也."

신화를 만들어 내게 되었다고 해도 아무런 지장이 없을 듯하다. 다시 말해 한국의 주몽 신화와 같은 일광감응신화와 수로나 혁거세 같은 태양출자신화가 유라시아에서 터키와 몽골을 거쳐 유입되었다고 보아도 크게 잘못은 없다는 것이다.

이 신화를 가진 집단은 그들의 유목·수렵 문화와 뛰어난 기동력을 바탕으로 하여 먼저 살고 있던 종족들을 제압하고 새로운 면모를 지닌 나라를 세웠다. 그와 같은 사실을 신화의 형태로 표현한 것이 고구려의 건국신화라고 보아도 무방하지 않을까 한다.

1-4 천녀신화

한국에는 이 밖에도 하늘과 관련을 가지는 또 하나의 다른 설화군이 존재한다. 즉 〈나무꾼과 선녀 이야기〉로 널리 알려진 설화가 그것이다. 만주족은 이 설화를 청나라를 세운 자기들 조상의 시조신화로 문자화하였고, 또 몽골족의 경우는 신화의 형태로 지금까지 전승되고 있어 하늘 관련 신화 범주에 넣어 고찰하기로 한다.

한국에서 이 유형의 설화로 제일 먼저 기록된 것은 다카하시 도루高橋亨, 1878~1967가 1910년에 펴낸《조선의 이야기집과 속담朝鮮の物語集附俚諺》이란 저서에 들어 있는 〈나무꾼과 선녀 설화〉이다.

강원도 금강산의 산기슭에 나무꾼 한 사람이 살고 있었다. 어느 날 그가 산에 나무를 하러 갔는데, 사냥꾼에게 쫓기는 노루가 나타나 도움을 요청했다. 그는 쌓아 둔 나뭇단 밑에 노루를 숨겨 주고, 사냥꾼에게는 저쪽 골짜기로 갔다고 일러 주었다.

목숨을 건진 노루는, "금강산 위의 연못에 가면 세 사람의 선녀가 내려와 목욕을 할 것이니 날개옷을 하나 감추십시오. 그러면 하늘에 올라가지 못한 선녀와 같이 살게 되는데, 세 아이를 낳으면 하늘로 올라갈 수가 없으니 그때까지 날개옷을 돌려주어서는 안 됩니다."라고 하였다.

나무꾼은 노루가 가르쳐 준 대로 하여 선녀와 결혼하고 두 아이까지 얻었다. 하지만 그는 노루가 가르쳐 준 것을 잊어버리고 아이 셋을 낳기 전에 선녀에게 날개옷을 보여 주고 말았다. 선녀는 날개옷을 입더니, 한 손에 아이 하나씩 껴안고 그만 하늘로 올라가 버렸다.

혼자 남아서 비탄의 세월을 보내던 나무꾼은 어쩔 수 없어 다시 산으로 나무를 하러 갔다. 그때 다시 노루가 나타나, "선녀들은 더 이상 목욕을 하러 내려오지 않지만, 그 대신에 하늘에서 두레박으로 물을 길어 올리기 때문에 거기에 들어가 올라가면 아내와 아이들이 맞이하러 올 것입니다." 하고 가르쳐 주었다. 그리하여 나무꾼은 하늘로 올라가서 선녀와 다시 만났고, 하늘의 사람들과 함께 살게 되었다.**76**

이런 내용의 이야기를 보고한 다카하시 도루는 일본 제국주의자들의 한국 강점에 앞서 한국의 민속 자료들을 조사하여 정리한 사람들 가운데 한 명이다. 그는 일본의 날개옷〔羽衣〕 설화인 〈미호三穗 이야기〉는 해변을 배경으로 하는데 한국의 이 자료는 산이 무대라는 점에 주목하고, 이를 일본은 상고上古 이래

---

76   高橋亨, 《朝鮮の物語集附俚諺》, 東京: 日韓書房, 1910, 117~124쪽 요약.

로 바다에 친숙해진 나라이고 한국은 대륙과 이어져 있어 바다보다 오히려 산을 영지靈地로 여긴다는 증거로 보았다. 그러면서 그는 "일본에서 선녀 아내를 따라 하늘로 올라가는 부분이 전하지 않는 것은 한국과 일본의 국민성이 다름을 말해 주는 것"[77]이라며 두 나라 국민성의 다른 면에 관심을 표명하였다.[78]

이러한 다카하시의 언급은 한국의 민속을 조사 정리한 일본 사람들의 목적이 어디에 있었는가를 분명하게 드러낸다. 다시 말해 그들의 민속 조사사업은 한국 민족의 민족성을 파악함으로써 식민지 통치를 용이하게 하겠다는 저의에서 시작되었음을 말해 준다.[79]

이런 목적에서 조사된 위 설화에서 관심을 끄는 것은 나무꾼이 하늘로 올라가 아내와 재회하였을 뿐만 아니라 그 또한 하늘의 사람들과 함께 살게 되었다고 하는 점이다.[80] 이 같은 고진감래苦盡甘來의 결말은 민담의 한 특징을 드러내는 것으로서[81]

---

77 앞의 책, 124쪽.

78 김화경, 〈일본 날개옷 설화의 연구: 한국의 〈나무꾼과 선녀 설화〉와의 관계를 중심으로 한 고찰〉, 《어문학》 95, 대구: 한국어문학회, 2007, 469~496쪽 참고. 일본에서 〈날개옷 설화〉라고 부르는 한국의 〈나무꾼과 선녀 설화〉는 고구려 문화가 일본으로 건너갔을 가능성을 시사해 준다는 점에서 매우 중요한 의의를 가진다고 할 수 있다.

79 일제강점기에 이루어진 일본인들의 조선 민속 조사사업에 관한 연구로는 김화경, 〈일제 강점기 조선 민속조사 사업에 관한 연구〉, 《동아인문학》 17, 대구: 동아인문학회, 2010, 1~32쪽 참조.

80 山崎源太郎, 《朝鮮奇談と傳説》, 京城: ウツボや書籍店, 1920, 113~118쪽에도 [자료 27]과 비슷한 내용의 이야기가 수록되어 있다.

81 한국 설화의 80퍼센트 이상이 개선된 상태, 곧 고진감래 형식이다.
金和經, 〈韓國説話の形態論的研究〉, 筑波: 筑波大學 文學博士學位論文, 1988,

당시 이 설화가 민담의 형태로 널리 전승되었음을 말해 준다.

이 이야기에 나타나는 세계관은 하늘 세계의 여성과 지상의 남성이 결합한다는 것이다. 이런 세계관은 이집트의 창세신화 創世神話에서 하늘의 여신 누트Nut와 대지의 남신 게브Geb가 부부로 나오는 것과 같은 형태로,**82** 널리 분포된 천부지모天父地母의 신화들과는 구분된다. 어쩌면 한국의 이 설화도 이와 같은 이집트의 신화적 사유와 관련을 가졌을지도 모른다.

그 문제야 어찌되었든, 이렇게 민담의 형태로 전하던 이 유형의 이야기는 그 뒤 비극적으로 끝을 맺는 형태로 보고되기도 하였다. 그런 유형의 설화를 소개하기로 한다.

[자료 28]

옛날에 어떤 곳에 젊은이가 그의 어머니와 둘이 살고 있었다. 그는 산에 가서 나무를 하여 그것을 팔아 생활하는 나무꾼이었다. 어느 날 이 나무꾼이 나무를 하고 있는데, 사슴이 나타나 살려 달라고 애원하였다. 불쌍하게 생각한 그는 이 사슴을 나뭇더미 아래 숨겨 주었다. 그러고는 사슴을 뒤쫓아온 포수에게는 산길을 가리키며 저쪽으로 도망을 쳤다고 대답했다.

포수가 그쪽으로 쫓아가 보이지 않게 되었을 때, 나무꾼은 사슴을 나뭇더미 아래에서 꺼내 주었다. 사슴은 "나는 이 산의 산신령인데, 당신이 내 생명의 은인이니 은혜를 갚지 않으면 안 됩니다. 무엇이든 소원을 말씀해 주십시오."라고 하였다. 그는 아직까지 장가를 들지 못하고 있으니, 예쁜 마누라를 얻게 해 달라고 대답했다.

그러자 사슴은 "이 산 위에 있는 연못에는 하늘에서 선녀들이 내려와

124~319쪽.

82　낸시 헤더웨이, 신현승 역, 《세계신화사전》, 서울: 세종서적, 2004, 47~48쪽.

목욕을 합니다. 그러니 그 선녀들의 속옷을 하나 감추십시오. 그리고 그 선녀와 부부가 되어 살면서 아이 넷을 낳을 때까지는 그 속옷을 보여 주어서는 안 됩니다. 왜냐하면 세 아이는 양손에 하나씩 안고, 등에 한 아이를 업으면 하늘로 올라갈 수 있기 때문입니다."라고 하였다.

나무꾼은 사슴이 시킨 대로 하여 선녀에게 장가를 들었다. 그들 사이에 세 아이가 태어났다. 그 사이에 아내는 속옷에 대해서는 한 마디도 하지 않았다. 그러던 어느 날 아내는 나무꾼에게 술을 권하면서, "우리 사이에는 이미 세 아이가 태어났습니다. 처음에는 하늘로 돌아가고 싶기도 하였지만, 지금은 인간 세상을 도리어 좋아하게 되었습니다. 옛날의 추억 때문에 그 속옷을 보고 싶으니, 잠깐 동안만 보여 줄 수 없는지요."라고 간청하였다.

술에 조금 취하여 기분이 좋았던 그는 아내의 말을 의심하지 않고 옷을 내주었다. 선녀는 그 옷을 입자마자 한 손에 아이 하나씩을 꺼안고 한 아이는 등에 업더니 천정을 뚫고 하늘로 날아가 버렸다.

불행한 세월을 보내던 나무꾼은 어느 날 산에 나무를 하러 갔다. 그랬더니 전번의 사슴이 다시 나타나, "한 번 더 그 연못에 가 보십시오. 이제 선녀들은 연못에 내려오지 않고, 그 대신 두레박으로 물을 길어서 목욕을 한답니다. 그 두레박에 들어가 있으면 당신이 하늘로 올라가 아내와 아이들을 만나볼 수 있을 것입니다."라고 했다.

나무꾼은 이번에도 사슴이 가르쳐 준 대로 해서 하늘로 올라가 아내와 아이들을 만날 수 있었다. 하지만 하늘에서 편안한 생활이 계속되자, 혼자 남겨 둔 어머니가 보고 싶어졌다. 아내에게 부탁을 하자, 그녀는 용마龍馬를 한 필 주면서 용마에서 내려 땅을 밟으면 영원히 하늘로 돌아올 수 없게 된다는 것을 일러 주었다.

나무꾼은 그 용마를 타고 잠깐 사이에 어머니 집에 닿을 수 있었다. 어머니는 아들에게 먹이려고 팥죽을 쑤어 왔다. 그는 어머니의 호의를 무시할 수가 없어 말 위에서 팥죽 그릇을 받았다. 그런데 그릇이 너무도 뜨거운 나머지 그는 손을 바꾸려고 하다가 용마의 등에 그것을 떨어뜨리고 말았다. 용마가 놀라서 날뛰는 바람에 나무꾼은 그만 말에서 떨어져 땅을 밟았다.

말은 하늘로 올라갔으나, 그는 다시 하늘로 돌아갈 수 없었다. 그는 매일 밖에 나가 하늘을 쳐다보며 슬프게 울었다. 그러다가 죽어서 수탉이 되었다. 그래서 지금도 수탉은 지붕에 올라가 하늘을 쳐다보며 운다고 한다.[83]

이것은 손진태孫晉泰가 1923년에 서울에서 방정환方定煥으로
부터 조사한 것으로, 앞에서 살펴본 다카하시 도루가 보고한
것보다 그 내용이 첨가되어 있다. 곧 구체적인 지명이 나오지
않는 대신, 나무꾼은 선녀가 일러 준 금기를 지키지 못하여 하
늘로 돌아가지 못하고 울다가 수탉이 되었다는 것이다. 그리고
선녀가 낳은 아이도 세 사람으로 되어 있어 [자료 27]과 얼마간
차이를 보여 준다.

이렇게 하늘에 올라갔다가 어머니에 대한 그리움 때문에 지
상으로 내려온 나무꾼이 결국 처자가 있는 하늘로 다시 올라가
지 못하고 죽어서 수탉이 되었다고 하는 이야기 가운데는 다음
과 같은 것도 있다.

[자료 29]

옛날에 금강산 속에 늙은 어머니를 모시고 사는 총각이 나무를 하면서
살고 있었다. 그가 어느 날 산에서 나무를 해 와서 부엌 앞에 그것을 내려
놓는데, 무엇인가 '짹짹' 하는 소리가 들렸다. 그래서 살펴보았더니, 쥐새
끼 한 마리가 나뭇짐에 치여서 많이 다쳐 있었다. 그는 다친 쥐새끼를 바구
니에 넣어 두고 정성껏 돌보았다. 그렇게 석 달이 지나자 쥐는 나아서 어디
론가 사라져 버렸다.

나무꾼이 금강산에 들어가 나무를 하는데, 갑자기 노루가 나타나서 살
려 달라고 하였다. 그는 노루를 나무 속에 감추어 주었다. 곧 사냥꾼이 나
타나 노루를 보지 못했느냐고 물었다. 그는 건넛산을 가리키며 거기로 갔
다고 대답했다. 사냥꾼이 그쪽으로 간 다음에, 나무꾼은 노루를 내어놓았

83　　孫晉泰, 《朝鮮民譚集》, 東京: 鄕土文化社, 1930, 74~80쪽 요약.

다. 노루는 보름날 금강산의 골짜기의 옹달샘에 가면 거기에 선녀들이 목욕을 하러 내려올 테니, 그때 선녀의 날개옷 하나를 감추라고 했다. 그러면서 선녀가 아이 셋을 낳을 때까지 옷을 돌려주어서는 안 된다고 일렀다.

나무꾼은 보름날 옹달샘으로 가서 노루가 시키는 대로 선녀의 날개옷을 하나 감추었다. 그는 하늘로 올라가지 못한 선녀를 데리고 와서 혼례를 치르고 같이 살았다. 선녀는 아들 둘을 낳았다. 어느 날 선녀가 그에게 날개옷을 보여 달라고 졸랐다. 나무꾼은 아이 셋을 낳을 때까지 날개옷을 보여 주어서는 안 된다는 노루의 말을 깜빡 잊고, 그만 날개옷을 보여 주었다. 선녀는 그 옷을 입더니 아이들을 두 팔에 하나씩 껴안고 하늘로 날아올라가 버렸다.

아내가 떠나자, 나무꾼은 옹달샘으로 달려가 울었다. 그때 노루가 나타나서 자기 말을 듣지 않은 것을 탓하면서, 이번에는 보름날 하늘에서 두레박이 내려올 테니 그것을 타고 하늘로 올라가라고 가르쳐 주었다. 그는 노루가 시키는 대로 하여 하늘로 올라가 아내와 아들들을 만날 수 있었다.

그런데 선녀의 언니들이 "막내에게 땅 애비가 붙어 와서 천상의 질서를 어지럽히니 저 놈을 죽여야 한다."고 옥황상제에게 고했다. 옥황상제는 그를 불러서 "네가 인간 사람으로 천상에 온 걸 보니 재간이 많은가 본데, 우리 술래잡기를 하여 네가 이기면 내 딸과 같이 살고 지면 죽을 줄 알아라."라고 하였다.

집으로 돌아온 나무꾼은 이불을 뒤집어쓰고 누워 끙끙 앓았다. 그러자 선녀가 "내일 아침에 대궐 앞마당에 가서, 모이를 쪼고 있는 큰 황계 수탉에게 '장인어른, 어디 될 게 없어서 닭이 되어 자갈을 잡숫고 있으십니까.'라고 하면 해결될 거예요."라고 말했다.

나무꾼은 이튿날 선녀가 시키는 대로 하였다. 그랬더니 모이를 쪼던 황계 수탉이 툭툭 화를 치더니, "허, 그놈 제법이구나. 그럼 내일은 나랑 장기를 두어 네가 이기면 살려 주고 지면 죽일 것이다."라고 했다. 그렇지만 나무꾼은 장기의 말도 쓸 줄을 몰랐다. 그래서 이제는 '속절없이 죽는구나.'라고 생각하며 또 이불을 쓰고 누워서 앓을 수밖에 없었다. 선녀가 그것을 보고, "내가 파리를 한 마리 줄 테니 그 파리가 앉는 자리에 말을 두면 될 겁니다."라고 하였다.

다음날 옥황상제와 마주 앉아 장기를 두었다. 그때 정말로 파리 한 마리가 날아다니기에 그대로 말을 두었다. 그리하여 이번에도 나무꾼이 내기에 이기게 되었다. 옥황상제는 "허어, 그놈 신통하다. 내일은 고양이 나라에 가서 고양이 왕의 통천관을 가져오면 살려주고, 그러지 못하면 죽일 테다."라고 했다.

이번에도 해결 방안이 없어 집에 돌아온 나무꾼은 또 앓아누웠다. 그러자 선녀가 "제가 검정 강아지를 한 마리 줄 터이니, 그것을 따라가면 무슨 수가 생길 겁니다."라고 하면서, 강아지를 한 마리 주었다.

그는 강아지를 데리고 길을 나섰다. 얼마쯤 가다 보니까, 강아지가 멍멍 짖으면서 무언가를 뒤쫓아가기 시작했다. 따라가 보니 강아지가 쥐를 쫓고 있었다. 그도 열심히 강아지를 뒤따라갔다. 그렇게 한참을 가자, 쥐가 동굴로 들어가고 말았다. 그가 따라 들어가 보니, 그 안은 쥐의 나라였다. 그때 옛날에 살려준 쥐가 나타나, "아이고, 어찌하여 은인께서 이 먼 곳까지 오셨습니까?"라며 반가워하였다.

나무꾼은 사실대로 이야기했다. 그러자 쥐의 왕이 부하들을 불러서, "너희들이 고양이 나라 대궐 밑을 파서 고양이 왕의 통천관을 가지고 오도록 하여라."라고 명령을 내렸다. 그리하여 쥐들이 고양이 나라 왕의 통천관을 훔쳐 왔다. 그는 그것을 옥황상제에게 가져가 바쳤다. 옥황상제도 나무꾼의 재주를 인정하여, 그를 사위로 맞아들여 그들은 행복하게 살았다.

어느 날 나무꾼은 땅에 남겨 두고 온 어머니가 보고 싶어졌다. 어머니를 생각하자 그는 밥도 제대로 먹을 수가 없었다. 그러자 선녀가 그 이유를 물었다. 나무꾼은 "다른 것이 아니고, 우리 어머니가 살았는지 죽었는지 한번 가 보면 원이 없을 것 같소."라고 하였다. 그 말을 듣고, 선녀는 한 마리 말을 주면서 지상에 내려가거든 절대로 말에서 내리지 말고 어머니 얼굴만 보고 오라고 당부했다.

집에 도착한 나무꾼은 선녀의 말대로 말에서 내리지 않고 어머니를 만났다. 오래간만에 아들을 만난 어머니는 아들이 좋아하는 호박죽을 쑤어 주면서, "네가 좋아하는 호박죽을 가져왔으니 군입이라도 다시고 가려무나."라고 말했다.

그런데 그 호박죽을 먹다가 그만 그것을 말 위에 쏟고 말았다. 말은 놀라서 하늘로 뛰어 올라가 버렸다. 나무꾼은 땅바닥에 떨어져 다시는 하늘로 올라갈 수 없었다. 그는 자식들이 보고 싶을 때마다 지붕에 올라가서 울다가 수탉이 되어 버렸다. 지금도 잘 들어 보면, 수탉이 홰를 치면서 "꼬끼오오, 호바그로 죽주욱."이라고 운다고 한다.[84]

이것은 배원룡裵源龍이 경상북도 상주시에서 조사한 자료로, 흥미를 유발하기 위해 그 내용이 상당히 부연된 것 같은 느낌을 준다. 나뭇짐에 치인 쥐새끼를 구해 주었는데 그 쥐가 나중에 쥐 나라의 왕이 되어 옥황상제가 요구하는 고양이 왕의 통천관을 훔쳐 오는 모티프나, 옥황상제가 낸 어려운 과제를 수행하는 모티프 등은 이 유형의 다른 이야기들에는 존재하지 않는 것이다.

비록 이처럼 흥미 위주로 변개되어 민담의 형태로 바뀌기는 하였으나, 앞에서 소개한 [자료 28]과 마찬가지로 나무꾼이 지상에 돌아와 수탉이 되었다는 것을 서술해 주고 있어 지상 회귀형에 속한다고 볼 수 있다.[85]

이렇게 모티프들이 첨가되기는 하였지만, 이 자료가 하늘에 사는 천녀와 지상 세계의 나무꾼이 결합하는 천녀지부天女地夫의 형태인 것은 사실이다. 그런데 북한이나 만주의 조선족 사이에서 조사된 자료는 나무꾼과 선녀가 다 같이 금강산으로 내려와 정착하는 형태를 취하고 있다.

---

84 배원룡,《나무꾼과 선녀 설화 연구》, 서울: 집문당, 1993, 376~380쪽 요약.

85 배원룡은 이 설화를 ① 선녀 승천형과 ② 나무꾼 승천형, ③ 나무꾼 천상 시련형, ④ 나무꾼 지상 회귀형, ⑤ 나무꾼 시신 승천형, ⑥ 나무꾼과 선녀 동반 하강형 등으로 나누어 자세하게 논의하였다[위의 책, 52~80쪽].

[자료 30]

옛날에 한 나무꾼 총각이 금강산 아래에 살고 있었다. 그는 산에 가서 땔나무를 해다가 그것을 내다 팔아 살림에 보태곤 하였다.

하루는 숲속에 들어가 나무를 하고 있는데, 사냥꾼에게 쫓기는 사슴이 나타나 눈물을 흘리며 애원하는 듯이 올려다보았다. 총각은 애처로운 생각이 들어 그 사슴을 나뭇단 아래 숨겨 주었다. 곧 사냥꾼이 나타나 사슴을 보지 못했느냐고 물었다. 하지만 그는 산등성이 쪽을 가리키며, 사슴이 그쪽으로 도망을 갔다고 대답했다.

얼마 뒤 나뭇단에서 나온 사슴은, "아무 달 아무 날에 문주담으로 가 보십시오. 그날은 하늘에서 내려온 선녀들이 문주담에서 목욕을 하는 날입니다. 당신은 숲속에 숨어 있다가 선녀의 옷을 하나 감추십시오. 그러면 그녀는 하늘로 올라가지 못하고 당신의 아내가 될 것입니다."라고 하였다. 그러면서 아들딸 셋을 낳기 전에는 절대로 감추어 둔 날개옷을 꺼내서는 안 된다고 당부하였다.

나무꾼 총각은 사슴이 시키는 대로 하여 마침내 장가를 들 수 있었고, 세월이 흘러 아들딸 남매를 가지게 되었다. 총각은 아름다운 아내와 함께 행복한 생활을 하게 되자, 날개옷 이야기를 하더라도 설마 나를 버리고 갈까 하는 생각이 들었다. 그래서 감추어 두었던 날개옷을 선녀에게 돌려주었다.

오랫동안 부모 형제와 떨어져 있었던 선녀는 날개옷을 입더니 두 아이를 양 겨드랑이에 하나씩 껴안고 하늘로 날아올라가 버리고 말았다. 어안이 벙벙해진 나무꾼은 한참 동안이나 멍하니 하늘만 쳐다보고 있었다. 처자식을 잃은 그는 한탄과 슬픔 속에서 하룻밤을 보냈다.

이튿날 아침 사슴이 다시 나타나서, "내가 아이 셋을 낳을 때까지 날개옷을 보이지 말라고 하지 않았습니까?"라고 나무라더니, "그 다음부터는 선녀들이 문주담에 목욕하러 내려오지 않는답니다. 그 대신에 두레박으로 물을 길어 올리니, 당신은 문주담에 가 있다가 그 두레박줄을 붙잡고 하늘로 올라가세요."라고 일러주었다.

이번에도 나무꾼은 사슴이 시키는 대로 하였다. 그리하여 하늘로 올라간 나무꾼은 그리운 아내와 두 자식을 만나 즐거운 나날을 보내게 되었다. 하지만 시간이 지나면서 자기의 고향인 금강산이 점점 그리워졌다. 그의 아내도 몇 년을 즐겁게 살던 금강산을 그리워하고 있었다. 그들 내외는 하늘나라 사람들이 만류하는 것을 뿌리치고 아들딸을 데리고 다시 금강산으로 내려왔다. 그 뒤로 그들은 금강산의 아름다운 경치를 바라보면서 날마다 부지런히 일하여, 제 손으로 가꾼 곡식을 먹고 제 손으로 짠 천으로 옷을 해 입으며 제 손으로 지은 집에서 오래오래 행복하게 살았다.[86]

이것은 평양에서 출판된《금강산의 역사와 문화》에 실려 있는 북한의 자료이다. 이 책에는 〈문주담, 상팔담 전설〉로 실려 있는데, 나무꾼과 선녀가 금강산이 좋아서 자발적으로 하늘나라로부터 하강하였다는 내용이다.

이처럼 자발적으로 내려왔다고 하는 이야기는 중국 옌지延吉 지역에서 박창묵朴昌黙과 김재권金在權이 조사한《파경노》라는 구전 설화집에도 수록되어 있다.[87] 이로 미루어 보아, 북쪽 지방에서 전승되는 자료들 가운데는 이처럼 자발적 하강형 자료가 있을 것이라고 생각해 볼 수 있다. 그러나 사회주의 사회로 바뀌면서 공산당이 하달한 지침[88]에 따라서 자기들이 살고 있는 곳을 지상의 낙원으로 선전하기 위해서 변개되었을 가능성도 배제할 수는 없다.

86　사회과학원 력사연구소 편,《금강산의 역사와 문화》, 평양: 과학 백과사전 출판사, 1984, 166~169쪽 요약.

87　박창묵·김재권 편, 〈금강산 신선이 된 나무꾼 총각〉,《파경노》, 북경: 민족 출판사, 1989, 24~32쪽 참조.

88　중국 공산당의 경우 1955년 전통문화에 대한 ① 전면 수집, ② 중점 정리, ③ 연구 강화, ④ 추진출신追陳出新, ⑤ 고위금용古爲今用, ⑥ 다량 보급이라는 지침을 내렸다. 이는 1991년 7월 필자가 중국 옌지시에 사는 김태갑金泰甲으로부터 조사한 것이며, 북한에도 이 같은 지침이 하달되었는지 여부는 확인하지 못했다.

만약 이런 상정이 일리가 있다면, 만주 일대에서 청나라를 세운 집단의 조상 신화로 이 자료가 이용된 것도 쉽게 설명이 가능해진다.

[자료 31]

애신각라愛新覺羅(아이신 교로Aisin Gioro) 씨의 휘는 노이합제弩爾哈齊인데, 그 선조는 장백산長白山에서 발상하였다. ……산 위에는 못이 있어 달문闥門이라고 불렀으며, 주위는 80리였고, 압록과 혼동混同, 애호愛滹 세 강의 물이 시작되었다. ……그 산은 바람이 거세고 기온이 차가웠는데, 매 여름이면 산 주변의 짐승들이 그 안에서 서식하였다. 산의 동쪽에 포고리산布庫哩山(부쿠리산Bukūri山)이 있었고, 산 아래는 연못이 있어 포이호리布爾瑚里(불후리Bulhuri)라고 하였다. 대대로 이어져 전해지기를, 천녀가 셋이 있었는데 맏이는 은고륜銀古倫이라 하고, 다음은 정고륜正古倫, 그 다음은 불고륜佛古倫이라고 했다. 신령스러운 까치(神鵲)가 있어 막내의 옷에 붉은 과일을 놓아두었다. 불고륜은 그것을 좋아하여 차마 땅에 놓지 못하고 입에 넣고 옷을 입다가, 갑자기 뱃속으로 들어가 마침내 임신을 하였다. [그러자 불고륜이] 맏이에게 고하여 이르기를, "나는 몸이 무거워서 능히 날아 올라갈 수 없으니, 어떻게 할까?"라고 말했다. 둘째가 말하기를, "우리들은 신선의 반열에 들어가는데 다른 생각을 할 수가 없다. 이는 하늘이 너를 임신시킨 것이니, 출산을 기다렸다가 늦지 않게 오도록 하여라."라고 하며, 말을 마치자 떠나갔다. 불고륜은 얼마 있지 않아 한 사내아이를 낳았는데, [그는] 나면서 능히 말을 하였고 갑자기 자라났다. 어머니는 아이에게 모든 것을 말했는데, 붉은 과일을 먹어 임신을 한 연고를 일러 주면서 명령하기를, "너의 성은 애신각라라 하고, 이름은 포고리옹순布告哩雍順(부쿠리용쓴Bukūri Yongson)이라고 하여라."라고 했다.[89]

89　出石誠彦,《支那神話傳說の硏究》, 東京: 中央公論社, 1943, 520쪽.
"愛新覺羅氏 諱弩爾哈齊 先世發祥于長白山. ……山之上有潭 曰闥門 周八十里

이것은《삼조실록三朝實錄》태조기太祖紀에 기록된 것으로, 만주어 '애신愛新'이 우리말로 '금金'이고 '각라覺羅'는 성씨에 해당하므로 애신각라는 '김씨', '김가네'를 뜻하는 만주족의 한 부족이름이라고 한다.[90] 포고리옹순은 누르하치Nurhachi, 努爾哈赤로서 뒤에 후금을 세워 청나라의 시조가 된 인물이다. 이 신화는 천녀가 목욕을 하려고 벗어 둔 날개옷에 까치가 가져다 놓은 붉은 과일을 먹고 잉태하여 낳은 아이가 누르하치라고 말하고 있다.

한편 청나라 건륭제乾隆帝의 명을 받아 1778년에 대학사大學士 아계阿桂와 군기대신 우민중于敏中 등이 펴낸《만주원류고滿洲源流考》에는 건국 과정이 이보다 한층 더 분명하게 서술되어 있다.

[자료 32]

장백산의 동쪽에 포고리산이 있으며, 그 산 아래 연못이 있는데 포륵호리布勒瑚哩라고 하였다. 대대로 이어져 전해지기를 세 천녀가 연못에서 목욕을 하는데, 신령스러운 까치가 있어 막내의 옷에 붉은 과일을 놓아두었다. 막내가 입안에 [붉은 과일을] 넣고 있다가 갑자기 배로 들어가 마침내 임신을 하여 한 사내아이를 낳았다. 그는 나면서 능히 말을 하였고, 체모體貌도 기이하였다. 그가 자라나자 천녀가 붉은 과일을 삼킨 연고를 고하고, 애신각라라는 성을 주었으며 이름을 포고리옹순이라고 하였다. [천

鴨綠混同愛滹三康之水出焉. ……其山風勁氣寒 每夏日 環山之獸畢棲息其中. 山之東有 布庫哩山 山下有池 曰布爾瑚里 相傳有天女三 長曰恩古倫 次正古倫 次佛古倫 浴于池畢. 有神鵲銜朱果置季女衣 季女愛之 不忍置之地 含口中 甫被衣. 忽已入腹 遂有身 告一娣曰 吾身重不能飛昇 奈何. 二娣曰吾等列仙籍 無他虞也. 此天授爾娠 俟免身 來未晚 言已別去. 佛庫倫尋産一男 生而能言 俄而成長 母詳告子 以呑朱果有娠故 因命之曰 汝姓愛新覺羅 名布告哩雍順."

90 　조기형 공저,《한자성어·고사명언구 대사전》, 서울: 이담북스, 2011.

녀가 그에게] 조그마한 배를 주면서 말하기를, ⊙ "하늘이 너를 태어나게 한 것은 어지러운 나라를 평정하라는 것이니. [너는] 가서 [나라를] 다스리 도록 하여라."라고 하였다. [그러고] 천녀는 하늘로 날아 올라갔다. [이에 포고리옹순은] 작은 배를 타고 내려가다가 나루터(河步)에 이르러. 버드나 무 가지와 쑥으로 자리를 만들고 단정하게 앉아 때를 기다렸다. 장백산 동 남쪽에 악모휘鄂謨輝(오모호이Omohoi)라는 곳이 있는데, ⓒ 세 성씨가 우두머 리가 되기 위해서 오랫동안 다투어 병사들이 서로 원수처럼 뒤엉켜 죽였 다. 한 사람이 물을 길으러 하보에 갔다가 돌아와서 여러 사람에게. "너희 들은 다투지 말거라. 내가 하보에 물을 길으러 갔다가 한 남자를 보았는데, 그 모습이 범상한 사람이 아니더라. 하늘이 이 사람들을 헛되이 살도록 하 지 않는구나."라고 하였다. 많은 사람들이 가서 묻자 [그가] 답하기를, "나 는 천녀의 소생으로 [하늘이] 너희의 어지러움을 평정하라고 하였노라."라 고 하였다. 또 성과 이름을 말하니, 많은 사람들이 이르기를 "이 분은 하늘 이 낳은 성인이니 헛걸음이 되게 해서는 안 된다."고 했다. 드디어 손을 마 주 잡아 가마를 만들어 맞이하여 집에 이르렀다. 세 성씨들이 의논하여 군 주로 추대하고 마침내 여봉女奉으로 처를 삼게 하고, 그를 패륵貝勒[추장을 의 미한다—인용자 주]으로 삼았다. 장백산 동쪽 악다리성鄂多理城(오돌리성Odoli城)에 살면서 만주라고 하였으니 이리 하여 나라의 기초를 연 것이다.[91]

이 자료에는 천녀의 소생인 애신각라 포고리옹순이 ⊙에 보

---

91   윤백현 편,《만주원류고》, 서울: 홍문제 영인본, 1993, 2쪽.
"長白山之東布庫哩山 其下有池曰 布勒瑚哩. 相傳 三天女浴於池 有神鵲含朱果置 於季女衣 季女含口中 忽已入腹. 遂有身尋産一男 生而能言 體貌奇異. 及長天女 告以呑朱果之故 因錫之姓曰 愛新覺羅 名之曰 布庫哩雍順. 與之小舠且曰 天生汝 以定亂國 其往治之. 天女遂淩空去. 於是乘舠順流 至河步 折柳枝及野蒿爲坐 具 端坐以待時. 長白山東南鄂輝之地有. 三姓爭爲雄長曰 搆兵相仇殺. 適一人取水 河步 歸語衆曰 汝等勿爭. 吾取水河步 見一男子 察其貌非常人也. 天不虛生此人. 衆皆趨問 答曰 我天女所生 以定汝等之亂者. 且告以姓名. 衆曰 此天生聖人也. 不 可使之徒行. 遂交手爲昇 迎至家. 三姓者議推爲主. 遂妻以女奉 爲貝勒. 居長白山 東鄂多理城 建號滿洲. 是爲國家開基之始."

이는 것처럼 하늘이 어지러운 나라를 평정하게 하려고 보낸 존재라는 사실이 부각되어 있다. 그 나라의 어지러움이란 ⓛ에서와 같이 세 성씨 집단이 서로 우두머리가 되려고 다투고 있던 것을 가리킨다. 이와 같은 이야기의 줄거리는 17세기에 세워진 청나라에서 그 건국의 정당성을 확보하는 하나의 수단으로 이용되었다고 하겠다. 이런 의미에서 이들 만주족의 왕권신화는 세키 게이고關敬吾, 1899~1990가 지적한 것처럼 천녀담天女譚과 이상수태異常受胎 모티프의 결합형이라고 할 수 있다.**92**

이렇게 이상수태로 태어난 인물은 대개 영웅으로 그려지기 마련이다.**93** 이 신화에서도 애신각라 포고리옹순이 태어나면서부터 말을 하고 갑작스럽게 성장한 인물로 그려진다. 그런 인물이 드디어 청나라를 세웠다는 것은 이 신화도 영웅담에 속한다는 것을 나타낸다.

위의 두 자료에서는 대대로 이어져 전해왔다는 뜻으로 '상전相傳'이란 단어가 사용되었다. 이는 이 이야기가 기록되기 전에 구전되어 왔다는 사실을 뜻한다. 이로써 이 신화는 만주족들 사이에서 입으로 전해져 오다가 청나라가 세워지면서 그 건국주의 탄생담으로 정착되었음을 알 수 있다. 이렇게 이 신화가 구전되어 왔다면, 그들이 살던 만주 지역은 고구려의 강역에 속하던 곳이었으므로 이것이 고구려와 관련된 이야기라고

---

92   關敬吾, 《昔話の歷史》, 東京: 至文堂, 1966, 163쪽.
93   A. Dundes, *Interpreting Folklore*, Bloomington: Indiana University Press, 1980, 232쪽.

보아도 무리는 없을 것 같다.

일찍부터 이 유형의 이야기가 고구려와 밀접한 관계를 가졌을 것으로 생각되는 북위의 시조 신원황제神元皇帝의 탄생담으로 전한다는 것도 매우 시사적이다.

[자료 33]

처음에 성무황제聖武皇帝가 일찍이 수만 기騎를 거느리고 산천에서 사냥을 하고 있는데, 홀연히 하늘로부터 수레가 내려오는 것을 보았다. 이미 [땅에] 다다라 아름다운 부인이 나타났는데 그 옹위가 대단하였다. 황제가 이상하여 물었더니 대답하여 말하기를, "나는 천녀입니다. 명을 받들어 서로 만나게 되었습니다."라고 하였다. 마침내 동침하더니, 돌아가면서 단지 청하여 "내년 이맘때 이곳에서 다시 만납시다."라고 말하였다. 말을 마치자 가 버렸는데, 마치 풍우와 같았다. 때가 되어 황제가 앞서 사냥하던 곳에 이르니, 과연 다시 볼 수 있었다. 그녀는 낳은 사내아이를 황제에게 주면서 말하기를, "이 아이는 그대의 아들입니다. 잘 길러 보십시오. 자손이 대를 잇다가 제왕이 되는 세상을 맞이할 것입니다."라고 하며 말을 마치고는 가 버렸다. 그 아들[신원황제]이 곧 시조이다.[94]

이것은 앞의 태양출자신화에서 살펴본 [자료 20]의 북위 태조 도무제의 조상인 신원황제의 탄생에 연루된 이야기이다. 태양출자신화의 범주에 들어가는 고구려의 주몽 신화가 도무제

94　魏收,《魏書》, 서울: 경인문화사 영인본, 1976, 2-3쪽.
　　"初聖武皇帝　嘗率數萬騎　田於山澤　欻見輜軿自天而下　旣至　見美婦人侍衛甚盛. 帝異而問之　對曰 我天女也. 受命相偶　遂同寢宿. 旦請還曰 明年周時　復會此處　言終而別去　如風雨. 及期　帝至先所田處　果復相見天女　以所生男授帝曰　此君之子也. 善養視之　子孫相承　當世爲帝王. 言訖而去　子卽始祖也."

의 그것과 같은 계보에 속하는 자료라는 것은 이미 앞에서 지적한 바 있다. 이렇듯 고구려의 왕권신화와 관련을 가지는 북위에 위와 같은 천녀신화가 있었다는 것은 이 일대에 이 유형의 이야기가 전하고 있었다는 것을 말해 준다고 하겠다.

이런 상정이 허용된다면, 고구려에서 태양출자 모티프의 이야기는 왕권신화로 취하였으나 천녀 모티프의 이야기는 왕권신화가 되지 못한 채 그대로 민중들 사이에 전승되어 왔고, 그렇게 구전되던 자료가 만주족이 청나라를 세우면서 그들의 왕권신화로 자리매김하였다고 할 수 있다. 이렇게 보면 이 청나라 애신각라 포고리옹순의 천녀신화 역시 갑자기 만들어진 것이 아니라, 오랜 세월에 걸쳐 동북아시아에서 전승되어 오던 신화였다고 보아도 무방할 것이다.

이런 추정을 하면서 일찍이 손진태가 〈나무꾼과 선녀 설화〉가 부랴트족의 그것과 관계를 가진다고 한 주장을 되짚어 볼 필요가 있다.[95]

[자료 34]

어느 날 한 사냥꾼이 새를 잡으러 나갔을 때, 멀지 않는 호수 쪽으로 날아가는 아름다운 백조를 보았다. 사냥꾼은 백조를 따라갔다. 백조들은 물에서 나와 날개옷을 벗더니 여자로 변했다. 그리고 그녀들은 호수에서 헤엄을 쳤다.

이 세 마리의 백조는 에세게 말란Esege Malan의 딸이었다. 사냥꾼은 백

---

[95] 손진태,《조선 민족설화의 연구》, 서울: 을유문화사, 1947, 194쪽.

조 한 마리의 날개옷을 훔쳤다. 그 백조는 물에서 나왔을 때 언니들과 함께 날아갈 수가 없었다. 사냥꾼은 아가씨를 붙잡아서 집으로 데려와 자신의 아내로 삼았다. 그들에게 자식이 여섯 태어났다.

어느 날 <u>에세게 말란의 딸은 독한 타라순tarasun을 증류해서 남편에게 마시게 하고, 자신의 날개옷을 달라고 했다. 남편은 아내에게 날개옷을 주었다. 그 순간 그녀는 백조로 변해서 연기 구멍을 통해서 날아갔다.</u> 타라순을 빚고 있던 딸이 엄마를 붙잡으려고 했지만, 엄마의 다리만 잡았을 뿐이었다. 딸의 더러운 손은 백조의 다리를 검게 만들었다. 그래서 부랴트 족 사이에서 신성한 새 백조는 양다리가 검다고 한다.

엄마는 공중을 돌다가 말소리가 들리는 거리를 두고 딸에게, "초승달이 뜰 때마다 나에게 마유馬乳와 차를 따라 주고, 붉은 담배를 뿌려 다오." 라고 말했다. 에세게 말란의 딸인 이 백조로부터 모든 자바이칼transbaikal의 부랴트족이 나왔다고 한다.**96**

한국의 〈나무꾼과 선녀 설화〉가 어디로부터 유입되었는가 하는 문제에 관심을 가졌던 손진태는 1927년 《신민新民》이란 잡지에 연재했던 〈조선 민간설화의 연구: 민간설화의 문화사적 고찰〉이란 일련의 논고**97**에서 세계적으로 분포된 설화의 하나인 〈백조 소녀 전설〉을 논하면서 한국과 중국, 만주, 시베리아의 자료들을 비교하였다. 그러면서 그는 이 유형의 한국 설화가 시베리아의 바이칼호 근방에 사는 부랴트족의 설화로부터 영향을 받았을 것이라는 견해를 제시하였다. 부랴트족의

---

96   J. Curtin, *A Journey in Southern Siberia*, reprinted, New York: Arno Press & The New York Times, 1971, pp.98~99.

97   뒤에 손진태, 《조선 민족설화의 연구》, 서울: 을유문화사, 1947로 출판되었다.

설화가 가장 원시적인 형태를 유지하고 있을 뿐만 아니라, [자료 28]의 밑줄 친 곳처럼 선녀가 천정을 뚫고 하늘로 올라가는 것이 천장의 굴뚝을 통해 승천하는 부랴트족의 자료에서 비롯되었다고 보았기 때문이다. 그러면서 북방 아시아 민족의 가옥인 게르ger, 유르트yurt라고도 하는 몽골의 이동식 천막집[蒙古包]와 춤chum, 천막형 가옥, 누목형 가옥累木型家屋, 반지하형 움집 등에는 천장에 채광과 연기 배출을 위한 창이 있는데 한국의 고대 가옥도 그와 같은 형태였다는 것을 예로 들었다.**98**

이와 같은 손진태의 견해에 일리가 있는 것은 사실이다. 하지만 그는 문헌설화의 존재는 생각하지 않고, 구전되는 자료들에만 관심을 가지고 이런 견해를 제시했던 것이 아닌가 한다.

이 유형의 이야기가 문헌에 기록되었다는 것을 염두에 둔다면, 한국의 천녀설화가 부랴트족과 관련된다고 보기보다는 북위가 있던 동북아시아로부터 들어왔다고 보는 것이 자연스러운 것 같다. 일찍부터 동북아시아에 분포되어 있던 이 유형의 이야기가 고구려 영역으로 유입되어 전승되다가, 청나라의 건국과 함께 그들의 왕권신화로 정착되었다는 것이다. 4세기에 세워진 북위의 왕권신화에서 이 모티프의 자료를 찾을 수 있고, 또 북위와 고구려가 다 같이 태양출자의 왕권신화를 가지고 있어, 서로 연관성이 짙기 때문이다.

98　손진태, 앞의 책, 198쪽.

1-5 연구의 의의

이제까지 하늘 세계와 관련된 이야기들을 천강신화와 천기 감응신화, 태양출자신화, 천녀신화 등 네 개의 범주로 나누어 살펴보았다. 이러한 고찰로 얻은 성과를 요약하면 아래와 같다.

첫째, 천강신화란 천상 세계에서 내려온 존재나 그 자손이 나라를 세운다는 것으로, 이 범주에 들어가는 자료로는 단군 신화와 해모수 신화가 있다. 특히 개국신화의 성격을 지니는 단군 신화에 대해서는 일제 어용학자들이 그 실체를 인정하지 않겠다는 저의에서 위작설을 제기하였고, 이런 잘못된 태도가 지금까지도 일본 학계에서 그대로 유지되고 있다. 그들의 이와 같은 태도는 단군 신화가 그들이 신성시하는 천황가의 조상인 니니기노미코토의 탄생담과 같은 내용 및 구조로 되어 있어, 그 가계가 한반도로부터 건너갔다는 명확한 사실을 은폐하기 위한 수단이 아닌가 한다.

그러나 단군 신화가 일찍부터 한국에 존재했었다는 사실은 《삼국사기》 고구려본기 동천왕 21년 조에 실린 기사로 확인된다. 게다 김재원의 연구로 단군 신화와 같은 유형의 이야기가 이미 2세기 무렵 중국 산둥반도 일대에 전하고 있었다는 사실을 확인함으로써 위작설이 터무니없는 주장임을 구명하였다.

실제로 단군 신화나 니니기노미코토 신화와 같은 유형의 천강신화는 부랴트족들 사이에 전승되고 있는 게세르 보그도 신화와 밀접한 관계를 가지고 있다. 프랑스 학자 루의 연구에 따르면 왕권이 하늘로부터 유래되었다는 신화적 사유는 고대 돌궐이 가지고 있었던 특징이다. 오바야시 다료는 게세르 보그도 전승이 일본의 천손강림신화와 같이 북방 기마 민족의 문화와 연결된다고 보았다.

이러한 선행 연구 성과를 받아들인다면, 한국의 단군 신화나 해모수 신화는 후대에 만들어진 것이 아니라 고대 돌궐의 왕권 개념 및 기마 민족 문화와 함께 한반도에 들어왔다고 보아도 무방할 것 같다. 돌궐이 존재했던 지역 일대에 이러한 천강신화들이 전하고 있었다는 사실 또한 이를 입증한다고 하겠다.

다음으로 하늘에서 내려온 기운, 즉 천기에 감응하여 태어난 존재가 왕권을 장악하는 일련의 신화들을 고찰하였다. 이 유형의 자료들은 일광감응신화의 범주에 속하는 것으로 여겨졌다. 그러나 햇빛에 감응되는 신화와 하늘에서 내려온 기운에 감응되는 신화는 구분하는 것이 마땅할 것이다. 한국의 국사학계나 신화학계가 고구려를 부여의 별종으로 본《삼국지》의 기록에 너무 집착한 나머지, 이들 두 나라의 역사나 신화의 실상을 제대로 파악하지 못했던 것으로 보인다.

이 책에서는 부여의 왕권신화에 대하여 천기감응신화라는 새로운 유형을 제시하고, 이 유형에 속하는 자료로 중국에 전하는 백제의 구태 신화가 있음을 밝혔다.

구태 신화에 비록 덧대어진 부분이 있기는 하지만, 이것은 백제에 부여의 동명 신화와 같은 계통의 왕권신화가 전하고 있었다는 사실을 반영하는 귀중한 자료임에는 틀림없다. 실제로 백제는 부여에서 내려온 집단이 지배 계층을 이루고 있었다.

이런 의미에서 일본의 《쇼쿠니혼기》에 수록된 도모 신화, 즉 하백의 딸이 해의 정기에 감응하여 도모왕이 태어났다는 신화도 부여의 동명 신화와 같은 계통의 자료로 보았다.

이러한 천기감응신화는 선비족의 신화로 정착된 단석괴의 탄생 이야기와 그 궤를 같이한다. 투록후의 아내가 입안으로 들어오는 번개를 삼키고 잉태하여 단석괴를 낳은 것을 천기의 감응을 뜻한다고 보았다. 또한 부여는 단석괴가 이끄는 선비의 군사들로부터 침략을 당한 역사적 사실이 있다. 이런 점들로 미루어 볼 때 부여족의 근간은 천기감응신화를 가졌던 유목의 기마 민족이었다고 할 수 있다.

다음으로는 태양에서 왕권이 유래되었음을 서술하는 태양출자신화들을 고찰하였다. 이 유형에 들어가는 대표적인 자료가 바로 고구려를 세운 주몽 신화이다. 그간 한국 학계는 주몽이 부여에서 망명해 왔다고 여겼으며, 그 신화도 부여의 동명 신화와 같은 계통의 자료로 보았다.

이에 대하여 이성시는 주몽 신화의 이런 기술이 고구려에서 왕권을 잡았던 지배 집단의 고도의 정치적 의도에서 비롯했다는 견해를 밝혔다. 이러한 주장에 귀를 기울인다면, 고구려의 주몽 신화와 부여의 동명 신화는 별개의 계통으로 보는 것이 마땅할 것이다. 이 책에서는 유화의 일광감응으로 태어났다는 고구려 주몽의 신화는 왕권이 태양에서 연원되었음을 서술하는 왕권의 태양출자신화라는 유형을 설정하였다. 이 계통에 들어가는 다른 자료로 가락국의 수로 신화와 신라의 혁거세 신화가 있다는 사실은 고구려와 가락국, 신라의 지배 세력이 같은 문화를 가지고 있었음을 나타낸다고 보아도 좋을 것이라고 상정하였다.

이와 같이 태양에서 왕권이 유래되었다는 것을 나타내는 자료들로는 몽골 칭기즈칸의 선조인 보돈차르 탄생신화를 위시하여 북위의 태조 도무제 탄생신화, 요의 태조 아보기의 탄생신화 등이 있다. 이렇게 건국주나 왕권을 장악한 인물의 출자를 태양과 연계하는 사상은 태양신의 숭배와 밀접하게 연관된다. 초기 인류는 왕을 신이 보낸 구세주로서 인식하며 신과 동시에 숭배하였으며, 고대인들의 이런 신앙이 태양에서 왕권의 기원을 서술하는 많은 신화를 만들어 냈을 가능성이 짙다. 이와 같은 추정은 현장의 《서역기》에 나오는 페르시아 왕의 탄생신화로도 입증된다. 또한 왕의 즉위 의례에서도 왕권과 태양의 관련성을 말해 주는 자료들이 있어서 이 같은 추정의 타당성을 확고하게 해 준다.

마지막으로 한국에 전하는 〈나무꾼과 선녀 설화〉가 천녀지남 모티프로 되어 있다는 데 주목하였다. 이 설화는 한국에서는 왕권신화로 정착되지 못하였으나, 청나라 건국자의 탄생담으로 정착되었다. 《삼조실록》과 《만주원류고》에 남아 있는 애신각라 포고리옹순의 탄생 이야기는 이 유형의 이야기가 그때까지 전승되어 오다가 누르하치의 탄생담으로 정착하였음을 나타내고 있다.

청나라가 세워진 만주가 옛 고구려의 강역이라는 점에 착안하여, 이 유형의 설화가 일찍부터 고구려의 영역에 전해졌을 것이라고 상정하였다. 그 근거로는 북위 태조 도무제의 조상인 신원황제의 탄생담 또한 마찬가지로 천녀 모티프의 이야기임을 밝혔다. 북위 도무제의 탄생신화가 고구려 주몽과 마찬가지로 태양출자의 이야기로 되어 있다는 것으로는 고구려와 북위가 서로 밀접한 관련을 가졌을 것이라고 보았다.

2-1 출현신화

한국의 신화 가운데는 대지에서 인간이 나왔다는 출현신화
가 있다. 더욱이 이 유형의 이야기를 가졌던 집단은 초기 국가
형성 단계에서 외부에서 들어온 세력과 연대하여 왕권을 잡았
다. 그러므로 이것이 왕권을 장악한 지배 계층의 신화로 기록되
었다는 것은 매우 중요한 의의를 가진다고 할 수 있다.

이러한 출현신화는 대지를 모든 생명의 어머니로 생각하는
대지모신Great Mother 사상과 밀접한 관련을 가진 것이다. 지모
신地母神은 인류의 역사에서 제일 먼저 성립된 신 관념들 가운데
하나이다. 고고학의 발굴로 이미 구석기 시대에 풍요와 다산을
상징하는 비너스상이 만들어졌다는 사실이 밝혀졌다.[1] 이와 함

---

1   조지프 캠벨, 구학서 역, 《여신들: 여신은 어떻게 우리에게 잊혔는가》, 파주:

께 지모신에 대한 숭배가 시작되었고, 나아가 이 신앙에 바탕을 둔 신화가 자연스럽게 창출되었을 것으로 추정된다.[2]

이렇게 만들어진 출현신화는 어느 의미에서 신화의 가장 원초적인 형태를 유지한다고 할 수 있다. 그런데도 한국에서는 이 유형의 신화에 대한 연구가 거의 이루어지지 않았다. 그래서 먼저 이 유형에 들어가는 제주도 삼성 시조신화의 내용부터 살펴보기로 한다.

[자료 1]

《고기古記》에 이르기를, 태초에는 사람이 없었는데 ⊙ 세 신인神人이 땅(주산主山의 북쪽 기슭에 움이 있어 모흥毛興이라고 하는데 이곳이 그 땅이다.)에서 솟아났다. 맏이를 양을나良乙那, 둘째를 고을나高乙那, 셋째를 부을나夫乙那라고 했는데, ⊙ 이들 세 사람은 궁벽한 곳에서 사냥을 하며 가죽옷을 입고 고기를 먹으면서 살았다.

그러던 어느 날, 자줏빛 흙으로 봉해진 나무 상자(木函)가 동해 바닷가에 떠오는 것이 보였다. 그들은 나아가서 그것을 열어 보았다. 그 안에는 돌로 만들어진 함(石函)이 있었는데, 붉은 띠를 두르고 자줏빛 옷을 입은 사자使者가 있었다. 또 ⓒ 돌로 된 함을 여니, 그 속에는 푸른 옷을 입은 처녀 세 사람과 망아지와 송아지, 그리고 오곡의 씨앗이 들어 있었다. 이에 사자가 말하기를 "저는 일본국의 사자입니다. 우리 임금님께서 이 세 따님을 낳으시고 말씀하시기를, 서쪽 바다 가운데 있는 큰 산에 신의 아드님 세 분이 강탄하시어 바야흐로 나라를 세우고자 하나 배필이 없다고 하시면서 신에게 명하여 세 따님을 모시라고 하시기에 왔습니다. 마땅히 배필로 삼

청아출판사, 2016, 37~52쪽.

2   M. Eliade, *A History of Religious History*, Chicago: Chicago University Press, 1978, pp.20~22.

아 대업을 이루십시오."라고 하고, 사자는 홀연히 구름을 타고 가 버렸다.

　　세 신인은 나이의 차례에 따라 나누어서 장가를 들고, 물이 좋고 땅이
기름진 곳으로 나아가 집으로 거처할 곳을 정하였다. 양을나가 거처하는
곳을 제1도第一都라 하고, 고을나가 거처하는 곳을 제2도라 하였으며, 부
을나가 거처하는 곳을 제3도라고 하였다. 비로소 오곡의 씨앗을 뿌리고
소와 말을 기르게 되니, 날로 백성들이 부유해져 갔다.3

　　이는《고려사高麗史》권57 지志 권11 지리 2 탐라현耽羅縣 조에
전하는 삼성 시조신화이다. 이 자료에는 없으나, 〈영주지瀛州誌〉
계통의 자료에는 "이로써 산업을 일으키기 시작하고 오곡의 씨
앗을 뿌리며 송아지와 망아지를 치니, 드디어 살림이 부유해져
서 인간 세상을 이루어 놓았다. 이후 9백 년이 지난 뒤에 인심
이 모두 고씨高氏에게로 돌아갔으므로, 고씨를 왕으로 삼고 국
호를 모라毛羅라고 하였다."4는 기록이 있는 것으로 보아, 단순
히 세 성씨의 시조신화에 그치는 것이 아니라 탐라국의 왕권신
화였을 가능성이 짙은 자료라고 보았다.

　　이렇게 왕권신화적인 성격을 가지는 이 신화에서 양을나와

3　　정인지 공찬, 《고려사》, 서울: 경인문화사 영인본, 1972, 296쪽.
"古記雲 太初無人物 三神人從地聳出 其主山北麓有穴曰毛興是其地也 長曰良乙
那 次曰高乙那 三曰夫乙那 三人遊獵荒僻 皮衣肉食 一日 見紫泥封藏木函浮至於
東海濱 就而開之 函內又有石函 有一紅帶紫衣使者 隨來 開石函出現靑衣處女三
及諸駒犢五穀種 乃曰我是日本國使也 吾王生此三女 雲西海中嶽 降神子三人 將
欲開國 而無配匹 於是命臣 侍三女以來爾 宜作配 以成大業 使者忽乘雲而去 三人
以年次 分娶之 就泉甘土肥處 射失葍地 良乙那 居曰第一都 高乙那所居曰第二都
夫乙那所居曰第三都 始播五穀 且牧駒犢 曰就富庶."

4　　고창석, 《탐라국 사료집》, 제주: 신아문화사, 1995, 42~44쪽.
"日就富庶 遂成人界矣. 厥後九百年之後 人心咸歸于高氏 以高爲君 國號毛羅."

고을나, 부을나 등 세 성씨 시조는 ㉠에서처럼 땅에서 용출湧出하였다. 모흥혈毛興穴에서 용출한 세 신인은 ㉡에서와 같이 "궁벽한 곳에서 사냥을 하며 가죽옷을 입고 고기를 먹으면서 살았다." 이것은 이들이 사냥을 주로 하는 수렵 생활을 영위했다는 것을 의미하는 것처럼 보인다.

제주도에는 출현신화의 주인공이 사냥을 나서는 내용의 당신堂神 본풀이가 지금까지도 전한다. 〈송당松堂 본풀이〉와 〈호근리好近里 본향당 본풀이〉, 〈사계리沙溪里 큰물당 본풀이〉, 〈감산리柑山里 호근이 ᄆᆞᄅ 여드렛당 본풀이〉 등이 이런 부류에 들어간다.5

그러나 출현신화는 수렵과는 거리가 있는 원시 농경 문화의 산물이다. 오늘날도 이런 출현신화는 원시 농경민들 사이에서 많이 발견된다. 이를테면 아메리카의 원주민인 푸에블로족Pueblo들이 그들에게 옥수수 씨앗을 가져다준 도모신稻母神, Corn Mother 이야티쿠Iyatiku가 땅속에서 출현했다고 말하는 것6이라든지, 트로브리안드Trobriand의 원주민들이 태초에 인간들은 지하에 살았다고 말하는 것7 등이 그것이다.

이러한 지중출현신화들은 대지를 어머니로 생각하는 농경

---

5   현용준, 〈삼성신화연구〉, 《탐라문화》 2, 제주: 제주대학교 탐라문화연구소, 1983, 58~60쪽.

6   P. Grimal ed., *World Mythology*, P. Beardmore trans., London: Hamlyn, 1973, pp.452~453.

7   B. Malinowski, *Magic, Science and Religion* (Doubleday Anchor Books 23), New York: Garden City, 1954, p.111.

문화의 산물임이 명확한 것 같다. 바꾸어 말하면 이것은 대지의 우묵한 곳을 여성의 자궁으로 상정하고, 여기에서 인간이 태어났다는 신화적 사유를 반영하고 있다는 것이다.[8]

제주도에 전하는 본풀이들 가운데서도 제주시 구좌읍 김녕리에 있는 〈궤눼깃당 당신 본풀이〉는 농경과 관련을 가지는 것이어서 주목을 끈다. 아래의 자료는 현용준玄容駿이 제주시 건입동의 남무男巫 이달춘李達春으로부터 조사한 것인데, 그 내용의 일부를 소개한다면 아래와 같다.

[자료 2]

① 소천국은 알손당[下松堂里] 고부니마들에서 솟아나고, 백주또는 강남 천자국의 백모래밭[白沙田]에서 솟아났다. 백주또가 인간으로 탄생하여 열다섯 십오 세가 되어 가만히 천기天機를 짚어 떠 보니 하늘이 정한 배필 될 짝이 조선국 제주도 송당리에 탄생하여 사는 듯하였다. 백주또는 신랑감을 찾아 제주도로 들어와 송당리로 가서 소천국과 백년가약을 맺게 되었다. 부부는 아들 오형제를 낳고 여섯째를 포배 중인 때였다. 백주또는 많은 자식을 먹여 살릴 것이 걱정이 되었다.

② "소천국님아, 아기는 이렇게 많아 가는데 놀아서 살 수 있겠습니까? 이것들을 어떻게 길러냅니까? 농사를 지으십시오."

부인의 말에 ③ 소천국은 오붕이굴왓[松堂里]을 돌아보았다. 피 씨 아홉 섬지기나 되는 넓은 밭이 있었다. 소를 몰고 쟁기를 져서 밭을 갈러 갔다.[9]

---

8   C. H. Long, *Alpha: The Myth of Creation*, New York: George Braziller, 1963, pp.37~38.
이와 같은 롱Charles H. Long의 견해가 반드시 타당하다고 볼 수 없다는 주장도 있다[大林太良, 《神話學入門》, 東京: 中央公論社, 1966, 103쪽]. 그렇지만 우물이 여성 원리와 결부된 것이라면, 움도 여성 원리와 결합될 수 있다.

위 자료는 앞에서 고찰한 삼성 시조신화와 거의 같은 구조로, ①과 같이 하송당리의 당신으로 좌정한 소천국과 송당리의 당신으로 좌정한 백주또가 땅에서 솟아났다고 하였다. 하지만 이렇게 대지에서 용출한 두 존재는 제각기 다른 기능을 수행한다. 즉 소천국이 "배운 것은 본래 사냥질이었다. 백주또와 갈리자 총열〔銃身〕이 바른 마상총馬上銃에 귀양통·남날개를 둘러메고 산야를 휘돌며 노루·사슴·산돼지를 잡아먹었다. 사냥을 다니다가 해낭곳굴왓에서 정동칼쳇 딸을 만나 첩으로 삼고, 고기를 삶아 먹으며"10 새살림을 차리는 모습은 그의 수렵신적인 성격을 드러낸다.

이와 달리 백주또는 ②에서와 같이 농사를 권하는 주체여서, 농경을 주관하고 풍요를 담당하는 농경신으로 받들어졌을 가능성이 있다. 이런 상정이 허용된다면, ③에서 소천국이 오봉이굴왓에 파종하는 피 씨도 그녀가 주었다고 보아도 무방하게 여겨진다. 환언하면 백주또는 곡모신穀母神이었을 것으로 추정된다는 것이다.

이 [자료 2]의 원본에서는 "논씨[볍씨]도 아옵 섬지기〔九石落〕 피씨〔稷種〕도 아옵 섬지기 시니[있으니] 쉘 몰고[소를 몰고] 잠대를 지와서[쟁기를 져서] 소천국이 밧[밭]을 간다."11고 하여 볍씨가 등장한다. 그렇지만 밭을 간다는 표현으로 보아 이 볍

---

9   현용준, 《제주도 신화》, 서울: 서문당, 1976, 236쪽.

10   위의 책, 241쪽.

11   현용준, 《제주도 무속 자료사전》, 서울: 신구문화사, 1986, 636~637쪽.

씨는 논벼가 아닌 밭벼였다고 보는 것이 맞을 것 같다. 또 진성기秦聖麒가 제주시 애월읍 곽지리의 남무 이상문으로부터 채록한 자료에는 "지장씨[기장씨] 아홉 말지기 풋씨[팥씨] 아홉 말지기 콩씨가 아홉 말지기를 갈며는"**12**이라고 하여 밭곡식이 중심을 이루고 있다. 이것은 대지에서 태어난 곡모신이 밭곡식을 재배하는 초기 농경 문화와 관련이 있다는 것을 나타내는 것이 아닐까 한다.

그러나 이렇게 보는 경우에도 문제가 없는 것은 아니다. 소천국과 백주또는 다 같이 대지에서 용출한 존재이다. 그런데도 전자가 수렵신적인 성격을 지니고 있는 것과 달리 후자는 농경신 내지는 곡모신적인 성격을 지니고 있다는 것을 어떻게 설명해야 할 것인가 하는 문제가 남게 된다.

하지만 원래 출현신화는 밭곡식 재배의 농경 문화와 복합된 것이다. 그러던 것이 뒤에 들어온 수렵 문화의 영향을 받아, 이런 변화가 초래되지 않았는가 한다. 이렇게 보는 경우에는 단군 신화에서 혈거신穴居神으로 숭앙되던 웅녀가 지닌 수렵 문화의 성격은 말할 것도 없고, [자료 1]의 제주도 삼성 시조신화에 드러난 수렵 문화의 성격도 어느 정도 해명이 가능하게 된다.**13**

12　진성기,《제주도 무가 본풀이 사전》, 서울: 민속원, 1991, 410쪽.

13　단군 신화에서 곰이 쑥과 마늘을 먹으면서 혈穴 속에서 삼칠일을 견뎌서 여자로 변신하는 것과 제주도의 삼성 신화에서 세 신인이 땅에서 용출하는 것은 이것들이 출현신화의 하나임을 말해 준다. 이들이 수렵과 밀접한 관계를 가진 존재로 그려지는 것은 뒤에 들어온 수렵 문화의 영향을 받은 것이 아닌가 한다. 최남선 편,《신정 삼국유사》, 경성: 삼중당, 1946, 34쪽 참조.

한편 [자료 1]의 삼성 시조신화에서는 세 성씨의 시조들이 밑줄을 그은 ⓒ에서처럼 일본에서 온 처녀들과 혼인함으로써 그들의 생활에 중요한 변화가 일어났음이 표현되어 있다. 곧 오곡의 씨앗을 뿌리고 소와 말을 길렀으며, 정착 생활을 하게 되었다는 것이다. 이러한 신화적 기술은 제주도의 자연환경을 반영하는 것이라고 할 수 있다. 즉 사면이 바다로 둘러싸인 제주도로서는 외부 세계로부터 문화의 전래가 불가피했음을 드러내는 것으로 볼 수 있다는 것이다.

그런데 서귀포시 성산읍 온평리溫坪里에는 이들 세 신인과 일본에서 온 공주들이 결혼하였다고 하는 '혼인지婚姻池'에 얽힌 전설이 남아 있다.

[자료 3]

고을나, 부을나, 양을나 세 신이 해안을 따라 사냥을 하며 이동하던 중 온평리에 있는 속칭 '화성개'에 이르렀을 때, 물결에 떠밀려오는 세 개의 궤짝을 발견하게 되었다. 이것은 고을나가 먼저 발견하고, 서로 소리를 지르면서 세 신이 모여 바라보니 과연 세 개의 궤짝이 떠밀려오고 있지 않은가? 이때 세 신이 유쾌한 소리를 질렀다고 하여, 이곳을 '화성개' 또는 '쾌정개'라 부르게 되었다고 한다.

그 궤짝은 '화성개'에서 한 1백 미터쯤 떨어져 있는 바닷가에 닿았는데, 세 신인은 그 궤짝을 따라가 이를 열어보니 세 선녀와 오곡의 씨앗, 그리고 가축 등이 있었다. 그때가 마침 저녁 무렵이라 석양이 바닷물에 비쳐 황금빛 노을이 출렁이매 이 궤짝이 닿은 바닷가를 '황노알〔黃老潤〕'이라고 부르게 되었다 하는데, 오늘의 이름은 그 '황노알'이 줄어지면서 '황날'이라고 부르고 있다.

세 신인은 말을 타고 세 처녀와 더불어 '삼성혈'이 있는 제주시 쪽으로 떠나는데, (그때 바위 위에 찍힌 말 발자국이 아직도 남아 있다고 함) '황노알'을 떠난 일행은 바닷가에서 한 1킬로쯤 떨어져 있는 곳에 수목이 울창하고 큰 못이 있어 경치가 매우 아름다운 곳에 당도하게 되니, 이곳에서 말을 내려 못에서 물을 마시고 목욕을 한 다음에 혼인을 하니, 이제 날은 어두워지고 이 못가의 굴에서 밤을 지냈다고 한다.

이래서 이 못은 세 을나와 세 처녀가 혼인을 했던 못이라 하여 '혼인지婚姻池' 또는 '혼인지婚姻趾'라고 부르게 되었다고 한다.14

이 이야기는 양중해梁重海가 〈삼성 신화와 혼인지〉라는 논문을 집필할 당시에 온평리 이장인 송인홍宋仁洪으로부터 조사한 것으로, 지금도 전승되고 있는 자료이다. 이와 같은 위의 이야기가 이 못에 연계되어 전한다는 것은 제주도가 아직도 살아 있는 전설의 현장임을 말해 준다고 하겠다.

이처럼 하나의 세트를 이루는 제주도의 삼성 시조신화에 대해, 현용준은 "시조가 땅속에서 솟아났다는 이야기는 삼성 신화를 제외하면 한국에서는 아직 발견되지 못하고 있다. 그만큼 특이한 화소인 것이다."15라고 하면서, 일본의 규슈九州 남부에서 그 흔적을 찾을 수 있고, 오키나와沖繩, 대만 방면에 이 신화가 많이 발견된다는 것을 지적하였다. 그가 인용한 몇 개의 자료를 소개하기로 한다.

14　양중해, 〈삼성 신화와 혼인지〉, 《국문학보》 3, 제주: 제주대학교 국어국문학회, 1979, 62~63쪽.

15　현용준, 앞의 논문, 71쪽.

[자료 4]

휴가쿠니日向國의 고유군古庚郡(평소에는 兒湯郡이라고 쓴다.)에 도노미네吐濃峯라는 곳이 있다. [거기에] 신이 있어 도노의 다이묘카미大明神라고 불렀다.

옛날에 진구황후神功皇后가 신라를 정벌할 때, 이 신을 청하여서 배에 싣고 배의 뒤쪽을 보호하게 하였다. 신라를 정벌하고 돌아온 뒤 우시카미네鉛馬峯라는 곳에서 활을 쏠 때, 땅속에서 검은 물건의 머리가 나오기에 활의 탄력으로 파내었더니 남자 한 사람과 여자 한 사람이 나왔다. 그 신인神人에게 벼슬을 시켰는데, 그 자손이 지금도 남아 있다. 가시라쿠로頭黑라고 하는 이유는 처음에 파낼 때 머리에 검은 것을 쓰고 나왔기 때문이다. 자손은 번성하였으나, 역병으로 [모두] 죽고 두 사람만 남았다. 이 일을 그곳의 기록에서는 "날마다 죽어 가고 고작 남녀 둘이 남았다. 이것은 나라를 지키는 신인으로 삼아서 벼슬을 시킨 까닭으로, 다이묘카미가 노하여 역병을 일으켜 죽게 했다."고 하였다.**16**

이것은 가마쿠라 시대鎌倉時代인 13세기에 일본에서 지어진 《지리부쿠로塵袋》 권7에 남아 있는 자료로, 휴가쿠니가 있던 미나미큐슈南九州의 미야자키현宮崎縣 일대에 전하던 가시라쿠로頭黑의 탄생담을 기록한 것이다.

오키나와 남쪽의 미야코 제도宮古諸島에도 이런 내용의 이야기가 전한다.

[자료 5]

상고上古 시대에 고이쓰노古意角라고 하는 남신이 천제에 아뢰기를,

16　大林太良, 〈琉球神話と周圍諸民族神話との比較〉, 《沖繩の民族學的研究》, 東京: 日本民族學會, 1972, 368~369쪽에서 재인용.

"하계下界에 섬을 만들어서 중생을 구제하여 수호신이 되었으면 합니다." 라고 하였다. 천제는 감심感心하여 하늘 동굴 기둥의 끝부분을 떼어 주면 서, "네가 하해下海에 내려가 풍수가 좋지 않은 곳에 이 돌을 던져 넣어라." 라고 했다. 곧 [천제의] 은혜에 감사를 드리며 그 돌을 가지고 내려와서 푸르디 푸른 대해大海에 던져 넣자, 그 돌이 응고되어 쌓이면서 섬의 모양이 되었다. 천제가 또 붉은 흙을 주었다. 고이쓰노가 말하기를, "저에게 넉넉하게 갖추어지지 않은 것을 원합니다."라고 하였다. 천제가 답하여 말하기를, "너는 육근六根과 오체五體를 갖추었는데 또 무엇이 부족한가?"라고 물었다. 고이쓰노가 "대저 양이 있으면 음이 있고, 음이 있으면 양이 있습니다."라고 아뢰었다. 천제도 이것을 그럴 만하다고 생각하여 고이타마姑依玉라고 하는 여신을 가지도록 허락하였다. 그리하여 두 신이 이 땅에 내려와서 수호신이 되었다. 일체의 유정물有情物과 무정물無情物을 만들고, 그 뒤에 양신陽神과 음신陰神을 낳아 소다쓰카미宗達神과 요시타마카미嘉玉神라는 이름을 붙였다. [그런데] 이 섬은 붉은 흙이었기 때문에 곡식 종류가 자랄 수 없어 굶주리는 때가 있었다. 천제가 이것을 알고 검은 흙을 내려보냈다. 이때부터 오곡이 잘 자라서 먹을 것이 많아졌다.

소다쓰카미와 요시타마카미가 10여 세일 무렵에 어디에서 왔는지를 알 수 없는 유락遊樂의 남녀가 있었는데 용모가 예뻤다. 고이쓰노와 고이타마가 묻기를, "너희들은 어디에서 왔느냐?"라고 하였다. [그들은] 대답하기를, "땅속에서 화생化生하여 부모가 없습니다."라고 해서 유락신遊樂神이라 하였다. 남신은 붉은 잎으로 몸을 두르고 있었으므로 기소카미木莊神라 하였고, 여신은 푸른 잎으로 몸을 두르고 있었으므로 후사소카미草莊神라 하였다. 고이쓰노·고이타마 두 신은 매우 기뻐하며 후사소카미와 소다쓰카미를 결혼시키고, 기소카미와 요시타마카미를 결혼시켰다. 소다쓰카미는 남신이었으므로 동쪽 땅을 받아 히가시나카노네東仲宗根라 하고, 요시타마카미는 여신이었으므로 서쪽 땅을 받아 니시나카노네西仲宗根이라고 하였다.[17]

17　大林太良, 앞의 논문, 320~321쪽.

이것은 청 건륭乾隆 무진戊辰(1748년)에 저술된 《미야코지마 구사宮古島舊史》에 실려 있는 것으로, 천강신화와 출현신화가 결합된 형태를 보여 주고 있다. 또 야에야마 제도八重山諸島에는 이 것과는 다른 내용의 이야기가 전하므로, 그 자료도 아울러 소개하기로 한다.

[자료 5]

아만카미アマン神가 해의 신[日神]의 명을 받아 하늘의 일곱 색 다리 위에서 바다에 흙과 돌[土石]을 던져 넣고 창모槍矛로 휘저어 섬을 만들었다. 이것이 야에야마八重山의 섬들이다. 섬에는 판다누스[阿檀]가 무성할 뿐, 사람도 동물도 없었다. 그 뒤 신이 사람의 씨를 판다누스 숲속의 땅 구멍에 내려보내니 그 구멍에서 남녀 두 사람이 출현했다. 그들은 남녀의 성관계에 대하여 아직 모르고 있었으므로, 신은 두 사람을 못가에 세우고 서로 다른 방향으로 돌게 했다. 못가를 돌다가 다시 만난 두 사람은 서로 포옹하고 거기에서 비로소 부부 생활을 시작하게 되었다. 뒤에 아들 셋과 딸 둘을 낳아 야에야마의 시조가 되었다.[18]

이와 같은 이 자료에 대하여 현용준은 "남녀 두 신이 지중地中에서 출현한 점, 그리고 특히 남녀 두 신이 못가를 반대 방향으로 돌다가 만나서 결혼한다는 화소가 주목된다. 삼성 신화에서 혼인한 곳이 못[[자료 3]의 혼인지 유래담을 가리킨다—인용자 주]이라는 점과 일치하기 때문이다. 삼성 신화에 관련된 전설에는 현

18　八重山歷史編集委員會 編,《八重山歷史》, 石垣: 八重山歷史編集委員會, 1954, 21~22쪽[현용준, 앞의 논문, 72쪽에서 재인용].

재 못에서 목욕하고 결혼했다는 후대적 화소만이 전하는데, 이 야에야마 신화의 결혼 방식처럼 본래는 못을 반대 방향으로 돌다가 만나 결혼한다는 결혼 방식의 화소가 있었던 것이 아닌가 추측된다."[19]고 하면서, 남녀가 서로 반대 방향으로 돌다가 만나 결혼하는 화소는 동남아의 근친혼 신화近親婚神話에 흔한 것[20]이란 오바야시 다료의 견해를 인용하여, 제주도의 이런 이야기가 이들과 친연관계가 있다는 것을 은연중에 시사하고 있다.

그런데 이 유형의 이야기가 오키나와 일대에만 전하는 것이 아니라, 대만에 사는 소수민족들 사이에서도 보고된 바 있다.

[자료 7]

먼 옛날 '민톤곤ミントンゴン, 敏東孔'이라는 곳에 두 개의 구멍이 있었다. '하루하쓰루ハルハツル'[21]라는 벌레가 똥을 둥글게 해서 구멍에 넣자, 보름쯤 지나서 한쪽 구멍에서는 남자가 나오고 다른 구멍에서는 여자가 나왔다. 두 사람이 성장하여 부부가 되고 사남매를 낳았는데, 이 아이들이 서로 혼인하여 점차 인간이 불어났다고 한다.[22]

---

19   현용준, 앞의 논문, 72~73쪽.

20   大林太良, 앞의 논문, 332쪽.

21   현용준은 '하루하쓰루'를 '루루핫스루'라고 썼으나 '루루핫스루ルルハッスル'에 관한 다른 연구 결과는 찾기 어렵다. 다른 출판사에서 펴낸 같은 책(臺北: 南天書局有限公司, 1996)을 인용한 許伯諭, 《生蕃傳說集》故事種族與地理分布之研究〉, 中國文化大學文學院 中國文學系 碩士論文, 2012, 24쪽에서는 이를 하루하쓰루라고 썼다. 이를 바탕으로 재인용 과정에서 '하ハ'를 생김새가 비슷한 '루ル'로 잘못 옮겼다고 보아 하루하쓰루로 교정하였음을 밝혀 둔다.

22   佐山融吉・大西吉壽 共著, 《生蕃傳說集》, 臺北: 杉田重藏書店, 1923, 25쪽[현용준, 위의 논문, 73쪽에서 재인용]; 이인택, 《타이완 원주민 신화의 이해》, 고양: 학고방, 2016 참조.

이것은 부눈족Bunun, 布農族의 간타반사千卓萬社23에 얽힌 신화이다. 여기에서는 하루하쓰루라는 벌레가 중요한 역할을 한다. 이 벌레는 쇠똥구리의 한 종류일 것으로 생각된다. 주지하다시피 쇠똥구리(말똥구리)는 쇠똥(말똥)을 굴려서 둥글둥글하게 만든 다음 그것을 굴속에 저장하고 거기에다 새끼를 낳는 곤충이다. 이런 곤충의 생태로부터 위의 신화가 만들어졌을 가능성이 있다.

[자료 8]

옛날에 핀사바칸Pinsabakan이라는 곳에 낭떠러지(斷崖)가 있었는데, 여기에 갑자기 두 개의 구멍이 생기고 그 구멍으로부터 남녀가 나왔다. 두 사람은 금파리(金蠅)에게서 생식의 방법을 익혀서 자손을 번창하게 하였다. 어느 해에 천지가 진동하며 큰 홍수가 일어나 사람들이 팝파쿠pappaku로 피난하였다. 물이 줄어든 후, 고향 땅 핀사바칸으로 돌아간 사람들은 지금의 싸이샤족賽夏族의 조상이고, 팝파쿠에 남은 사람들이 타얄족泰雅族의 조상이 되었다.24

이 자료는 바위의 구멍에서 한 쌍의 남녀가 나왔다고 하여 암출신화岩出神話의 성격을 가지는 것으로 보인다. 하지만 바위에서 나온다는 모티프 그 자체가 대지에서 인간이 나왔다는 모

23　여기에서 '사社'는 대만 고산족의 취거聚居 단위를 뜻한다. 대개 사의 우두머리는 생산 활동의 지도자인 동시에 종교 활동의 주최자라고 한다.
覃光廣 外 編著, 허휘훈·신현규 공편역,《중국 소수민족 종교신앙》, 서울: 태학사, 1997, 543쪽.
24　佐山融吉·大西吉壽 共著, 앞의 책, 64쪽[현용준, 앞의 논문, 73쪽에서 재인용].

티프의 후대적 변이이기 때문에, 이것도 출현신화의 범주에 들어간다고 보아도 좋을 듯하다.

이런 출현신화는 태국을 비롯한 동남아시아 지역에도 널리 분포되어 있다. 그 자료들 가운데서 일부를 소개하면 아래와 같다.

[자료 9]

비엔티안시Vientiane, Viang Chan 건설자의 장남 하테 앙Hate Ang은 송곳과 도끼를 가지고 북쪽으로 갔다. 오늘날의 무앙 순Muang Sun으로부터 멀지 않은 곳에서 하테 앙이 그의 송곳을 찔러서 꽂았다. [그러자] 대지가 움직이면서 하나의 심연深淵이 벌어지더니, 먼저 무리를 지어 사슴이 나오고, 이어서 사람이 나왔다. 하테 앙이 그들과 함께 동쪽으로 가서 다시 송곳을 대지에 박자, 땅속에서 사람들이 또 나왔지만 사슴은 더 나오지 않았다. 하테 앙은 풍족Pung의 대왕이 되어 후아판Houaphanh 전역을 통치했다.[25]

[자료 10]

세상이 처음 만들어졌을 때, 다른 민족은 전부터 죽 지표地表에 살고 있었는데, 모이족Moi은 땅속에서 살아서 대단히 불행했다. 어느 날의 일이었다. 그들 중의 몇 사람이 지표를 탐험하기 위해 [땅속에서] 나갈 결심을 하고, 방—메—플뢰Ban-Mé-Pleut(지금도 피Pih 마을이 있다.)의 동쪽에 있는 크방 프리녜Kband Prigne라는 통로의 구멍으로부터 나왔다. 그러자 그들은 대지의 모습이 훌륭하다는 것을 알게 되어 거기에 살러 오기로 정했다. 그들은 땅속에 있는 사람들을 데리러 돌아가, 그 사람들이 자기들의 가축과 가재도구를 가지고 이사하려고 하였다. 어디에서나 마찬가지로 멋을 부리는

25　大林太良, 앞의 논문, 370쪽.

모이족의 미녀들은 이 기회를 위하여 정성을 들여 화장해야 한다고 믿고 뒤에 남았다. 불행하게도 그녀들의 순서가 되어 나오려고 하는 순간, 머리가 두 개 달린 물소에 의해 그 구멍이 막혀 버렸다. 그녀들은 그 뿔 때문에 물소가 나올 수도 돌아갈 수도 없게 된 상태인 것을 보게 되었다. 물소는 거기에서 죽고, 구멍은 영원히 막혀 버려 여자들은 땅속에 남을 수밖에 없었다. 모이족 지역에 미인이 적은 것은 이 때문이라고 한다.**26**

이와 같은 출현신화는 인도네시아 지역에도 널리 분포되어 있다. 이런 분포에 착안한 오바야시 다료는 아래와 같은 견해를 제시하였다.

동남아시아에서는 앗삼, 카-모이Kha-Moi 제족諸族, 동부 인도네시아 등 고층 재배민 문화古層栽培民文化의 전통이 농후한 곳에 분포가 한정되어 있다. 오세아니아에서는 선先오스트로네시아 재배민의 전통이 강한 뉴기니아 남부와 그 영향이 미친 것으로 생각되는 오스트레일리아의 일부가 중심 분포지이며, 나아가서 폴리네시아 일부에도 [영향이] 미치고 있다. 이러한 분포는 동남아시아·오세아니아에서 땅속으로부터 선조가 출현했다고 하는 신화가 원래 선오스트로네시아의 고층 재배민 문화에 속한다는 것을 말해 주고 있다. 하지만 일부 오스트로네시아 어족語族에 수용되고 나서 2차적으로 확장된 경우도 많을 것이다.**27**

---

26   H. Bernard, "Les Populations Moï du Darlac", *Bulletin de l'École française d'Extrême-Orient*, Vol. 7 No. ½, École française d'Extrême-Orient, 1907, pp.61~86[大林太良, 앞의 논문, 370~371쪽에서 재인용]; H. Maître, *Les régions Moï du Sud Indo-Chinois: Le Plateau du Darlac*, Paris: Plon Nourrit et Cⁱᵉ, 1909, p.36 참조.

27   大林太良, 위의 논문, 374쪽.

현용준은 이와 같은 오바야시의 견해를 소개하면서, "그 문화적 배경은 후론後論으로 미룬다 해도, 삼성 신화의 지중용출 화소가 이러한 넓은 분포 영역의 배경을 가진 것임을 이로써 알 수 있다. 삼성 신화의 이 지중용출 화소가 꼭 어느 계보를 거쳐 들어왔다고 지적은 못한다 해도 동남아, 남중국, 오키나와 등의 것들과 같은 계통의 것이요, 그것이 제주에 흘러들어와 삼 신인이 세 개의 구멍에서 솟아나는 것으로 변이되면서 토착화된 것이라고 해야 한다. 동남아 것이 주로 남녀 두 신이 지중에서 출현하는 데 비해, 삼 신인의 용출로 변이한 것은 이를 수용하던 제주의 사회 문화 환경이 그리 만든 것이라고 보아진다."**28**고 하였다. 이런 현용준의 견해는 제주도의 삼성 시조신화가 한반도에서는 아직 발견되지 않고 있다는 것을 전제로 하여**29** 동남아시아로부터 남중국과 오키나와를 거쳐 제주도에 유입되었을 것이라 추정한 것이다.

그러나 이런 출현신화가 제주도에만 전하는 것은 아니다. 육지에서, 그것도 고대 국가의 왕권신화로 전하는 자료가 있다는 사실에 주목해야 한다. 바로 동부여의 왕 해부루解夫婁가 얻은 금와金蛙의 탄생에 얽힌 이야기가 이 유형에 속한다.

28　현용준, 앞의 논문, 76쪽.
29　위의 논문, 71쪽.

[자료 11]

이 일[주몽이 고구려를 건국하는 일—인용자 주]에 앞서 부여의 왕 해부루가 늙도록 아들이 없어 산천에 제사를 드려 대를 이을 자식을 구하였다. [그러던 어느 날] 그가 탄 말이 곤연鯤淵에 이르러 큰 돌을 보고 서로 마주하여 눈물을 흘렸다. 왕이 괴이하게 여겨 사람들을 시켜 그 돌을 옮기게 하였더니 [거기에는] 한 어린아이가 있었는데, 금빛 개구리 모양을 하고 있었다(또는 달팽이 모양이라고도 한다.). 왕은 기뻐하며 말하기를, "이것은 바로 하늘이 나에게 자식을 준 것이다."라고 하면서 거두어 길렀는데, 이름을 금와金蛙라고 하였다. 그가 장성하자 태자로 삼았다.30

이것은 김부식이 편찬한 《삼국사기》 권13 고구려본기 제1 시조 동명성왕 조에 실려 있는 금와의 탄생담이다. 여기에는 부여의 왕 해부루가 자신의 왕권을 물려줄 후사를 얻는 과정이 기술되어 있다. 말이 곤연이라는 연못가에 이르러 큰 돌을 보고 눈물을 흘리기에, 그가 괴이하게 생각하여 사람들로 하여금 그 돌을 옮기게 하였더니 거기에 개구리 모양을 한 금빛의 어린아이가 있었고, 그래서 그 아이에게 '금와'라는 이름을 붙여 왕위를 물려줄 태자로 삼았다는 것이다.

이런 내용의 이 신화에 대하여, 문일환文日煥은 "조선의 신화는 주인공의 탄생에서 그 신화가 기초하고 있는 원시적인 신앙이 집약적으로 표현되는 특징을 가지고 있다."고 하면서, "금와

30　김부식, 《삼국사기》, 서울: 경인문화사 영인본, 1982, 145쪽.
　　"扶餘王解夫婁老無子 祭山川求嗣. 其所禦馬至鯤淵 見大石相對流淚. 王怪之 使人轉其石 有小兒 金色蛙形蛙一作蝸. 王喜曰 此乃天賚我令胤乎 乃收而養之 名曰金蛙 及其長爲太子."

신화를 보면 신화적 주인공이 암석 밑에서 탄생한다."**31**고 하여 이 신화를 암출신화로 보았다. 그는 이렇게 보는 근거로, 조선의 민속에서 "유명한 바위나 또는 아주 웅장하게 생겼거나 기이하게 생긴 바위에 치성을 드리고 제사를 드리는 일들이 중세기에는 물론 근세에 이르러서도 있었다."**32**는 것을 강조하고 있다. 그러면서 그는 이와 같은 풍습이 3세기에 진晉나라의 진수가 편찬한 《삼국지》위서 동이전 변진弁辰 조에 나오는 "어린 아이가 출생하면 곧 돌로 머리를 눌러서 납작하게 만들기 때문에 진한辰韓 사람들의 머리는 납작하다."**33**는 편두編頭 풍습이나 《삼국지》고구려 조에 나오는 "돌로 쌓아서 봉분을 만든다〔積石 爲封〕."**34**는 묘제墓制를 바탕으로 하여, 금와 신앙은 암출신앙에 기초하고 있으며 이러한 "암출 신화는 거석 문화巨石文化 시기를 훨씬 지나 형성된 것으로 보는 것이 타당하다고 생각된다. 왜냐하면 신화는 항상 비교적 완전하고 독자적으로 발전된 신앙에 토대하여 형성되기 때문이다."**35**라는 견해를 밝혔다. 실제로 현지 조사를 나가 보면 바위로부터 뛰어난 사람이 나왔다는 암출 이야기를 들을 수 있다.**36**

---

31 문일환, 《조선고대신화연구》, 北京: 민족출판사, 1993, 84쪽.
32 위의 책, 84쪽.
33 陳壽, 《三國志》, 서울: 경인문화사 영인본, 1975, 853쪽.
 "兒生 便以石厭其頭 欲其編."
34 위의 책, 844쪽.
35 문일환, 위의 책, 87쪽.
36 최상수, 《한국민간전설집》, 서울: 통문관, 1958, 143~144쪽.

그러나 금와 신화와 암석 숭배 사상은 거리가 있다. 우선 바위 신앙은 치성을 드리면 거기에 있던 아이의 정령이 여자에게 옮겨와 아들을 낳을 수 있다고 믿은 기자 민속祈子民俗에 바탕을 둔 것이다. 게다가 진한의 편두 풍습과 고구려의 묘제를 금와의 탄생과 연계시키는 것은 너무 지나친 논리의 비약이 아닐 수 없다.

위의 자료에는 "왕이 괴이하게 여겨 사람들을 시켜 그 돌을 옮기게 하였더니, [거기에는] 한 어린아이가 있었는데, 금빛의 개구리 모양을 하고 있었다."는 것이 분명히 기록되어 있다. 이것은 비록 신화적인 표현이라고 할지라도 금와가 큰 돌이 놓여 있던 곳, 즉 땅이 우묵하게 들어간 곳에서 나왔음을 말해 준다. 이렇게 움푹 파인 곳에서 인간이 나왔다고 하는 것은 대지를 어머니로 생각하고, 그렇게 들어간 곳을 대지의 자궁으로 여기던 원시 농경민들의 신화적 사유에서 연원된 것이다.

한국의 고대 왕권신화들 가운데 금와와 마찬가지로 대지에서 탄생한 사람의 이야기로는 신라 박혁거세의 부인이 된 알영閼英의 탄생담이 있다.

[자료 12]

이날 사량리沙梁里 알영정閼英井(혹은 아리영정娥利英井이라고도 한다.)가에 계룡鷄龍이 나타나 왼쪽 갈비에서 동녀童女를 낳았는데(용이 나타나 죽었는데 그 배를 갈라서 동녀를 얻었다고도 한다.) 자태와 얼굴은 유난히 고왔으나 입술이 닭의 부리와 같았다. 장차 월성의 북천에 가서 목욕을 시켰더니, 그 부리가 떨어졌다. 이로 말미암아 그 내를 발천撥川이라고 한다.37

이 신화는《삼국유사》권1 기이편紀異編 신라 시조 박혁거세 조에 전하는 것이다. 이 자료에서 알영은 알영정閼英井이라는 우물가에 나타난 계룡의 왼쪽 갈비뼈에서 나온 것으로 되어 있다. 이 밖에 용이 나타나 죽었는데 그 배를 갈라서 나왔다고 하는 다른 이설 하나가 더 덧붙여져 있다.

이와 같은 신화적 표현은 알영이 우물에서 나온 계룡으로부터 태어났다는 것을 말해 준다. 그녀의 이런 탄생에 대해서 미시나 아키히데는 "알영은 우물 속의 용으로부터 태어난 지모신이고, 우물이나 용은 수신水神을 나타내는 것이다."38라는 지적과 함께, 이 신화를 가진 집단이 수도 경작水稻耕作의 농경민이었을 것이라는 추정한 바 있다.

그러나 이렇게 '용'을 중시하였다고 본 그의 견해가 타당하다고 하기는 어려운 것 같다. 알영은 분명히 '계룡'에서 나온 존재이다. 계룡이란 용과 닭이 결합되어 만들어진 상상의 신성수神聖獸다. 이들의 관계를 알 수 있는 설화를 하나 소개하겠다.

[자료 13]

후백제를 세운 견훤甄萱이 전주성全州城을 공략할 때의 일이었다. 그때 견훤의 군사들은 이곳에 진을 치고 있었다. 여기에서 전주까지는 상당한 거리였다. 첫닭이 울 때 출발해도 전주성에 도착하면 새참이 지날 무렵이

---

37 최남선 편, 앞의 책, 45쪽.
  "是日沙梁里閼英井 一作娥利英井 有鷄龍現而在脇誕生童女 一雲龍現死而剖其服得之 姿容殊麗 然而似雞觜 將浴於月城北川 其觜撥落 因名其川曰撥川."
38 三品彰英,《三國遺事考證》上, 東京: 塙書房, 1973, 440쪽.

었으므로, 그들의 공격은 언제나 실패로 끝나고 말았다.

　그러던 어느 날의 일이었다. 그날도 닭이 울자 견훤의 군사들은 여느 때마냥 전주성을 향해 출발했다. 그런데 그날은 전주성에 도착을 했는데도 날이 새지를 않았다. 그리하여 전주성을 무사히 공략할 수 있었다. 이렇게 그들이 성공을 거둘 수가 있었던 것은 용이 닭으로 변해서 평소보다 일찍 울었기 때문이었다. 그때부터 사람들은 이곳을 용계원龍鷄院이라고 불렀다고 한다.**39**

　이 이야기는 전라북도 완주군 운주면에 있는 용계원龍鷄院의 지명 유래담으로 전해 오는 자료이다. 밑줄 그은 문장에서 보는 것처럼, 견훤의 군사들이 전주성을 무사히 공략할 수 있도록 하기 위해서 이 마을을 지키는 용이 닭으로 변하여 일찍 울었다. 이처럼 용은 호국용護國龍의 성격을 지니며 왕권의 성립과 밀접한 관련을 맺고 있는 신성한 동물이었다.**40**

　이렇게 신성한 동물인 용이 닭으로 변했다고 하는 것은 그

39　이는 1981년 9월 전주우석대학(현 우석대학교)에 근무하던 이주필李周弼로부터 조사한 자료이다.

40　용은 중국 하夏나라 때부터 조상 숭배 및 다산多産과 밀접한 관계가 있는 동물로 믿어지다가 후대에 오면서 황제를 상징하는 양陽의 남성 원리를 나타내는 것으로 발전했다. 그리하여 황제의 탄생과 관련된 많은 신화가 생성되었다. 이런 사상이 한국에 유입되어《삼국사기》신라본기 권8 문무왕 조에 보이는 것과 같은 호국용 사상으로 발전해 왔을 것으로 상정된다. 박다원朴茶婉은 한국에서 지배 집단의 용을 ① 왕권 기원의 용과 ② 국가 호위의 용, ③ 국태민안의 용으로 나누어 설명한 바 있다.
M. Leach & J. Fried, *The Standard Dictionary of Folklore, Mythology and Legend* (1ˢᵗ Edition), New York: Funk & Wagnalls Company, 1949, p.323; 出石誠彦,《支那神話傳說の硏究》, 東京: 中央公論社, 1949, 527~528쪽; 박다원, 〈한국 용설화 연구: 전승집단의 수용양상을 중심으로 한 고찰〉, 경산: 영남대학교 대학원 국어국문학과 박사학위논문, 2016, 76~128쪽.

때 신라 사회에 용과 닭이 서로 상통한다는 신화적 사유가 있었음을 나타낸다고 보아도 좋을 듯하다. 《삼국유사》 권4 의해義解 5 귀축제사歸竺諸師 조의 "그 나라에서는 계신鷄神을 받들어 높이 여겼던 까닭으로 그것을 꽂아서 장식한다."41는 기록이 이러한 상정에 더욱 신뢰성을 부여해 준다. 신라의 이런 계신 숭배 사상은 당시 천축국天竺國으로 순례를 갔던 많은 승려들을 통해 그곳까지 알려졌던 관습의 하나였다. 이 같은 계신 숭배 사상은 토착세력으로서 신라의 건국에 참여했던 김씨 부족의 세력이 팽창되면서 그들의 신앙 또한 전국적으로 유포된 것으로 추정된다.42

그런데 이러한 신성수인 계룡이 알영정에서 나왔다. 알영정은 문자 그대로 우물을 뜻한다. 최명옥崔明玉은 '우물' 외에 '움물', '움굴' 등의 방언으로 이 단어의 원형을 재구하면 '움홀'이 될 수밖에 없다고 설명했다. 이들 음운 변화현상을 전부 설명할 수 있는 것은 '움홀'이란 단어밖에 없기 때문이다.43 이러한 견해가 타당하다면, '우물'이란 '물'을 의미하는 것이 아니라 땅이 우묵하게 들어간 모양을 나타내는 단어임이 분명하다. 이와

41　최남선 편, 앞의 책, 188쪽.
　　"其國敬雞神而取尊. 故載翎羽而表飾也."
　　김철준은 이 기사를 가지고 신라에서는 '닭 토템'을 믿는 집단이 있었다고 주장한 바 있다[김철준, 앞의 논문, 27~28쪽].
42　김철준, 《한국 고대사회 연구》, 서울: 지식산업사, 1975, 75쪽.
43　최명옥, 〈월성지역어의 음운양상〉, 서울: 서울대학교 대학원 국어국문학과 박사학위논문, 1982, 76~80쪽.

같은 의미를 가진 '우물'은 원래 인류사회에서 재생rebirth이라든가, 원기 회복refreshment 등을 표상하는 여성 원리와 결부된 것이다.**44**

그러므로 우물가에 나타난 계룡에서 나왔다고 하는 알영의 탄생신화는, 우물이란 것이 땅이 우묵하게 들어간 곳을 가리키고 계룡이란 것이 추상적으로 만들어진 신성수란 점을 고려한다면 지중 출현地中出現을 이야기하는 출현신화emergence myth의 변형이라 해도 지장이 없지 않을까 한다.

이렇듯 동부여 금와의 탄생담과 신라 알영의 탄생담이 출현신화의 범주에 들어간다면, 이들 자료를 현용준이 지적한 것처럼 "동남아, 남중국, 오키나와 등의 것들과 같은 계통의 것"**45**이라고 단정하기는 어렵지 않을까 한다. 그의 견해를 받아들인다면 동남아시아 쪽에서 올라온 해양 문화가 동부여까지 영향을 미쳤다고 볼 수밖에 없다. 하지만 이렇게 보는 것은 많은 무리를 감수하지 않으면 안 된다. 왜냐하면 남방에서 구로시오 해류〔黑潮〕를 따라 올라온 문화가 지배층의 문화가 되었다면 어디엔가 그 흔적이 남아 있어야 마땅하지만, 아직까지 그와 같은 고고학적 발굴 성과는 전혀 보고되지 않고 있기 때문이다.

그렇다면 동부여와 신라 문화가 어떤 형태로든 관련이 있는 것이 아닐까 하는 생각을 해 볼 수 있을 것이다. 여기에서 김철

---

44 G. Jobes ed., *Dictionary of Mythology, Folklore and Symbols*, New York: The Scarecrow Press Inc., 1962, well 조 참조.

45 현용준, 앞의 논문, 76쪽.

준金哲埈의 아래와 같은 견해는 이 문제를 해결하는 데 좋은 참고가 될 수 있다.

　　알영의 알(Ar)은 난卵의 뜻을 가지나 주몽이나 수로의 설화와 같은 난생설화로는 발전하지 못하고 김알지 설화에 이르렀다. 대두함이 늦은 김부족은 이때 늦어나마 천강족天降族의 시조설화를 갖기 위하여 《[삼국]사기》,《[삼국]유사》에 소재된 설화에서 보는 바와 같이 후대적인 관념의 금궤金櫃 · 금독金櫝 등을 갖다 붙이었다. 다시 말하면 초기에는 문화가 뒤떨어진 토착족土着族으로 있다가 뒤에 이르러서야 박朴 · 석昔 부족의 자극으로 차차 대두하여 박 · 석과 대등하게 되매 원래 갖고 있던 '닭' 토템에다 보다 후대적인 수식을 붙여서 설화를 만든 것이다.**46**

　　그는 [자료 12]와 같은 탄생신화를 가진 알영을 알지와 같은 김씨 부족으로 보았다. 초기에 문화가 뒤떨어진 토착족이었던 김씨 부족이 후대에 들어온 천강족의 시조설화를 가지기 위해 알지 신화에서 보이는 것처럼 금궤와 금독 같은 관념을 갖다 붙여 후대적인 설화를 만들었다는 것이다. 그들이 김씨 성을 가진 데 대하여, 김철준은 다음과 같은 견해를 피력하였다.

　　'금국金國'의 국호의 유래를 생각하면 그 '금'은 원래 그들의 거주지의 명칭이었던 황금黃金을 의미하는 여진어의 '아록조阿祿阻'에서 나왔다고 하는 설이 있는데, 신라의 알지閼智가 뒤에 김씨 시조로 된 것을 보면 알閼＝아로阿老＝아루阿婁＝아례阿禮＝아록조阿祿阻로 같은 의미의 말이었기 때문

46　　김철준, 앞의 책, 73쪽.

에 성이 김金이 되고 그 왕성을 금성金城이라 하고 그 설화에 금궤 · 금독이 등장한 것이 아닌가 한다.**47**

이와 같은 그의 언급은 경주 지역에 살던 알영·알지 중심의 김씨 부족과 동부여 금와 집단의 관계를 생각해 볼 여지를 제공한다. 다시 말해 동부여가 자리 잡았던 곳은 여진족이 사는 지역이었으므로, '금와'의 '금'도 '아록조'라는 여진어에서 유래되었다고 보아도 무리는 없으며, 신라의 김씨 부족도 이런 금와와 궤를 같이한다고 볼 수 있다는 것이다.

앞에서 지적한 바와 같이 이들 두 집단은 대지에서 인간이 나왔다고 하는 출현신화를 그들의 왕권신화로 이용하였다. 이런 사실은 그들이 공통된 문화를 가졌음을 말해 주는 것이 아닐까? 그렇다면 출현신화는 북쪽에 위치한 동부여에서 한국의 동해안을 따라 내려와 신라로 들어왔다고 보는 것이 더 합리적일 것이다.

일본에도 이 유형의 출현신화가 남아 있다는 것은 이 같은 추정에 좋은 참고가 되지 않을까 한다. 오바야시 다료는 앞에서 소개한 [자료 4] 가시라쿠로의 탄생담 같은 후대의 자료는 있지만, 그 이전의 자료에는 출현신화가 존재하지 않는다고 주장한 바 있다.**48** 그러나 《고지키》나 《니혼쇼키》에 전하는 아래

---

47   앞의 책, 74쪽.
48   오바야시 다료는 "일본에서는 전통적인orthodox 신화 체계 속에는, 신들의 지중으로부터의 출현 모티프는 채용되지 않았으나, 규슈 남부에는 이 족조族祖

의 자료들은 분명히 출현신화에 속하는 것이다.

[자료 14]

이에 또 다카키노오카미高木大神가 깨우쳐 말하기를 "천손天孫을 이곳에서 내륙 쪽으로 들어가게 하지 않으면 안 된다. 왜냐하면 현재 그곳에는 성격이 난폭한 신들이 너무나 많다. 지금 하늘에서 야타가라스八咫烏라는 큰 까마귀를 내려보낼 터이니, 그 새가 안내하는 대로 뒤를 쫓아가도록 하여라."라고 하였다.

이 말을 들은 천황은 알려준 그대로 야타가라스의 뒤를 쫓아서 요시노카와吉野河라는 강의 하류에 도착하였다. 그때 어살(筌)을 이용하여 고기를 잡고 있는 사람이 보였다. 이를 본 천황이 묻기를 "너는 누구인가?"라고 하자, 그 사람은 "저는 이 땅의 신(國神) 니에모쓰노코贄持之子라고 합니다."라고 대답하였다. 그는 아타阿陀의 우카이鵜養의 선조이다.

다시 천황은 그곳을 떠나 길을 가는데, ① 이번에는 꼬리가 달린 사람이 우물에서 나왔다. 그 샘은 빛나고 있었다. 이에 천황이 묻기를 "너는 누구냐?"라고 하자, 그 사람은 "저는 이 땅의 신 이히카井氷鹿라 합니다."라고 대답하였다. 그는 요시노吉野의 오비토首들의 선조이다. 그리고 다시 천황은 그곳에서 산으로 들어갔다. 그러자 또 ② 꼬리가 달린 사람을 만났다. 이 사람은 바위를 양쪽으로 가르고 나왔다. 이를 본 천황이 "너는 누구이냐?" 하고 묻자, 그 사람은 "저는 이 땅의 신으로 이름은 이와오시와쿠노코石押分之子라고 합니다. 지금 천손께서 오신다는 말을 듣고 마중하러 나왔습니다."라고 대답하였다. 그는 요시노의 구니스國巢의 시조이다.

그곳에서 다시 천황은 나무와 바위를 헤치고 산을 넘어 우다宇陀에 도착했다. 그리하여 그곳을 우다노우카치宇陀之穿라 일컫는 것이다.[49]

모티프가 존재한 흔적이 있다."고 하면서 [자료 5]를 소개한 바 있다.
大林太良, 앞의 논문, 368~369쪽.

49　荻原淺男 共校注, 《古史記·上代歌謠》, 東京: 小學館, 1973, 154~155쪽.
"於是 亦高木大神之命以覺白之 天神御子 自此於奧方莫使入行 荒神甚多. 今自天遣八咫烏引道 從其立後應幸行. 故隨其教覺 從其八咫烏之後幸行者 到吉野之河

[자료 15]

이후에 천황은 요시노 지방을 살펴보고 싶어서, 이에 우타菟田의 우가쓰노무라穿邑에서 스스로 경장병輕裝兵을 이끌고 순행하였다. 요시노에 이르렀을 때, ③ 우물 속에서 나온 사람이 있었다. 그 사람은 광채가 나고 또 꼬리가 있었다. 천황이 "너는 누구냐?"고 물으니, [그가] 대답해서 말하기를 "신은 땅의 신國神이고 이름은 이히카井光라고 합니다."라고 하였다. 이가 곧 요시노의 오비토라首部의 시조이다.

거기에서 조금 나아가니, 또 ④ 꼬리가 있는 사람이 반석을 밀어내고 나타났다. 천황이 또 "너는 누구냐?"라고 물으니, [그가] 대답해서 말하기를 "신은 이와오시와쿠磐排別의 아들입니다."라고 대답하였다. 이가 곧 요시노의 구즈라國樔部의 시조이다. [이번에는] 내를 따라 서쪽으로 갔더니, 야나梁[고기를 잡는 어살을 뜻한다―인용자 주]를 만들어서 고기를 잡는 사람이 있었다. 천황이 물으니, [그가] 대답해서 말하기를 "신은 니헤모쓰苞苴擔의 아들입니다."라고 하였다. 이가 곧 아타阿太의 우카히라養鸕部의 시조이다.[50]

전자는 《고지키》에 전하는 것이고, 후자는 《니혼쇼키》에 전하는 것이다. 이들 두 신화는 진무천황이 만나는 신들의 순서가 바뀌었을 뿐, 그 내용에는 별반 차이를 보이지 않는다. 이로

尻時 作筌有取魚人. 爾天神御子問 汝諸誰也. 答曰 僕者國神 名謂贄持之子. 此者阿陀之鵜養之祖. 從其地幸行者 生尾人 自井出來 其井有光. 爾問汝者誰也 答曰 僕者國神 名謂井氷鹿 此者吉野首等祖也. 卽入其山, 亦遇生尾人 此人押分巖而出來. 爾問汝者誰也. 答曰 僕者國神 名謂石押分之子 今天神御子幸行 故參向耳. 此者吉野國巢祖 自其地蹈穿越幸宇陀 故曰宇陀之穿也."

50　井上光貞 共校注, 《日本書紀》上, 東京: 岩波書店, 1967, 198~199쪽.
"是後 天皇欲省吉野之地 乃從菟田穿邑 親率輕兵巡幸焉. 至吉野時 有人出自井中 光而有尾. 天皇問之曰 汝何人, 對曰 臣是國神 名爲井光, 此則吉野首部始祖也. 更少進 亦有尾而披磐石而出者. 天皇問之曰 汝何人, 對曰 臣是磐排別之子, 此則吉野國首部始祖野. 及緣水西行 亦有作梁取魚者. 天皇問之, 對曰 臣是苞苴擔之子. 此則阿太養鸕部始祖也."

미루어 보아, 이들 두 신화는 같은 계통의 자료임을 알 수 있다.

위의 이러한 일본 신화는 전부 이즈모出雲 계통 신화라고 할 수 있다. 야마토大和 세력을 대표하는 진무천황 집단이 영토를 확장하고자 한 곳의 선주先住 집단들은 그들에게 대적할 수 있는 힘을 가지고 있었으며, 전부 땅의 신[國神]을 신봉하고 있었기 때문이다. 이와 같은 세계관은 신라와 밀접한 관련을 가진다.51 따라서 신라의 알영 탄생담과 같은 출현신화가 이렇게 선주 집단의 세계관을 반영하는 일본의 이즈모 신화出雲神話에서 발견되는 것은 당연한 귀결이라고 하지 않을 수 없다.

이런 사실을 종합하면, 제주도의 삼성 시조신화가 남쪽에서 직접 제주도로 유입되었을 가능성은 배제하는 것이 좋을 듯하다. 동부여에서 동해안을 따라 내려온 출현신화를 가졌던 집단이 일부는 제주도로 들어가고, 또 다른 일부는 일본의 이즈모 지방으로 건너갔다고 보아야 타당할 것이다. 곧 이들 신화의 분포 특성으로 출현신화의 유입 경로를 재구해 보면, 동부여에서 금와 신화를 가졌던 집단이 동해안을 따라 남하하여 신라에 들어와 김씨 부족으로 정착하였음을 알 수 있는 것이다. 이러한 이들 두 집단은 '금'을 중시하는 공통된 문화를 가지고 있었을 가능성도 존재한다. '금와'의 '금'과 김씨의 '금'이 서로 연결될 수도 있기 때문이다. 이렇게 신라로 들어왔던 출현신화는 그 일부가 일본의 이즈모 지방으로 건너가고, 다른 부류는 제

---

51   김화경, 《일본의 신화》, 서울: 문학과지성사, 2002, 146쪽.

주도로 들어가 삼성 시조신화 내지는 탐라국의 왕권신화로 정착되었다고 보는 것이 더욱 합리적이지 않을까 한다. 하지만 이 문제는 앞으로 고고학적인 자료나 관련 문화의 연구들을 통해서 좀 더 치밀하게 천착할 필요가 있기 때문에 하나의 가설로 제시하는 데 그친다.

한국 출현신화들의 계통을 이와 같이 재구하는 경우에 이들 신화가 어디로부터 들어왔을까 하는 문제를 생각해 보지 않을 수 없다. 이 문제의 해결을 위해서는 중국의 자료들을 검토하는 것이 가장 좋은 방법일 것 같다. 중국과 한국은 지리적으로 가까울 뿐만 아니라, 일찍부터 많이 교류해 왔기 때문이다.

게다가 중국에서는 이 유형의 신화가 일찍부터 문자로 기록되었다. 동진東晉, 317~419 시대에 갈홍葛洪이 지은 《포박자抱朴子》에는 "여와가 땅에서 나왔다[女媧地出]."[52]는 기록이 보인다. 또 당나라 태종 때 방현령과 이연수가 편찬한 《진서晉書》 권120 이특재기李特載記 조에도 이 유형의 이야기가 실려 있다.

[자료 16]

옛날에 우뤄중리산武落鍾離山이 무너지면서 두 개의 돌로 된 움[石穴]이 생겨났다. 하나는 붉기가 단과 같았고 [다른] 하나는 검기가 옻과 같았다. 붉은 움에서 나온 사람은 이름을 무상務相이라 하고 성은 파巴라고 했다. 검은 움에서는 네 성씨가 나왔는데 역씨樿氏와 번씨樊氏, 백씨柏氏, 정씨鄭氏였다. 다섯 성씨가 같이 나오자 모두들 신이 되기를 다투었다. 이에 서로

52　劉城淮, 《中國上古神話通論》雲南: 雲南人出版社, 1992, 470쪽.

더불어 칼을 움집(穴屋)에 던져 꽂히는 자를 늠군廩君으로 삼기로 하였다. 네 성씨의 [칼은] 꽂지지 않았으나, 무상의 칼은 [거기에] 꽂혔다. 또 흙으로 배를 만들어 그림을 조각하고 물 가운데 띄우고는 "만약 그 배를 떠 있게 하는 자가 있으면 늠군으로 삼기로 하자."라고 약속하였다. 무상의 배만이 홀로 떠 있었다.

이리하여 마침내 [그를] 늠군이라 칭하면서 그 흙 배를 타고 보병들을 거느린 채 이수夷水(이수이yíshuǐ)를 향해 내려가다가 염양鹽陽(안양yányáng)에 이르렀다. 염수鹽水(안수이yánshuǐ)의 여신이 늠군을 멈추게 하고 "이곳은 물고기와 소금이 있고 땅 또한 광대하여 그대와 함께 살고자 하니 가지 말고 머무십시오."라고 하였다. 늠군이 말하기를 "나는 마땅히 군주를 위하여 늠지를 구하고 있으니 멈출 수가 없소."라고 대답했다.

염신이 밤에 늠군을 따라와 머물다가 새벽이 되자 문득 날벌레가 되어 날아갔다. [다른] 여러 신들이 모두 좇아서 날아가 해를 가리므로 날이 어두워졌다. 늠군이 그녀를 죽이려고 하였지만 죽이지 못해 천지의 동서를 분별하여 알지 못했다. 이와 같이 하기를 10일이 지났다. 늠군은 푸른 실을 염신에게 보내면서 "이것으로 치장을 하여 좋아하게 된다면 너와 더불어 살 것이다. [그러나] 좋아하지 않게 된다면 장차 너를 떠날 것이다."라고 말했다. 염신이 그것을 받아 치장을 하였다. 늠군이 탕석 위에 올라가서 그 쪽을 바라보니 푸른 실로 [치장을 한] 자가 있기에 무릎을 꿇고 앉아 활을 쏘아 염신을 맞추었다. 염신이 죽자, 함께 날아다니던 많은 신들이 다 사라져 하늘이 맑게 열렸다.

늠군은 다시 배에 올라타고 아래로 내려가 이성夷城에 닿았는데, 이성의 돌 언덕은 꾸불꾸불하였고 샘에서 나오는 물 또한 굽이져 흘러가고 있었다. 늠군이 움의 모양을 보고 탄식하면서 "나는 새로이 움 속에서 나왔는데 지금 또한 이런 곳으로 들어오니 어찌된 일인가."라고 하였다. 언덕이 무너지자 넓이가 30여 자나 되었고 돌계단이 연이어져서 늠군이 올라갔다. 언덕 위에는 사방 10자의 평평한 돌이 있었는데 그 길이가 5자였다. 늠군이 그 위에서 쉬면서 책략을 세워 헤아려 보니 다 훌륭한 돌들이었으므로 그 옆에 성을 세우고 살았는데, 그 후손이 마침내 번성하였다.[53]

이 이야기의 공간적 배경인 이수이夷水는 후베이성湖北省으로 흐르는 양쯔강揚子江의 지류이다.54 그리고 위의 자료는 7세기 경에 살았던 이특李特이란 사람 집안의 시조 탄생에 연루된 이야기이다. 따라서 이 인근에 전승되던 이야기가 이특의 조상 탄생담으로 정착된 것이 아닌가 한다.

이 신화는 그의 조상이 산이 무너져서 생긴 움, 곧 움푹 파인 곳에서 나왔다고 말한다. 중국의 신화학자 유성회劉城淮는 이런 이 신화에 대하여, "그 줄거리는 인간이 산촌山村에서 태어난 것을 나타내고 있어 역시 동굴 출현신화라고 할 수 있다. 작가가 이런 상상을 한 까닭은 인류의 혈거穴居 경력과 떼어낼 수 없고, 또한 모계 씨족 사회의 여조상女祖上 숭배 및 여음女陰 숭배와 불가분의 관계를 가지기 때문이다. 그 붉은 움〔赤穴〕, 검은 움〔黑穴〕이 바로 동굴에 사는 모습을 드러낸 것이고 또한 여음의 굴절이다."55라는 주장을 하였다.

53　房玄齡 共纂,《晉書》, 서울: 경인문화사 영인본, 1976, 3021~3022쪽.
"昔武落鍾離山崩 有石穴二所 其一赤如丹 一黑如漆 有人出於赤穴者名曰務相 姓巴氏 有出于黑穴者 凡四姓曰 㬒相樊氏柏氏鄭氏 五姓俱出 皆爭爲神 於是相與以劍刺穴屋 能著者以爲廩君 四姓莫著 而務相之劍懸焉 又以土爲船 雕畫之而浮水中曰 若其船浮存者 以爲廩君 務相船又獨存 於是遂稱廩君 乘土船 將其徒卒 當夷水而下 至於鹽陽 鹽陽水神女子止廩君曰 此魚鹽所有 地于廣大 如君俱生 可止無行 廩君曰 我當爲君求廩地 不能止也 鹽神夜從廩君宿 旦輒去爲飛蟲 諸神皆從其飛 蔽日晝昏 廩君欲殺之不可 別又不知天地東西 如此者十日 廩君乃以靑縷遺鹽神曰 嬰此 卽宜之 與汝俱生 弗宜 將去汝 鹽神受而嬰之 廩君立碭石之上 望膺有靑縷者跪而射之 中鹽神 鹽神死 羣神與俱飛者皆居 天乃開朗 廩君復乘土船 下及夷城 夷城石岸曲 泉水亦曲 廩君望如穴狀 歎曰 我新從穴中出 今又入此 奈何岸卽爲崩 廣三丈餘 而階陛相乘 廩君登之 岸上有平石方一丈 長五尺 廩君休其上 投策計算 皆著石焉 因立城其旁而居之 其後種類遂繁."

54　譚其驤,《中國歷史地圖集》3, 北京: 中國地圖出版社, 1982, 19쪽.

유성회는 이것을 지중출현의 이야기가 아니라 동굴로부터 나왔다고 하는 암출신화로 보고 있는 것 같다. 앞에서 본 문일환도 금와의 탄생담을 암출신화로 보았다. 이는 중국 학자들이 출현신화에 대한 명확한 이론을 가지고 있지 않은 것은 아닌가 하는 의구심을 불러일으킨다.

이 문제는 어찌하든지 간에, 중국에는 이 신화가 기록되기 이전부터 대지에서 인간이 출현했다고 하는 여와 신화가 있었다. 오늘날까지도 소수민족의 하나인 하니족哈尼族 사이에는 이런 출현신화가 전한다.

[자료 17]

옛날에는 하늘과 땅 사이에 아무 것도 없어, 동서의 구별도 없었다. 그때는 오늘날과 같은 곳에서 살지 못하고 사람과 귀신, 돌, 물 등이 다 같이 땅속에서 살았다. 당시의 사람은 지금의 모습이 아니었고, 또한 여러 가지 모습으로 변할 수 있었다.

[이러한 때] 하늘에는 신들이 너무 많아 살 곳이 부족해서 지상으로 내려와 개벽하여 새로운 땅을 개척하기로 하였다. 개벽하려는 천신天神은 다른 신들에게 발견될까 두려워하여 내려올 때마다 밭을 가는 소의 모습으로 변신하였다.

그때는 땅의 흙이 지금보다 단단하여, 천신이 하루 종일 허리가 굽도록 힘들여 갈아도 겨우 몇 개의 고랑을 갈 정도였다. 그들은 계속하여 여러 날 일을 했지만, 땅을 개간하지 못하고 사방으로 고랑 한 줄기씩을 갈았을 뿐이었다.

천신은 동쪽의 한 줄기 고랑과 서쪽의 한 줄기 오목한 곳을 갈았다. 그

---

55 劉城淮, 앞의 책.

런데 한곳을 너무 깊이 간 나머지, 사람들이 사는 곳을 덮고 있는 지각地殼이 갈라져 [지하 세계와] 통해 버렸다. 오래 지나지 않아 땅속의 물이 바로 그 고랑으로 뿜어져 나왔다. 지하의 물이 흘러나오자, 모든 것이 따라서 땅 위로 따라 나왔다. [이런 일이 시작될 무렵의] 사람들은 담이 작아서 감히 나올 수가 없었다. 담이 큰 몇 사람들이 물거품으로 변하여 물에 떠서 땅 위로 올라와 보았다. 그들은 다른 것들이 나온 다음에 아무 일이 없는 것을 보자 사람의 모습으로 변하려고 하였지만, 속으로는 겁이 났다. 그리하여 먼저 원숭이로 변해서 다른 동물들과 함께 도처로 뛰어다녀 보았다. 오랜 시간이 지나도록 자세히 관찰한 뒤, 정말로 아무런 해가 없는 것을 알고 천천히 사람의 모습으로 변하였다.

뒤이어 지하의 사람들이 계속해서 땅 위로 올라왔다. 그들은 여기저기에 산과 나무가 있으며 낮에는 햇볕이 따사롭고 밤에는 달빛이 밝은 것을 보았다. 배가 고프면 나무의 과일을 따먹고 하는 날들이 지하보다 살기가 좋다고 생각하여, 아예 땅 위에서 살기로 하고 다시는 지하로 돌아가지 아니하였다.**56**

윈난성雲南省 일대에 거주하고 있는 하니족 이야기는 줄거리가 매우 합리적으로 전개되고 있어, 조사자가 보고할 때 윤색하고 고쳤을 가능성을 배제할 수 없다.**57** 하지만 인간이 땅속에서 나왔다고 하는 출현신화의 원형을 그대로 보존하고 있어, 중요한 자료적 가치를 가진다고 하겠다.

56　陶陽·牟钟秀,《中國創世神話》, 上海: 上海人民出版社, 1990, 135~136쪽.
57　중국에서는 1955년 공산당에서 전통문화에 대한 지도 지침을 하달하였는데, 민간문예가협회民間文藝家協會가 중심이 되어 이미 조사된 구비 문학 자료들을 이 지침에 따라 인위적으로 변개하는 작업을 추진하였다. 실제로 [자료 17]을 기술한 사례에서 신화가 전사 과정에서 윤색되고 합리화된 예를 찾을 수 있다. 김화경,《북한 설화의 연구》, 경산: 영남대학교출판부, 1998, 26쪽; 袁珂, 전인초·김선자 공역,《중국신화전설》1, 서울: 민음사, 1992, 181~187쪽.

이렇게 출현신화적인 성격을 가진 이야기들이 윈난성을 비롯한 화난華南 지방 일대에 분포되어 있다고 하여, 이곳에 전하는 이 유형의 자료들이 오바야시 다료가 언급한 것처럼 선오스트로네시아적 고층 재배민 문화의 영향을 받아서 만들어진 것이라고 단정하기는 어렵지 않을까 한다. 그 이유는 이미 앞에서도 지적하였지만, 일찍부터 문헌에 정착된 여와 신화가 반드시 화난 지방에서 발생했다고 주장할 만한 확실한 근거가 없으며, 오히려 양쯔강 이북 지방에서 전승되어 왔을 가능성도 배제할 수 없기 때문이다.

실제로 위에서 소개한 [자료 16] 이특 조상의 시조 탄생신화가 쓰촨성四川省 일대에 거주하는 파족巴族의 것이고, 또 여기에서 발원하는 이수이는 후베이성에 있는 양쯔강 지류라는 점이 고려되어야 할 것 같다. 이런 점을 감안한다면, 중국의 출현신화가 양쯔강 이북 지방에서 전하고 있었을 개연성은 얼마든지 인정할 수 있다. 만약 이와 같은 상정이 허용된다고 한다면, 이들 신화가 초기 농경 문화와 함께 만주의 동북 지방으로 들어와서**58** 밭곡식 경작의 농경 문화와 복합하여 고대 한국의 동해안 일대에 세워졌던 나라들의 왕권신화 성립에 일정한 기여를 하였다고 보아도 아무런 지장이 없을 듯하다.

58　여와의 화상석이 여러 곳에서 출토되고 있는데, 그 가운데는 산둥 지방에서 출토된 것도 있어 출현신화가 양쯔강 북쪽 지방에서 산둥반도를 거쳐 한반도로 전래되었을 것이라는 전파 경로를 상정할 수도 있다.
앞의 책, 161쪽.

2-2 연구의 의의

한국의 신화에서 대지에서 인간이 용출되었다는 출현신화에 속하는 문헌 자료로 널리 알려진 것은 탐라국의 왕권신화로 상정되는 제주도의 삼성 시조신화가 있다. 이처럼 대지에서 탄생한 존재에 대한 신화가 왕권신화로 정착되었다는 사실은 출현신화를 가진 집단의 문화 수준이 상당히 높았음을 나타낸다.

그렇지만 한국 신화학계는 출현신화에 대해서는 그동안 그다지 관심을 표명하지 않았다. 단지 현용준이 이 신화의 계보에 관심을 표명하며, 삼성 시조신화의 지중용출 화소가 동남아, 남중국, 오키나와 등의 것과 같은 계통이며, 그것이 제주에 흘러 들어 와서 변이되며 토착화하였다는 견해를 제시하였을 뿐이다.

현용준의 이와 같은 견해는 육지에서는 이 유형의 자료가 발견되지 않는다는 것을 전제로 한 것이었다. 하지만 동부여 금와의 탄생담은 대지에서 인간의 출현을 이야기하는 자료가 분명하다. 신라의 알영 또한 땅이 우묵하게 들어간 우물에서 나온 출현신화를 가지고 있다. 이들 신화는 대지를 어머니로 생각한 대지모신 신앙을 믿던 원시 농경민의 문화와 밀접한 관련을 가진다고 생각된다.

이 장에서는 이 유형의 신화가 왕권신화로 정착되었다는 사실에 주목하였다. 그리하여 일찍부터 한민족이 생활하던 공간에 전래되었으며, 또 그것을 가진 집단이 지배 계층으로 군림했다는 사실을 나타내는 것이라고 보았다. 이런 의미에서 한국의 출현신화는 특별한 의미를 가진다. 지금까지 알려진 바로는 출현신화가 왕권신화와 결부된 예를 찾기가 쉽지 않기 때문이다.

이어 김철준의 견해를 받아들여, 동부여에서 금와 신화를 가지고 있던 집단과 신라에서 알영과 알지가 속했던 김씨 부족 두 집단이 같은 문화를 가졌을 것이라고 상정하였다. 이는 이들이 모두 출현신화를 왕권신화로 하면서, 여진어로 '금'을 뜻하는 '아록조'와 연계되어 있다는 데 바탕을 둔 것이다. 이 경우 신라의 김씨 부족은 동부여에서 동해안을 따라 남하했을 가능성이 짙다.

신라에 출현신화가 존재했다는 사실은 일본의 이즈모계 신화에도 이 유형의 신화가 발견된다는 것으로도 입증될 수 있음을 확인하였다. 일본 신화학자들은 이 자료들을 출현신화로 보지 않으나, 《고지키》에 전하는 요시노의 오비토·구니스 시조와 《니혼쇼키》에 전하는 요시노의 오비토라·구즈라 시조 탄생담은 분명히 출현신화의 범주에 속하는 자료들이다.

이처럼 신라 신화와 밀접한 관계를 가지는 이즈모계 신화에도 이런 출현신화가 존재한다는 것은 동부여에서 내려온 이 유형의 신화가 한편으로는 일본으로 건너가고, 다른 한편으로는 제주도로 들어갔다는 사실을 말해 주는 것으로 보았다. 이런 추정을 하면서, 동부여 쪽으로 유입된 출현신화는 중국의 양쯔강 유역에 분포된 자료가 한반도에 전래되었을 가능성을 제시하였다.

중국에서는 일찍부터 출현신화가 전하고 있었다. 동진 시대의 《포박자》에 "여와가 땅에서 나왔다."는 기록이 있으며, 《진서》의 파무상 탄생담 같은 더욱 구체화된 이야기도 문헌에 기록되어 있다. 또한 대지에서 인간이 나왔다는 이야기가 현재 중국 윈난성 일대에 거주하는 하니족 사이에 오늘날까지 전해 오는 것이 보고되기도 하였다.

이를 종합하여 한국의 출현신화가 이와 같은 중국의 자료들이 유입되었을 것이라는 견해를 제시하였다. 따라서 제주도의 삼성 시조신화가 동남아와 대만, 남중국으로부터 들어왔을 것이라는 견해는 수정되어야 함을 구명했다고 하겠다.

3-1 웅조신화

일본의 미시나 아키히데는 신화의 분포를 이용하여 문화경
역을 설정하면서 남방계 신화 요소와 대륙계 신화 요소로 양분
하였다. 전자는 난생신화와 방주표류신화로 구분하여 고찰하
였고, 후자는 수조신화와 감응신화로 나누어 살폈다. 그리고
수조신화는 만주와 몽골 지역에 전하는 것과 달리 한국에서는
전하지 않는다는 것을 지적하면서, 그 이유를 아래와 같이 언
급한 바 있다.

조선과 만몽滿蒙의 문화를 제각기 규정하는 여러 요인들 가운데 가장
기본적인 것으로서 제일 먼저 지적해야 하는 것은 양자의 생활 형태를 결
정하는 풍토적 특징이다. 즉 각각의 풍토적 특징 아래서 몽골 제족은 유목
생활을 영위하였고, 반도의 예족濊族·한족韓族은 예로부터 농경을 단지
하나의 생업으로 하였으며, 만주 제족은 그 문화의 정도와 주거지의 조건

에 따라 수렵·유목·농경 가운데 하나 내지는 두셋을 영위해 왔다. 하지만 대체로 고대 만주족은 주로 수렵을 하고 목축을 겸하여 영위해 왔다고 말할 수 있을 것이다. 이와 같이 조선은 농경적이고, 만몽은 유목적 수렵이라는 점에서 양자는 서로 접하여 있으면서도 두드러진 대립을 보인다.1

이와 같은 그의 지적은 생활 형태의 차이로 한국은 난생신화를 가지고 만주와 몽골은 수조신화를 가졌다는 것으로 요약된다. 그렇지만 미시나의 이런 언급이 타당하지 않다는 것은 너무나 명백하다. 한국에 널리 알려진 단군 신화에는 곰을 조상으로 하는 웅녀의 이야기가 들어 있어, 수조신화의 전형을 보여 주기 때문이다. 또한 문자로 기록되지는 않았으나 여우를 조상으로 하는 호조설화狐祖說話를 비롯하여 개를 조상으로 하는 견조설화犬祖說話도 전하고 있어, 이러한 신화를 중심으로 문화경역을 나눈 미시나의 연구가 잘못되었다는 것을 증명해 준다고 하겠다.

특히 단군 신화의 일부로 편입된 웅녀 이야기는 곰을 조상으로 받들던 선주민先住民의 신화였을 가능성이 짙다.

[자료 1]

때마침 범 한 마리와 곰 한 마리가 같은 굴속에 살고 있었다. 그들은 항상 신령스러운 환웅에게 빌어 사람이 되기를 원했다. 이때 환웅신은 영험이 있는 쑥 한 줌과 마늘 스무 개를 주면서 말하기를, "너희들이 이것을 먹

---

1   三品彰英,《神話と文化史》, 東京: 平凡社, 1971, 439~440쪽.

고 백 일 동안 햇빛을 보지 않으면 쉽사리 사람이 될 것이다."라고 하였다.
곧 곰과 범이 이것을 받아서 먹고 삼칠일 동안 기忌하여 곰은 여자의
몸으로 변했으나, 범은 기하지 못하여 사람의 몸으로 변하지 못했다. 웅녀
熊女는 혼인할 자리가 없었으므로, 매일 신단수 아래 [와서] 어린애를 배도
록 해 달라고 빌었다. 환웅이 잠시 사람으로 변해서 그녀와 혼인하여 아들
을 낳아 이름을 단군왕검檀君王儉이라 하였다.[2]

이것은 단군 신화 가운데 웅녀와 관련이 있는 부분만을 옮
겨 적은 것이다. 여기에서 범은 정해진 금기를 지키지 못하여
인간으로 변신하지 못했지만, 곰은 정해진 금기를 지켜서 여자
로 변신을 한 것으로 그려져 있다. 이렇게 변신을 한 웅녀가 환
웅과 혼인하여 단군을 낳았다는 것이 이 신화의 줄거리이다.
그러니까 단군의 모계는 곰이었다고 할 수 있다. 이에 대하여
김정학金廷鶴은 〈단군 신화의 새로운 해석〉이라는 논문에서 아
래와 같이 언급한 바 있다.

단군 신화에는 태양신 환인의 손자인 단군이 조선을 세웠다는 북방 아
시아의 태양신의 패턴을 보인다. 그리하여 이것은 북방 아시아 · 시베리아
지방으로부터 유목 · 기마 문화와 청동 문화를 가지고 온 알타이 계통의
조선족 신화였다. 유목 · 기마 문화를 가지고 온 조선족은 요령遼寧 지방의
여러 하천 유역에 정착하여 농경 문화를 발달시키고, 그 생산력을 기반으

---

2   최남선 편,《신정 삼국유사》, 경성: 삼중당, 1946, 34쪽.
"時有一熊一虎 同穴而居 常祈于神熊 願化爲人. 時神遺靈艾一炷蒜二十枚曰 爾輩
食之 不見日光百日 便得人形. 熊虎得而食之 忌三七日 熊得女身 虎不能忌 而不
得人身 熊女者無與爲婚 故每於壇樹下 呪願有孕. 熊乃假化而婚之 孕生子 號曰檀
君王儉."

로 청동기 문화를 발달시켜 [고]조선의 국가를 형성한 것이다. 그런데 단군 신화에는 이러한 태양신화와는 달리 단군이 곰의 몸에서 났다는 토테미즘의 시조신화가 보인다. 이 곰 토테미즘은 북방 아시아계 종족 중에서 주로 구아시아족[고아시아족Paleo-Asiatics을 말한다-인용자 주]이 신앙한 시조신화이다. 그러므로 단군 신화를 분절하면 위와 같이 알타이족 계통의 시조신화인 태양 신화와 구아시아족 계통의 시조신화인 토테미즘이 복합된 것을 알 수 있다.3

이런 견해는 그가 이 신화를 문화사적 관점에서 고찰하고 있음을 나타낸다. 김정학은 단군 신화가 알타이 계통의 유목·기마 문화와 고아시아 계통의 곰 토테미즘 사상이 복합되었다고 보는 것이다.4

이와 같은 그의 견해가 전적으로 타당하다고 보기는 어려운 것 같다. 우선 한국에서 과연 곰 토테미즘이나 범 토테미즘이라는 신앙이 존재했었는지 어떤지 여부가 명확하게 밝혀지지 않았다. 또한 곰 토테미즘에 근거를 둔 시조신화가 고아시아족만의 것이라고 단정하는 것도 것도 문제가 아닐 수 없다. 곰을 조상으로 받드는 수조신화가 고아시아족에만 한정되지 않고 퉁구스족에게도 널리 전승되고 있기 때문이다.5 우선 한국에

---

3   김정학, 〈단군신화의 새로운 해석〉, 이기백 편, 《단군신화논집》, 서울: 새문사, 1988, 100쪽.

4   김정배金貞培도 단군조선을 세운 것은 고아시아족이라는 견해를 밝힌 바 있다. 김정배, 《한국민족문화의 기원》, 서울: 고려대학교, 1973, 211쪽.

5   김화경, 〈웅熊·인人 교구담交媾談의 연구〉, 수여성기열박사 환갑기념논총 간행위원회 편, 《수여성기열박사 환갑기념논총》, 인천: 인하대학교출판부, 1989, 57~73쪽.

전하는 구전 설화들 가운데 인간과 곰과의 교구交媾를 이야기하는 자료부터 별견하기로 한다.

[자료 2]

공주 시내에서 서북쪽으로 약 4킬로미터 정도 가면 웅진熊津(곰나루 또는 고마나루라고도 한다.)이라는 나루터가 있다. 이곳의 지명에 관한 전설을 보면 다음과 같다.

아득한 옛날의 일이다. 연미산燕尾山에 큰 굴이 한 개 있었는데, [거기에는] 암곰이 살고 있었다. 어느 날 그 곰은 금강에서 고기잡이하던 어부를 잡아다가 굴속에 가두고 남편으로 삼았다. 곰은 매일 맛있는 음식을 구하여 그 남편에게 주었다. 바깥에 나갈 때는 반드시 굴 입구를 큰 바위로 막아놓았기 때문에 어부는 도망을 칠 수 없었다.

그 사이에 자식까지 둘을 낳게 되었다. 이제는 안심이 되었는지, 하루는 곰이 입구를 열어 둔 채 외출을 했다. 어부는 그 틈을 타서 달아날 수 있었다. 암곰이 돌아오다가 이것을 보고 새끼 두 마리를 내다보이며 다시 집으로 돌아오기를 간청하였다.

그러나 어부는 이를 거절하고 강을 건너 도망쳐 버렸다. 암곰은 절망한 나머지 새끼 두 마리와 더불어 금강에 투신하고 말았다. 이로 말미암아 [이곳을] 웅진이라고 부르게 되었다.

곰이 물에 빠져 죽은 뒤로는 풍랑이 심하여 나룻배가 전복되는 일이 잦았다. 이러한 불상사를 막기 위하여 부근에 제단을 모시고 봄과 가을로 위령제를 지낸 다음부터는 아무런 사고가 없었다고 한다.[6]

이것은 공주 곰나루의 지명 연기담緣起談으로 전하는 이야기이다.《신증동국여지승람新增東國輿地勝覽》권17 공주목公州牧 사묘

---

6   임헌도,《한국전설대관》, 서울: 정연사, 1973, 69~71쪽.

祠廟 조에는 "웅진사熊津祠가 웅진 남쪽 기슭에 있다. 신라 때는 서독西瀆으로 기록되었는데, 본 조에서는 남독南瀆으로 삼고 중사中祀로 정하여 봄가을에 향과 축문을 내려서 제사하게 한다."[7] 는 기록이 있는 것으로 보아 곰에 대한 제사의 역사가 상당히 오래되었음을 알 수 있다. 더욱이 공주는 백제가 수도 한성을 고구려에 빼앗기고 난 뒤 도읍을 옮겼던 곳이기도 하다.[8]

이처럼 유서가 깊은 곳의 나루터에 얽혀 구전되고 있는 이 자료에서는 단군 신화처럼 곰이 여자로 변하지는 않는다. 게다가 암곰과 일시적으로 동거를 하는 자가 신이 아니라 인간으로 되어 있다. 금강에서 고기를 잡으며 어로 생활을 영위하던 어부가 암곰에게 붙잡혀 일시적으로 함께 살았다는 것이다.

이와 같은 내용은 전설 시대에 접어들면서 신화시대에 존재했던 곰에 대한 신앙이 약화되어 인간과 곰의 교구가 비극적인 결말로 끝나게 되었다는 것을 말해 준다. 이야기에 이런 변이가 일어난 것은 인간의 지혜가 발달되어 신화적 사유가 퇴색되고 합리적으로 사고하게 되었음을 나타낸다.

이런 내용의 이야기가 충청남도 공주 지방에만 전하는 것은 아니다. 전라남도 구례 지방에 있는 '곰소'에도 이와 비슷한 줄

7 　朝鮮史學會 編,《新增東國輿地勝覽》2, 京城: 朝鮮史學會, 1930, 10쪽.
　　"熊津祠 在熊津南岸 新羅載西瀆 本朝爲南瀆載中祀 春秋降香祝致祭."
8 　최래옥崔來沃은 백제가 공주 시대에 토착민의 곰 전설을 흡수하여 그들의 건국신화로 이용하였다는 견해를 밝힌 바 있다.
　　최래옥, 〈현지조사를 통한 백제설화의 연구〉,《한국학논집》2, 서울: 한양대학교 한국학연구소, 1982, 140쪽.

거리의 이야기가 전한다.

[자료 3]

　구례 섬진강의 동방천에 곰소라는 곳이 있다. 이곳에는 듬성듬성 건너
뛸 만한 바위가 물속에 징검다리마냥 놓여 있어 곰의 다리라고 불리는데,
여기에는 이런 얘기가 전해지고 있다.

　그 강 건너편에 사는 사람이 지리산으로 약초를 캐러 갔다. 그는 산속
을 헤매다가 바위 밑에 굴이 하나 있는 것을 발견하고 그 속에 들어가 보았
다. 그 속에는 수곰이 죽고 암곰이 혼자서 살고 있었다. 그는 그 곰에게 붙
잡혀 같이 살게 되었다. 곰은 그에게 사람이 먹는 음식을 가져다주면서 나
갈 때는 언제나 큰 돌로 그 입구를 막아 두었다. 이런 생활이 계속되는 사
이 곰은 사람도 아니고 곰도 아닌 새끼를 낳았다.

　그는 이렇게 살다가 죽을 수는 없다고 생각하고 도망치기로 결심했다.
그리하여 강을 건너 수풀 속에 숨어서 살펴보니까, 곰이 어떻게 알고 새끼
를 데리고 와서 다시 건너오라고 손짓하는 것이 보였다. 하지만 그는 다시
건너가지 않았다. 그러자 곰은 산에 올라가서 돌을 굴려다가 다리를 놓기
시작했다. 그러나 곧 지쳐서 다리를 완성할 수 없게 되자, 제 새끼를 돌에
다 내팽개쳐 버리고는 지리산으로 들어가 버렸다. 그리하여 그는 고향으
로 무사히 돌아오게 되었는데, 그 후손들이 지금도 [그곳에] 살고 있다고
한다.[9]

　이 이야기도 '곰소'라는 지명과 연계되어 있고, 또 물속에 징
검다리마냥 놓인 바윗돌이 남아 있다고 한 것으로 보아, [자료
2]와 마찬가지로 이 지역의 전설로 전승되어 왔음을 알 수 있

9　최래옥, 한국정신문화연구원 편, 《한국 구비문학대계》 5-2(전라북도 전주
시·완주군편), 성남: 한국정신문화연구원, 1981, 781~783쪽.

다. 더욱이 이 설화는 곰과 일시적으로 동거했던 사람의 후손들이 지금도 살고 있다고 하여, 이야기의 신뢰성을 한층 더 높여 주는 특징을 지니고 있다.

이 전설에는 지리산에서 약초를 캐는 사람이 주인공으로 나온다. 이것은 그 행위가 오늘날도 산촌에서 목격할 수 있는 채집 경제 생활의 문화적 산물임을 반영하는 것이다.

한편 경상북도 고령 지방에는 이들과는 다소 다른 내용의 이야기가 전승되고 있다.

[자료 4]

고령군[청] 소재지에서 동쪽으로 약 5킬로미터 정도 가면 낙동강이 보이고 거기에는 고령교高靈橋라고 부르는 철교가 있다. 이곳에서 서쪽으로 눈을 돌리면 해발 약 3백 킬로미터쯤 되는 우뚝 솟은 외톨박이 산이 있는데 이 산을 봉화산이라 부르고 있다. 봉화산 꼭대기의 넓은 터에는 수백 년 묵은 큰 소나무 한 그루가 서 있었다고 한다. 이야기는 이 소나무에 얽혀 전해지고 있다.

옛날 이곳에 인간이 되고 싶어하는 늙은 암곰이 한 마리 살고 있었다. 그 곰은 1백 일 동안 기도를 한 끝에 드디어 소원을 성취하여 예쁜 처녀로 바뀌었다. 처녀로 변한 곰은 먹이를 구할 때는 편리한 대로 다시 곰으로 되돌아갈 수 있었다. 곰으로 되돌아간 그 처녀는 그 뒤에도 줄곧 그곳 소나무 주변에 살았다.

그러던 어느 해 봄 3월에 때마침 사냥을 나왔다가 길을 잃고 며칠 동안을 헤매던 한 사냥꾼이 그녀를 발견하였다. 서른을 갓 넘었을 나이의 그 사냥꾼은 사람 그림자라고는 흔적도 없는 산속에서 굶주림에 지쳐 헤매다가 드디어 사람을 보게 된 안도감에 그만 정신을 잃고 말았다.

이것을 본 처녀는 재빨리 물을 가져다 먹이면서 청년이 눈을 뜨기만을 기다렸다. 잠시 뒤 정신을 차린 청년은 겨우 눈을 뜬 다음, 자기를 지켜보고 있는 처녀를 보고는 그 아름다움에 한참 동안 말을 잊은 채 바라보기만 하였다. 그러다가 가까스로 무엇인가 먹을 것을 좀 주면 감사하겠다는 말을 건넸다.

이에 처녀가 입을 열어, "당신이 먹을 것이라면 삽시간에 마련할 수 있으나……."라고 하며 잠시 머뭇거리다가 "제가 가져온 음식을 먹는다면 당신은 평생을 저와 같이 살아야지 그렇지 않으면 죽음을 당하실 것입니다."라고 말했다.

사냥꾼은 이 말을 듣자 부모 형제와 처자가 생각나기보다 우선 어이가 없었다. 그렇지만 승낙하지 않을 수 없었다. 이에 처녀는 두 볼을 붉히며 살며시 미소를 짓고는, "잠깐만 기다려요." 하고 어디론가 사라지더니, 얼마 지나지 않아 맛좋은 음식을 가득 담은 바구니를 들고 나타났다.

그리하여 사냥꾼과 처녀는 근처의 굴속에서 행복하게 살았다. 그럭저럭 1년이 지난 어느 봄날, 청년은 집이 그리워졌다. 여인과 행복하게 사는 것도 좋았으나 집에 두고 온 처자가 보고 싶어진 것이다. 그래서 그는 마침 여인이 "굴 밖으로 나가면 죽음을 면하지 못합니다."라는 말을 남긴 채 밖으로 먹이를 구하러 나간 틈을 타, 죽음을 각오하고 굴을 빠져나와서 산을 내려왔다. 먹을거리를 구하여 굴로 돌아온 여인은 사냥꾼이 없어진 것을 보고 놀라지 않을 수 없었다. 여인은 굴 밖으로 나와서 며칠 동안 그 청년을 찾아 헤맸다. 하지만 달아난 청년을 찾을 수가 없었다. 청년을 찾아 헤매다가 지친 여인은 그만 그 소나무에 목을 매어 죽고 말았다.

지금부터 오십여 년 전까지만 해도 빨리 시집가기를 바라는 처녀들이 하루에 한 번씩 1백 일 동안 남모르게 그곳에 올라가서는 빨리 시집을 가게 해 달라고 빌었고, 또 그렇게 하여 시집간 처녀는 꼭 멀리 시집을 가야 이혼을 당하지 않는다는 미신이 있었다고 한다.[10]

이것은 이야기꾼이 말한 것을 그대로 적은 것이 아니라, 조

10　유증선 편저, 《영남의 전설》, 서울: 형설출판사, 1971, 451~453쪽.

사가가 상당히 윤색을 했을 것이라는 인상을 준다. 옛날이야기에는 자세한 묘사가 사용되지 않고, 하나의 주제를 향해 직선적으로 사건이 전개되어 나간다는 법칙이 있기 때문이다.11 그렇지만 이야기의 줄거리가 크게 바뀐 것 같지는 않다.

이 이야기는 얼핏 이승휴李承休의 《제왕운기帝王韻紀》에 실려 있는 단군 신화를 연상시키기도 한다. 즉 곰이 기도를 하여 처녀로 변신한다는 것이 비슷하다. 하지만 《제왕운기》에서는 약을 먹고 여자로 변신하는 내용이므로 다른 측면도 있다. 밑줄 친 부분에서 보는 것처럼, 나무에 기도를 드리면 처녀가 시집을 갈 수 있다는 속설과 함께 전한다는 점도 특이하다.

한편 고령과 가까운 성주 지방에도 곰과 일시적으로 동거한 남자의 이야기가 전한다.

[자료 5]

소금장수가 어느 날 고개를 넘게 되었는데, 눈이 많이 와서 더 이상 갈 수가 없었다. 그래서 길에 난 발자국을 따라갔더니 큰 바위가 하나 있었다. 바위 밑에 소금을 넣어 두고 거기에 누워 있는데, 곰이 와서 보고 가더니 토끼, 너구리 같은 것을 잡아왔으므로 그것을 구워 먹었다.

그 뒤 그는 곰과 내외가 되어, 아들 하나와 딸 하나를 낳았다. 곰과 여동생이 나가자, 아들이 아버지에게 여기를 떠나자고 하였다. 그들은 중국으로 가려고 압록강가에 이르렀다. 그때 곰이 나타나 제발 가지 말라고 했다. 아들인 호식이가 아버지에게 돌아보지 말라고 일렀으나, 아버지가 뒤를 돌아보자 곰은 여동생을 찢어 죽이고 말았다.

---

11   M. Lüthi, 野村泫 譯, 《昔話の本質》, 東京: 福音館書店, 1974, 57~61쪽.

호식이는 중국에 가서 살았는데, 조선의 왕이 그를 돌아오라고 하였다. 그렇지만 죽은 곰이 압록강의 백룡白龍이 되어 있어 돌아올 수가 없었다. 그는 백룡의 간을 가져다주면 가겠다고 했다. 옥황상제의 도술로 물에서 백룡이 배를 내밀었다. 호식이는 자신이 가지고 있던 칼로 간을 내어 먹고 조선으로 돌아와 큰 장수가 되었다.[12]

이 이야기는 경상북도 성주군 대가면에서 조사된 것이다. 여기에 등장하는 남자 주인공은 소금장수이고, 그가 고개를 넘다가 곰의 거처에 들어간 것으로 되어 있다. 그렇지만 이런 모티프는 바뀔 수 있는 변체變體[13]에 해당되는 것이기 때문에 다른 설화들과 커다란 차이가 있다고 생각되지는 않는다.

이 문제는 어찌 되었든, 위의 자료는 전설적인 성격이 약화되고 민담적인 성격이 짙은 이야기로 변형되었다는 것은 분명하다. 이렇게 그 성격이 변화된 자료로는 강원도 인제 지방에 전하는 다음과 같은 이야기가 있다.

[자료 6]

남자는 강원도 인제 사람으로 처자식이 있는 나무꾼이었다. 어느 날 산에 들어갔다가 커다란 곰을 만났다. 곰은 그를 쓰러뜨렸으나 잡아먹으

---

12 최정여·강은해, 한국정신문화연구원 편,《한국 구비문학대계》7-4(경상북도 성주군편), 성남: 한국정신문화연구원, 1980, 452~453쪽.

13 설화에는 변하지 않는 항체恒体, constant element와 변하는 변체変体, variable가 있다.
V. Propp, *Morphology of the Folktale*, Austin: University of Texas Press, 1968, p.64.

려고 하지는 않았다. 곰이 하는 대로 맡겨 두었더니, 곰은 그의 옷소매를 물고 굴속으로 데리고 갔다. 그런 다음에 그를 굴속에 가두어 두고 밖에 큰 돌을 쌓아 한 발자국도 나갈 수 없게 만들었다. 그러고 나서 곰은 산속의 맛있는 과일들을 잔뜩 가지고 와 입으로 말은 못 하지만 그것을 먹으라는 시늉을 했다.

그는 처음에는 두려워서 머뭇거렸다. 그렇지만 밤이 되어도 굴밖으로 내보내지 않고 이튿날도 또한 그대로 가두어 두었으므로, 배가 고파진 나머지 그것을 먹을 수밖에 없었다. 그랬더니 곰은 아주 즐겁다는 듯이 점점 많은 과일을 가지고 왔으나, 굴속에 가두어 둔 채 밖에는 조금도 나가지 못하게 하였다.

그는 이제 어쩔 도리 없이 곰과 같이 살 수밖에 없었다. 그래서 차라리 더 나은 것을 먹어야겠다고 생각하고는 곰에게 "나는 집에 있을 때 곡식과 고기, 채소 등을 요리하여 먹었기에 과일만으로는 살 수 없으며, 또 인간에게는 옷과 그 밖의 일상용품이 필요한데 이 굴에는 그런 것이 없으니 어쩌지요?"라고 말했다. 그러자 이상하게도 곰은 말한 것을 알았다는 듯이, 그로부터는 옷과 도구 및 쌀, 고기, 간장을 비롯하여 술까지 가져왔다. 하지만 곰이 엄중하게 감시했기 때문에 도망칠 수가 없었다. 그리하여 그는 본의 아니게 3년 동안 굴에서 곰과 같이 살았다.

그는 그러던 어느 날 어떻게 해서든 이 굴에 빠져나가고 싶었다. 마침내 그는 곰을 속여, "지금까지 나의 이름도 사는 곳도 말하지 않았는데, 실은 춘천의 아무 마을에 사는 아무개요. 집을 나와 이미 3년이 되어 고향의 일이 마음에 걸리니, 이 편지를 우리 집에 전해줄 수 없겠어요? 그러면 우리 집에서도 안심을 할 테니 나도 오래도록 이 굴에 살 수가 있지 않겠소."라고 하였다.

곰은 이미 3년을 같이 살았으므로 안심을 하고 그 편지를 전달하러 갔다. 그는 곰이 멀리 갔을 때 몰래 빠져나와 3년 만에 자신의 집으로 도망쳐 왔다. 집에서는 벌써 3년이나 남편의 행방을 알 수 없어 아마도 흘도산^{汔度山}에서 호랑이에게 물려 죽었을 것이라고 생각하고 있었다. 그러다가 갑자기 산 사람의 모습으로 돌아오자 집안사람들은 유령이 나타났는가 하여 놀랐지만, 그 사정을 듣고 비로소 전말을 알게 되었다.

한편 곰이 춘천에 갔다가 서둘러 굴에 돌아와 보니 남자의 모습이 보

이지 않았다. 곰은 사흘 동안이나 그를 찾아 헤매다가 찾지 못하자 마침내 단식을 하여 죽고 말았다.[14]

이 이야기에 등장하는 주인공은 산에서 나무를 하는 사람이다. 대개 산촌에서 나무를 하는 것은 땔감으로 쓰려는 것이 아니라 시장에 내다 팔아서 삶을 영위하는 수단의 하나였으므로 이 설화 역시 [자료 3]과 마찬가지로 채집 경제의 형태와 관련을 가진다고 하겠다.

이렇게 볼 때 [자료 2]는 어로 생활과 연계되어 있고, [자료 4]는 수렵 생활과 관계가 있으며, [자료 3]과 [자료 6]은 채집 경제 생활과 연루되어 있다는 것을 알 수 있다. 이러한 변이는 이 유형의 이야기를 전승해 온 집단의 생활 형태와 밀접한 관계가 있다. 따라서 이들 설화는 삶을 영위하기 위해서 생활 터전을 이리저리 옮기면서 살아가는 형태의 문화, 즉 수렵이나 어로 내지는 채집 형태의 경제 생활과 연관을 가지는 것으로 보아도 좋을 듯하다. [자료 5]를 제외한 이들 자료가 전부 산과 강을 그 배경으로 하는 것도 이런 문화적인 성격을 반영한다고 볼 수 있다.

그러므로 이제까지 조사·보고된 곰과 사람의 교구담들이 채집이나 수렵, 어로 문화와 관련을 가진다는 점을 고려하면, 이 설화가 한반도에 들어온 시기는 아직 농경 문화가 정착되지

---

14   山崎日城, 《朝鮮の奇談と傳說》, 東京: ウツボや書籍, 1920, 189~192쪽.

않았던 시대였을 것이라고 상정해도 무방하지 않을까? 그렇지만 인간의 지혜가 발달되어 곰과 인간이 같이 살 수 없다는 인식이 일반화되면서, 곰과 인간의 교구는 결국 비극적인 결말을 초래할 수밖에 없는 것으로 인식되었음을 말해 준다고 하겠다.

그러나 네 개의 자료만으로 추출한 이와 같은 추단이 타당하다고 하기에는 어딘지 미흡한 데가 있다. 그래서 이 설화들과 비슷한 내용을 가진 외국의 설화들을 살펴보기로 한다. 이 경우 예화들이 한국 문화의 형성과 관계가 있다고 생각되는 외국의 설화여야 함은 말할 것도 없다. 이러한 조건을 충족시키는 중국 설화들이 있다.

[자료 7]

우리 집에서 동남쪽으로 약 5마일쯤 되는 곳에 후민Humin이라는 마을이 있는데, 그곳의 농부들은 이 이야기를 〈왕핑Wang Ping의 귀가歸家〉라고 부르고 있다. 그 마을의 거의 모든 주민들은 왕씨이며, 그들은 자신에 대해 다음과 같이 이야기한다.

그들의 조상 왕핑은 젊었을 때 장사를 떠났다. 어느 날 바다에서 광풍을 만나 그의 배는 이리저리 길을 잃고 헤맸다. 마침내 배가 산으로 거슬러 올라가게 되어 왕핑은 암곰에게 붙잡혀 굴속으로 납치되었다. 그곳에서 그들은 부부가 되었다.

매일 곰 부인은 왕을 동굴 속에 가두어 두고 먹을 것을 찾아 나갔다. [그리고] 돌아와서는 그가 원하는 음식을 고르라고 말했다. 이런 식으로 몇 년의 세월이 흘렀다. 두 아이도 태어나게 되었다. [그러자] 곰 부인은 왕핑이 더 이상 중국에 향수를 가지고 있지 않다고 생각했고, 또 도망치는 것이 거의 불가능했기 때문에, 그를 밖으로 나가게 했고 더 이상 동굴 속에 가두어 두지 않았다.

어느 날 곰 부인이 사냥을 나가고 없을 때, 왕핑은 아이들을 데리고 해변으로 내려왔다. 갑자기 그는 바닷가에 배가 한 척 있는 것을 보았다. 선원들이 전부 중국 사람들이라는 것을 알고, 그는 그들에게 자신의 체험을 이야기했다. 그리고는 가능한 한 빨리 떠나자고 졸랐다. 선원들은 그가 요청하는 대로 하였다. 그러나 얼마 가지 않아, 그들은 커다란 동물이 바닷가에서 손짓을 하면서 소리치는 것을 보았다. 왕핑은 처음에는 별로 관심을 나타내지 않았다. 그러자 곰 부인이 바다로 뛰어들어 배 쪽으로 헤엄쳐왔다. 그러자 왕은 두려워서 바다의 신에게 기도했다. "바다의 신이여! 우리에게 순풍을 보내 주십시오. 제가 무사히 도망칠 수 있다면, 저를 구해 주신 은공을 갚기 위해 큰 사당을 짓겠습니다. 그리고 저와 저의 아들, 손자들이 영원히 당신을 숭배할 것입니다." 그가 말을 마치자마자 바람이 일어났다. 선원들은 닻을 올렸고 배는 쏜살같이 달아났다. 집에 도착한 왕핑은 사당을 세웠다.

사당은 아직까지 마을에 남아 있다. 하지만 그 사당을 왕핑이 지은 것인지, 뒤에 다른 사람이 지은 것인지는 알 수가 없다. 바다의 신을 경배하는 사당은 그 어떤 곳에도 없거나 없었던 것이다.[15]

위와 같은 중국의 구전 자료는 한국의 [자료 2] 및 [자료 3]과 상당히 비슷한 모티프로 이루어져 있다. 즉 후민이라는 마을에 사는 사람들이 수신의 존재를 인정하고 그의 사당을 지었다는 점에서는 수신의 제단을 만들었다는 [자료 2]와 비슷하고, 그들의 선조가 직접 겪었던 이야기로 믿고 있다는 점에서는 곰에게 붙잡혀 갔던 사람의 후손들이 살아 있다는 [자료 3]과 비슷한 데가 있다. 바다와 산이 이야기의 공간적 배경이라는 점

---

15   W. Eberhard, *Folktales of China*, New Jersey: The University of Chicago Press, 1965, pp.68~69.

은 강과 산을 배경으로 하는 한국 설화들과 지리적 배경이 비슷하다고 할 수 있다.

그러나 한국의 [자료 2]에서는 곰이 금강에 빠져 죽은 뒤로 풍랑이 일어나 나룻배가 전복되는 사고가 빈번하게 발생하였으므로, 이미 수신으로 승격된 듯한 인상을 주는 곰의 영혼을 위로하고자 제단을 만들고 제의를 시작하였다고 하였다. 이와 달리 중국의 [자료 7]에서는 곰의 추적을 물리치는 데 수신이 바람을 일으켜 도와주었다는 이질적인 요소가 게재되어 있다. 또 한국의 자료들에는 고기를 잡거나 약초를 캐어 생활을 영위하는 주인공이 등장하지만, 이 자료에서는 장사를 하는 주인공이 나온다. 이러한 차이는 설화의 정착 과정에서 파생된 것으로, 이 설화의 전승지가 바닷가이고 그곳 사람들의 생업이 주로 장사였음을 말해 주는 것이 아닐까 한다.

한편 중국의 구전 자료들 가운데는 [자료 7]과 전개가 다소 다른 이야기도 보고된 바 있다.

[자료 8]

율양문溧陽門(리양먼lìyáng門) 밖에 있는 여수시麗水市(리수이시lìshuǐ市)에 한 농부가 살았는데, 그의 이름은 잊었다. 그는 매우 정직하고 열심히 일했다. 더욱이 그는 독신이었다. 어느 날 그는 나무를 하러 산에 갔다가, 도중에 암곰을 만났다. 곰은 그를 붙잡기는 했으나 잡아먹으려고 하지는 않았다. 곰은 그를 조심스럽게 자신의 동굴로 끌고 갔다. 그들은 거기에서 부부가 되었다.

2년의 세월이 흐르자, 곰은 아들 하나와 딸 하나를 낳았다. 1년이 넘게 매일 굴속에 앉아 있기만 한 그는 몸이 너무나 쇠약해졌다. [그리하여] 그는 곰에게 "곰 부인, 여기 동굴 속에 [이렇게] 앉아 있기만 해서 몸이 몹시 쇠약해졌어요. 애들과 함께 산보를 나가고 싶네요."라고 말했다. 곰은 이 소리를 듣고 그가 밖으로 나가는 것을 허락하였다. 농부는 아이들을 데리고 나가게 되자 매우 기뻤다. 그는 애들에게 "얘들아, 북쪽 성벽의 다리 가까이에 있는 절에 가서 기다려라. 밖으로 나가지 말고."라고 했다. 농부가 말하자 아이들은 그곳으로 갔다. 농부는 과일을 많이 따서 길바닥에 흩뿌린 다음, 곰 부인에게 "서두르세요. 여기에 많은 과일들이 있으니 이것들을 빨리 주워야 해요."라고 소리쳤다. 곰이 이 소리를 듣고 다가왔다.

그러나 곰은 농부가 어디론가 가는 것을 보고는 곧 그를 뒤쫓기 시작했다. 곰은 한동안 그를 뒤따라왔다. 그가 절로 도망치는 것을 보고 곰도 거기까지 따라왔다. 처음에 농부가 [과일들을 주우라고] 불렀을 때는 [곰이] 천천히 걸어왔지만, 이때는 매우 빨리 움직였다. 곰은 곧 그를 따라잡았다. 절의 암벽에는 구멍이 하나 있었다. 그는 아들을 데리고 [그곳으로] 도망쳤다. 곰은 아직도 그의 딸이 바깥에서 기다리고 있는 것을 보고, 그녀를 데리고 농부를 뒤쫓아왔다.

농부가 율양문에 이르렀을 때 문은 막 닫히고 있었다. 그는 그들이 들어갈 수 있게끔 문을 천천히 닫으라고 소리쳤다. 문지기는 이 소리를 듣고 문을 다시 열어서 그들을 들여보내 주었다. 농부가 문 안으로 들어왔을 때, 곰도 역시 문 입구에 다다랐다. 곰 부인은 그가 하는 짓을 보고 어찌할 바를 모르고 있다가 문에다 자기 몸뚱이를 들이박았다. 농부가 그 소리를 듣고 문을 열자, 딸은 거기에 서 있었지만 곰은 이미 죽어 있었다. 그리하여 그는 곰을 녹나무 밑에 묻고 딸을 집으로 데려왔다. 이것이 내 이야기이다.[16]

이 [자료 8]은 열두 살밖에 되지 않은 아이로부터 조사된 것이어서 동화적인 요소가 가미되었을 가능성을 배제할 수 없다.

---

16   W. Eberhard, *Studies in Chinese Folklore and Related Essays*, Hague : Mouton & Co., 1970, pp.94~95.

줄거리에 보이는 다소간의 변이는 어린이들의 호기심을 만족시키기 위해 이루어진 것이었을지도 모른다.

이 설화에서는 농부가 주인공으로 등장하여 정착된 농경 생활을 하는 것으로 그려져 있다. 그러면서도 [자료 5]와 마찬가지로 산에 나무를 하러 갔다가 곰에게 붙잡혀 일시적으로 동거를 하였다는 것이다. 이것은 앞에서 살펴본 한국 설화의 문화적인 성격과도 비슷한 측면이 있음을 시사해 준다.

중국의 경우 청나라 때 주매숙朱梅叔이 저술한《매우집埋憂集》권1에 문헌으로 정착된 것도 있어 아울러 살펴보기로 한다.

[자료 9]

명나라 선덕宣德. 1426~1435 연간에 산시陝西 위린시儒林市 선무현神木縣에 살던 진종악秦鐘岳의 아버지가 종군을 하게 되었다. 그는 우룽산五龍山을 지나며 사냥을 나갔다가 길을 잘못 들어 곰에게 유괴되어 동굴에 갇히고 말았다.

곰에게 부양되어 함께 몇 달을 지내는 동안 곰은 아들 하나를 낳았다. 아이의 허리 아래는 억센 털(剛毛)로 덮여 있었다. 남자는 곰이 밖에 나갔을 때 아이를 데리고 탈출하여 사냥꾼을 만났다. 그 사이 아이는 무적無敵의 장사로 자라나, 어느 날 곰 어머니를 업고 왔다. 그래서 남자는 곰 아내와 재회했다. 그때 그 아이, 곧 진종악의 나이는 열두 살이었다. 그는 무훈武勳으로 승진에 승진을 거듭하여, 홍치弘治. 1488~1505 연간에 화사火篩가 월경하여 침입해 온 것을 쳐부수어 좌도독동지로 승격하였다.

그는 천자에게 곰 어머니를 위해 고봉誥封을 청해서 고명誥命을 받았다. 곰 어머니는 사람과 마찬가지로 의례에 따라 몸을 굽혀 은혜에 감사했다. 단지 무릎을 굽혀 앉는 것과 말을 하는 것이 되지 않을 뿐이었다. 뒤에 태후가 이것을 듣고, 진가秦家로 행차하여 그녀를 만나 보고 웅태군熊太君의 호를 내렸다. 이로부터 사람들이 웅태태熊太太라 부르게 되었다고 한다.[17]

이 자료는 진종악이라는 실존 인물의 탄생담으로 기록된 것이다. 곰과의 교구담이 이렇게 영웅의 탄생담으로 정착된 것으로 보아, 중국 설화에서도 주인공이 비범한 능력을 소유할 수 있는 근거를 신비한 탄생 과정에서 찾고 있었다는 사실을 확인할 수 있다.

그런데 구전되던 자료가 문헌 설화로 정착할 때도 기록하는 사람의 의도에 따라 그 내용이 바뀌기 마련이다. 이 설화의 경우에도 진종악의 어머니인 곰이 비극적인 운명을 맞이하지 않고 태후로부터 '웅태군'이라는 작호를 하사받아 영광을 누리는 것으로 바뀌어 있다.

이러한 변이가 일어났음에도 이 자료는 진종악의 아버지가 종군 도중에 사냥을 하러 나갔다고 하여 이 유형의 설화들이 원래부터 지니고 있었던 수렵과 어로 문화적인 성격을 그대로 유지하고 있다. 이런 의미에서 이 설화는 한국의 그것들과 상통하는 데가 있다.

여기까지 중국의 자료들을 검토하였다. 하지만 중국의 설화들은 북방 아시아의 유목민들로부터 전래되어 왔거나 그들의 문화적인 영향을 받은 것으로 추정되기 때문에, 곰 숭배 사상이 널리 분포되어 있는 아무르강가[18]에 살고 있는 퉁구스 계통

17　大林太良,《東アジアの王権神話: 日本·朝鮮·琉球》, 東京: 弘文堂, 1984, 367쪽; "熊太太", 中國社會科學院 學術經典庫, 2013.4.9., 〈http://sky.cssn.cn/sjxz/xsjdk/zgjd/zb/xsl7qdj/myj/201311/t20131122_864327.shtml〉, (2019.3.29.)

18　아무르강Amýp(Amur)은 러시아어이고, 중국에서는 헤이룽장黑龙江이라고 부른다. 쑹화강松花江이 주요한 지류 가운데 하나이다.

의 비라르족Birar**19** 사이에 전하는 이야기를 소개하기로 한다.

[자료 10]

먼 옛날 아이군Aygun 마을의 남자들이 부레야 산맥Буреинский(Bureya) 의 모하다산으로 사냥을 나가 많은 짐승들을 잡았으나 마지막에 동료 한 사람의 행방을 알 수 없게 되었다. 그들은 며칠 간 이 남자를 찾아 헤맸지 만, 잃어버린 친구 때문에 대단히 괴로워하면서 귀가하였다.

암곰 한 마리가 이 남자를 포로로 만들었던 것이다. 암곰은 남자를 동 굴 속에 가두었다. 이 남자는 오랜 기간 엄격하게 감시를 당하면서 그곳에 머물지 않을 수 없었다. [그 사이] 그의 체모와 손톱이 길게 자라났다. 암곰 은 그에게 날고기를 먹거리로 가져다주었는데, 나중에는 자기의 포로를 좋아하게 되었다. 그녀는 전만큼 엄격하게 감시도 하지 않았고, 나와 결혼 하지 않겠느냐는 제안까지 하였다. 남자가 동의를 하여 [함께 사는 사이에 이들] 부부에게 두 아이가 태어났다. 이때부터 포로는 완전한 자유를 얻어 사냥을 나가게 되었고, 암곰은 그를 위해 장과裝果를 따 왔다.

그의 체재가 벌써 3년째에 접어든 어느 날 저녁 무렵, 사냥꾼은 집으 로 돌아오다가 사람을 태운 나룻배가 모하다산의 강 언덕에 닿은 것을 보 고 오래간만에 사람들을 보아 기뻐하며 그들이 있는 곳으로 달려갔다. 그 러나 낯선 사람들은 매우 두려워하는 눈치였다. 남자가 털이 많이 나서, 텁 수룩한 털가죽으로 뒤덮여 있었기 때문이다. 그가 자신의 운명을 이야기 한 다음에야 비로소 그들은 그를 친근하게 대하게 되었다. 그리하여 그들

---

19 '비라르'가 주로 아무르강 변에 거주하는 퉁구스계 부족들이 서로를 일컫는 용어로 이용되는 듯하며, 넌강嫩江(쑹화강의 지류) 부근에 사는 퉁구스족 가운 데 비라르 계통이 있다고는 하나 비라르족이라고 특정할 수 있는 부족은 없다 는 기록이 있다[滿州弘報協會 編, 《滿洲國の現住民族》, 新京: 滿州弘報協会, 1936, 110쪽]. 그러나 1930년대까지는 지금 에벤크족Evenks으로 총칭되는 민족 이 오로촌족Orochon과 마네기르족Manegir, 비라르족 등 종족적·영역적으로 구분 되는 수많은 부족으로 나뉘어 있었다고 한다. R. Wixman, *Peoples of the USSR:An Ethnographic Handbook*, Abingdon: Routledge, 2017, p.65.

은 밤늦게까지 떠들다가, 아이군에서 온 여행객들과 함께 고향으로 데려가겠다고 포로에게 약속했다. 이튿날 아침 그들은 함께 출발했다. 암곰은 하룻밤 사이에 자기 남편의 성실하지 못함을 깨닫고 강가로 달려갔다. 그러나 이미 나룻배는 강 언덕을 떠났고, 그녀는 대단히 노하여 집으로 돌아와 두 아이를 데리고 아무르강으로 뛰어갔다. 그리고 성이 난 나머지 배를 탄 사람들이 보는 곳에서 아이들을 찢어 아무르강에 던져 넣었다. 이 비극적인 사건 다음부터 이 산을 악산惡山이라고 부르게 되었다. 지금도 비라르 퉁구스인들은 [어떤 동물을] 지난날 그 친구가 유폐되어 있던 동굴이라고 가리키기도 하는데, 그곳은 바위의 갈라진 틈바구니로 햇빛이 조금 들어갈 뿐이라고 한다.[20]

이것은 앞에서 살펴본 한국의 설화들, 특히 [자료 2] 및 [자료 3]과 상당히 유사한 사건들로 구성되어 있다. 좀 더 자세하게 말한다면 주인공과 곰이 일시적으로 동거를 하는 동안에 아이(새끼)를 얻었다든가, 도망치는 남편을 보고 새끼들을 강물에 던졌다고 하는 것 등이 한국 자료들과 친연성을 가진다는 인상을 준다는 것이다.

그러나 이 설화가 [자료 2] 및 [자료 3]과 완전히 일치하는 것은 아니다. [자료 2]의 주인공은 어부이고, [자료 3]의 주인공은 산에서 약초를 캐어 생활하는 사람이다. 이와 달리 [자료 10]은 사냥꾼이 주인공으로, 한국의 [자료 4]와 비슷한 모습을 보여 주어 관심을 불러일으킨다.

그런데 에벤크족Эвенки(Evenks), 鄂温克族 사이에는 사냥꾼이 곰

20　大林太良, 앞의 책, 348~349쪽에서 재인용.

으로부터 보호를 받으면서 겨울을 지낸 다음 자기 마을로 돌아오는 내용의 이야기가 전한다.

[자료 11]

어느 날 사냥꾼들이 곰의 발자국을 발견하고 따라갔더니, 낭떠러지 아래에 곰의 굴이 있었다. 대단히 가파른 절벽이어서 사람이 내려갈 수 없을 것 같았다. 누군가 한 사람이 가죽끈을 매고 아래로 내려가기로 하였다. 사냥꾼들은 그가 낭떠러지 아래로 내려갔다고 생각하자 동료를 내버려두고 자신들만 재빨리 마을로 되돌아와 버렸다.

혼자 남겨진 남자는 곰의 굴 옆에 주저앉았다. 먹을 것이라곤 아무것도 가지고 있지 않았으므로, 가죽끈을 씹으면서 배고픔을 참았다. 그 사이에 남자는 언제인가 깜빡 잠이 들고 말았다. 그러자 꿈속에 곰이 나타나서 "우리 굴 안으로 들어오너라."라고 말했다. 남자가 굴속으로 들어가 곰의 옆에 눕자, 또 꿈속에 곰이 나타나서 이렇게 말했다. "배가 고플 때는 내 새끼발가락을 빨고, 목이 마를 때는 반대쪽 새끼발가락을 빨도록 하려무나."

남자가 그 말대로 하니까, 정말로 배가 부르게 되고 목이 마른 것도 없어졌다. 그로부터 얼마 뒤 남자는 또 꿈을 꾸었다. 꿈속에서 곰은 이렇게 말했다. "내일 우리들은 굴을 나간다. 너를 [마을로] 데려다 줄 터이니, 내 등에 타거라. 그 대신에 마을에 도착하거든 개 세 마리를 답례로 주려무나."

다음 날 아침 남자가 눈을 뜨고 굴 바깥으로 나와 보니 바깥은 벌써 봄이었다. 남자가 곰의 등에 올라타자 곰은 절벽을 기어 올라갔다. 이리하여 마을에 도착한 남자는 곰에게 겨우내 길러 준 답례로 개 세 마리를 주었다.

사실 다른 사냥꾼들은 겁이 많고 성미가 까다로운 이 남자를 싫어하여, 어떻게 해서든 그가 없어졌으면 좋겠다고 생각하고 있었다. 그렇지만 신神이 데리고 와서 마을에 돌아오고부터는 마을 사람들과 사이좋게 지내게 되었다고 한다.[21]

---

21   齋藤君子, 《シベリア民話の旅》, 東京: 平凡社, 1993, 113~114쪽.

사냥꾼은 한국의 〈동삼童參과 이시미 이야기〉22마냥 같이 갔던 친구들로부터 배신을 당한다. 하지만 곰은 그를 해치지 않고 도리어 보호해 준다. 마치 이시미가 궁지에 빠진 나무꾼을 구해 주는 것과 같은 형태로 되어 있다.

그리고 이 이야기에서는 곰의 도움을 받아 생명을 보존할 뿐, 곰과 동거를 하지는 않는다. 하지만 이 곰은 그들의 신으로 받들어지는 존재다. 밑줄을 그은 곳을 보면, 그들이 곰을 신이라는 숭배 대상으로 인식하고 있음을 알 수 있다.

에벤크족들 사이에 전승되는 이야기들 가운데는 곰 축제를 행해야 하는 이유가 곰이 그들에게 먹을거리를 제공해 주는 존재이기 때문임을 밝히는 다음과 같은 이야기도 있다.

[자료 12]

어느 가을의 일이었다. 자매가 산 위에 순록을 방목하러 가 있었는데, 밤중에 이상한 소리가 나더니 순록들이 없어져 버렸다. 순록 무리를 찾아서 헤매는 동안 눈이 내리기 시작하여, 언니는 언제부터인가 길을 잃어버렸다. [그래서] 헤매는 사이에, 깊은 눈 속에 굴러 넘어져서 곰의 굴속으로

---

22   조동일, 《구비문학의 세계》, 서울: 새문사, 1980, 127~128쪽.
"옛날 어느 가난한 나무꾼이 한겨울에 산에 나무를 하러 갔는데, 벼랑 밑에 동삼童參이 많이 있는 것을 발견했다. 그러나 가파른 벼랑을 내려갈 수 없었다. 돌아와 이 말을 하니, 이웃 사람이 도와주겠다고 했다. 밧줄에다 소쿠리를 묶어서 이웃 사람은 밧줄을 잡고 있고, 자기는 소쿠리를 타고 내려갔다. 소쿠리에 동삼을 담아 올렸다. 그런데 동삼을 다 캐 올리자, 소쿠리는 다시 내려오지 않았던 것이다. 그 사람은 올라갈 수 없었다. 그러자 큰 이시미 한 마리가 나타났다. 놀라서 도망치는데, 이시미가 그 사람을 등에다 태우고 벼랑에 올라와 마음씨 나쁜 이웃 사람을 물어 죽였다. 나무꾼은 큰 부자가 되었다."

들어가고 말았다. 곰이 자고 있는 옆에서 잠을 잤더니 따뜻해서 기분이 좋았다. 곰이 처녀의 입가에 발을 내밀기에 빨아보았더니 달콤하면서 맛이 있었다. [허기진] 배가 부르자, 처녀는 꾸벅꾸벅 잠이 들어 버렸다. 얼마를 잤을까, 눈이 뜨여져 굴 바깥에 나왔더니 태양이 눈부시게 비치고 눈은 이미 녹아 있었다.

"우리 집은 어느 쪽이지?" 처녀가 묻자, 곰은 손으로 방향을 가르쳐 주었다. 처녀는 가르쳐 준 방향으로 걸어서, 집으로 돌아왔다. 딸이 무사히 돌아온 것에 부모가 즐거워한 것도 잠깐 동안이었다. 얼마 지나지 않아 딸의 배가 점점 불러오더니, 곰 새끼와 어린아이 쌍둥이를 낳았다. 처녀는 곰의 새끼를 낳은 것을 부끄럽게 생각하여, 곰 새끼를 데리고 바위굴에 들어가 혼자서 훌쩍훌쩍 울었다. 사연을 안 어머니가, "마을 사람들에게는 산에서 곰 새끼를 잡아왔다고 하면 좋을 거다."라고 말하면서, 딸과 곰 새끼를 집으로 데려왔다.

어린아이에게는 '토르가니Torgani(トルガニ)'라는 이름을 지어 주고 모유를 먹여 키웠다. 곰의 새끼는 이윽고 집 안에 있을 수 없을 정도로 크게 자라서, 순록의 젖을 먹여 길러 준 할머니에게 이별을 고했다. 토르가니는 집을 나서는 곰을 향해 "언젠가 너를 죽여 버릴 거야."라고 말했다.

마침내 토르가니는 기민하고 강한 젊은이가 되어, 곰과 싸우기 위하여 산으로 갔다. 토르가니가 곰과의 싸움에서 이겨 곰을 죽이려고 하자, 곰이 이렇게 말했다. "토르가니야, 내가 죽거든 축제를 하면서 깔끔하게 묻어다오. 그러면 곰들이 불어나서 인간이 곰을 잡을 수 있게 된단다. 사람들을 많이 불러서 내 고기를 먹게 하려무나. 다만 머리와 눈, 심장은 여자들에게 먹여서는 안 된다. 그도 그럴 것이, 나의 어머니는 사람이었기 때문에, 자신의 아이 고기를 먹고 싶지 않을 테니까 말이다. 나의 머리 껍질을 벗겨서 자작나무의 껍질로 안경을 만들어 쓰려무나. 그렇게 하면 곰이 사람을 칼로 죽이는 일도 없어진단다." 곰은 이렇게 말하고 죽었다. 토르가니는 곰의 유언대로 많은 사람을 손님으로 불러서, 곰 축제를 개최했다. 그런 이유로 인간이 곰을 잡으면 축제를 하는 것이다.[23]

23 　齋藤君子, 앞의 책, 111~112쪽.

이 자료에서는 한국이나 중국의 이야기들과는 달리 처녀가 곰과 더불어 사는 것으로 되어 있다. 또한 잉태를 한 처녀가 곰의 새끼만 낳은 것이 아니라 인간 아이도 낳았다. 그리고 이렇게 사람으로 태어난 토르가니와 곰의 새끼가 곰 축제의 실마리를 제공한다. 즉 토르가니가 자신의 쌍둥이인 곰과 싸우기 위하여 산으로 갔고, 그 곰은 축제를 하면서 자기를 묻어달라고 부탁하였다. 그렇게 하면 곰이 붙어나서 사냥을 하기가 쉬워지고, 또 여러 가지 혜택이 뒤따른다는 것이다.

이러한 곰의 언질은 에벤크족이 곰 축제를 개최하게 된 이유를 설명해 주는 곰 축제의 기원신화라고 할 수 있다. 그들이 이런 신화를 가지고 있는 것은 곰이 자기들과 형제 관계이기는 하지만, 살아가기 위해서 죽이지 않으면 안 된다며 곰 사냥에 정당성을 부여하는 하나의 수단이었을 것으로 생각된다.

이와 같은 신화들이 동북아시아 지역에 전하고 있다는 것은 한국의 웅조신화가 이들과 궤를 같이함을 나타내는 것이라고 볼 수 있지 않을까? 곰과의 교구를 나타내는 후대의 이야기들이 전부 서로 친연성을 드러내고 있어 이런 추정은 매우 중요한 문화사적 의의를 가진다고 하겠다. 따라서 곰을 받드는 신앙을 가진 집단이 고아시아족이고 그들이 고조선을 세웠다는 견해24는 재고되어야 마땅하다.

설화의 구성 요소들 가운데는 등장인물의 외양이나 연령,

---

24 김정배, 《한국민족문화의 기원》, 서울: 고려대학교, 1973, 211쪽.

성별, 직업과 같이 변화의 가능성을 가진 변체들이 있다.**25** 변체의 변화는 설화를 전승하여 온 집단의 문화나 경제 형태, 사회 제도 등과 밀접하게 관련된다. 그렇다고 해서 이들 변체의 변이가 제한이 없는 것은 아니다. 그 변이에도 일정한 범위가 있기 마련이다.**26**

이와 같은 점을 감안하면, 위에서 고찰한 여러 가지 곰과 사람이 교구하는 이야기 속 주인공들 직업의 변이에서 공통되는 성격, 곧 수렵이나 목축, 어로 등의 문화적인 요소를 추출할 수 있을 것이다. 또 이렇게 본다면 한국의 설화들을 고찰하면서 이끌어 냈던 상정, 곧 곰[熊]·사람[人] 교구담을 수렵이나 어로 문화를 가진 채집 집단이 한반도로 가지고 들어왔을 것이라는 견해가 상당한 타당성을 지니게 된다.

그렇지만 여기에서 문제가 제기된다. [자료 9]만 문헌 설화이고 그 밖의 자료들은 전부 구전 설화인데, 이들의 선후 관계를 어떻게 결정할 수 있느냐는 것이다. 이 문제를 해결하려면 이들 설화를 전승해 온 집단들이 어떠한 문화를 지니고 있었는지부터 고찰해야 하지 않을까 한다.

이런 의미에서 아무르강 유역에서 홋카이도에 이르는 동북 아시아 지역에 곰 내지는 호랑이와 인간의 교구를 이야기하는 설화들이 널리 분포되어 있고, 또 지역의 주민들이 수렵과 어

---

25   V. Propp, "Transformation in Fairy Tales", *Mythology*, Baltimore: Penguin Books Ltd., 1972, p.129.

26   김화경, 《한국 설화의 연구》, 경산: 영남대학교출판부, 1987, 213~215쪽.

로를 주된 생업으로 했었다는 것은 많은 시사를 던져 준다. 이로써 한국과 중국의 곰·사람 교구담들은 [자료 9]가 전승되던 지역으로부터 전래되었을 것이라는 추단이 가능해진다.[27]

이런 추단은 이 설화를 만들어 냈던 집단이 고아시아족이 아니었을까 하는 새로운 문제를 제기한다. 김정배가 단군 신화를 고아시아족의 문화적인 유산으로 보았고, 또 고아시아족들 사이에 곰 숭배 사상이 보편화되어 있다는 사실을 감안하면 이러한 의문이 드는 것은 당연한 귀결인지도 모른다. 하지만 고아시아족들 사이에서 발견되는 설화들은 이들과는 분명히 구별되는 형태로 되어 있다.[28] 따라서 이들 사이에 문화의 교류가 있었다는 사실을 인정할지언정, 이 설화가 고아시아족들 사이에서 생성되었다고 보기에는 어렵다고 하겠다. 지금까지 현전하는 곰·사람 교구담의 계통 연구를 통해서, 이 설화들이 수렵·어로 문화를 지닌 퉁구스족 계통의 집단들 사이에 전승되고 있으며 한국의 설화들 또한 이들로부터 전래되었을 것이라는 결론을 얻을 수 있다고 해도 좋을 것이다.

3-2 호조신화

위에서 살펴본 웅녀 신화는 다행히 왕권신화의 일부로《삼

---

27   大林太良, 앞의 책, 375쪽.
28   위의 책, 358~356쪽.

국유사》에 정착되었다. 그렇지만 여우를 조상으로 하는〔狐祖〕 신화나 개를 조상으로 하는〔犬祖〕 신화의 경우는 문자로 기록되지 못하고 민간에 전승되는 구전 설화로 그 형태를 유지하여 왔다. 이는 성리학의 합리적 사고로 말미암아 동물을 조상으로 받드는 이야기를 문자로 기록하지 않았던 탓이 아닌가 한다. 이런 추정은 김부식이 《삼국사기》를 편찬하면서 지적한 아래와 같은 언급으로 어느 정도 입증이 가능하다.

> [사신史臣이] 논하여 가로되 신라 고사에 이르기를, "하늘이 금궤를 내렸으므로 성을 김씨로 하였다."고 했는데, 그 말이 괴이하여 믿을 수가 없었다. [하지만] 신臣이 역사서를 편찬함에 그 전승이 오래되었기 때문에 그 말을 지워버릴 수가 없다.**29**

김부식은 알지 신화에 나오는 괴이한 이야기를 문면 그대로 받아들이기 어려웠으나, 그런 이야기가 오랜 기간에 걸쳐 전승되어 왔다는 사실 때문에 어쩔 수 없이 기록하였음을 밝히고 있다. 무엇이든지 합리적인 것을 추구하던 성리학자들로서는 여우나 개를 조상으로 한다는 이야기를 믿지 않은 것은 어쩌면 당연한 귀결이었을 것이다. 그러니 그런 이야기를 기록한다는 것은 있을 수 없는 일이 아니었을까.

---

29   김부식, 《삼국사기》, 서울: 경인문화사 영인본, 1982, 280쪽.
"論曰 新羅古事云 天降金櫃 故姓金氏. 言可怪而不可信 臣修史 以其傳之舊 不得删落其辭."

그러나 다행스럽게도 민간 전승 속에 이러한 수조설화 자료가 남아 있어, 한국 민족이 이 유형의 이야기들을 가지고 있었음을 알 수 있다. 많지 않은 예 가운데 강감찬姜邯贊의 탄생에 얽힌 이야기를 고찰하기로 한다.

[자료 13]

강감찬의 아버지가 산길을 걷다가 돌연 폭풍우를 만났다. 그렇지만 인가가 없는 곳이었으므로 어찌할 바를 모르고 있었다. [그때] 계곡 저쪽에 산가山家 한 채가 보였고, 불이 켜져 있어서 그는 그 오두막집으로 들어갔다. 오두막집 안에서 아리따운 처녀 한 사람이 나와서 그를 맞이하여 대단히 환대해 주었다. 그는 사흘 동안 그 여자의 오두막집에서 신세를 졌다. 물론 서로 사랑을 나누기도 하였다. 집에 돌아온 지 며칠 뒤 그는 다시 그전의 산가를 찾아갔으나 그 오두막집은 더 이상 보이지 않았다.

몇 년의 세월이 지난 뒤 한 여자가 아이 하나를 데리고 와서 강감찬의 아버지에게 주면서, "몇 년인가 전에 당신이 산길에서 광풍을 만나 찾아들어간 오두막집은 사람의 집이 아니라 실은 여우의 집이었습니다. 그때의 여자가 저입니다. 이 아이는 그때 [생긴] 아이로, 장래 반드시 나라를 위해서 공을 세우는 위대한 인물이 될 것이니 아무쪼록 소중하게 키워 주십시오."라고 말하고는 모습을 감추었다. 잘 생각해 보니 지금의 여자는 몇 해 전 산가의 여자가 틀림없었고, 또 아이의 얼굴을 자세히 보니 아무래도 여우를 닮은 데가 있었다. 그 여자는 여우가 변신한 것이었다. 과연 그 아이는 뒷날 위대한 인물이 되었는데, 그가 곧 강감찬이다. 강감찬이 일곱 살 때 재상이 되었다는 이야기도 있다.[30]

이것은 손진태가 1923년에 충청북도 괴산군에서 조사한 설

---

30 孫晉泰,《朝鮮民譚集》, 東京: 鄕土硏究社, 1930, 135~136쪽.

화로, 강감찬의 모계가 여우로 되어 있어 호조신화로 전해져 왔을 가능성을 시사해 준다. 이와 같은 강감찬의 탄생담은 몇 개가 더 조사되었으므로 아울러 소개하면 다음과 같다.

[자료 14]

강감찬의 아버지는 공부를 많이 한 선비였으나 늦도록 자식이 없었다. 그리하여 문복問卜을 하였더니, 많은 여인을 상대하다가 천 명을 다 채우지 말고 집에 오면 큰 대인을 낳을 것이라고 했다. 그는 재산도 많았으므로 팔도강산을 돌아다니면서 여인을 상대하였다. 그렇게 일 년 가까이 하자, 어느새 천 명 가까운 여인을 상대하게 되었다.

그래서 집으로 돌아오기 위해 고개 마루에 올라와 쉬어 가려고 앉아 있었다. 그때 아름다운 색시가 나타나서 그를 유혹하였다. 그는 그 색시에게 빠져 관계를 맺었다. 그 색시는 다름 아닌 백 년 묵은 여우였다. 여우가 도술을 부려 여자로 변신했던 것이다.

그러고 나서 열 달이 지나자, 자기 집 대문 앞에 갓난아기가 놓여 있었다. 그가 가만히 생각하니, 고개에서 여인과 관계를 한 지 열 달 만이라 틀림없이 자기 아들이 분명했다. 그가 강감찬이었다.[31]

[자료 15]

강감찬의 아버지가 길을 가는데 예쁜 처녀가 나타나서 잠자리를 같이 했다. 그런데 가는 데 보니 꼬리가 아홉 개 달린 여우였다. 그녀는 가면서 어느 때인가 여기에서 보자고 했다. 그래서 그날 갔더니 애기를 데리고 왔다. 그런데 체격이 조그마한 것이 여우를 닮았다. 그게 강감찬이었다.[32]

31 서대석, 한국정신문화연구원 편, 《한국 구비문학대계》 1-2(경기도 여주군 편), 성남: 한국정신문화연구원, 1980, 193~195쪽.

32 박순호, 한국정신문화연구원 편, 《한국 구비문학대계》 5-4(전라북도 군산

[자료 16]

강감찬의 아버지가 좋은 꿈을 꾸었다. 시골에 있는 본마누라에게 그 꿈을 풀어 주려고 서울을 벗어나 시골로 향했다. 그런데 과거에 다닐 때는 인가가 없던 곳에 주막집이 있었다. 그가 들어가 보니 술상이 잘 차려져 있었다. 그리고 여자가 나와서 미리 올 줄을 알고 상을 차려 놓았다고 말했다.

그는 과거에 집이 없었는데, 어찌하여 이렇게 차려 놓고 있느냐고 물었다. 그러자 자기가 여기에 새로 주막을 차렸다고 말했다. 그가 술값을 치르고 떠나려고 하자, 여자는 당신의 꿈을 나에게 풀고 가라고 하면서 떠나지 못하게 했다.

그래서 거기에서 같이 잠을 잤다. 이튿날 날이 새기도 전에 여자가 깨우더니, 자기는 여우인데 아주 재주가 있는 아들을 얻을 것이라고 하였다. 그러면서 열 달 뒤에 서울 관악산의 어떤 바위 밑으로 오라고 하였다. 여자는 아이만 낳을 뿐이지 거기에서 죽을 것이라고 했다.

말이 끝나고 보니 아무 것도 없는 무인지경이었다. 서울로 다시 올라가서 열 달이 지난 다음에 바위 밑에 갔더니 어린아이가 황소 같은 울음소리를 내고 있었다. 옆을 보니 여우는 죽어 버렸다. 그 애를 길렀더니 강감찬이 되었다.**33**

위의 이야기들 가운데 [자료 14]는 서대석徐大錫이 경기도 여주에서 조사한 것이고, [자료 15]는 박순호朴順浩가 전라북도 옥구에서 조사한 것이다. [자료 16]은 김영진金榮振과 맹택영孟澤永이 충청북도 청주에서 조사한 것이다. 강감찬의 탄생에 연루된 이야기가 이렇게 여러 곳에서 전승되고 있다는 사실은 원래 그

시·옥구군편), 성남: 한국정신문화연구원, 1984, 470쪽.

33 김영진·맹택영, 한국정신문화연구원 편, 《한국 구비문학대계》3-2(충청북도 청주시·청원군편), 성남: 한국정신문화연구원, 1981, 96~98쪽.

의 조상이 여우였다고 하는 호조신화가 존재했음을 말해 주는 것이 아닐까?

그런데 여우와 같이 개과에 속하는 이리를 조상으로 받드는 낭조신화狼祖神話가 앞에서 이미 고찰한 바 있는 고차족의 전승으로 남아 있다.

[자료 8]

흉노의 선우가 두 딸을 낳았는데, 그 자태와 용모가 대단히 아름다워서 나라의 사람들이 모두 신으로 여겼다. 선우가 말하기를 "나의 이 딸들을 어찌 인간의 배필로 삼겠는가? 장차 하늘에게 줄 것이다."라고 하였다. 이에 그 나라 북쪽의 사람들이 살지 않는 땅에 높은 누대를 만들어 두 딸을 그 위에 두고 이르기를, "청컨대 하늘 스스로 맞아들이소서."라고 했다. 3년이 지나서, 그 어머니가 끌어내리려고 하였다. 하지만 선우는 "안 된다. [만들어 놓은 누대를] 걷어치울 때가 아닐 따름이다."라고 말하였다.

다시 1년이 지나자, 한 늙은 이리가 와서 밤낮으로 누대를 지키면서 울부짖었다. 누대 아래를 파서 빈 움을 만들고 때가 지나도 가지 않았다. 그러자 소녀가 ㉠ "우리 아버지가 우리들을 이곳에 둔 것은 하늘께 드리기를 바라셨는데, 지금 이리가 온 것은 어쩌면 신령스러운 것으로 하여금 하늘이 그렇게 시킨 것일 것이다."라고 말하면서 장차 내려가 나아가려고 하니, 그 언니가 크게 놀라면서 "이는 짐승이므로 부모님을 욕보이는 것이 아니겠는가?"라며 말렸다. ㉡ 동생이 이 말을 따르지 않고 누대에서 내려가 이리의 아내가 되어 아이를 낳았는데, 뒤에 그 자손이 번성하여 나라를 이루었다. 그렇기 때문에 그 사람들은 소리를 길게 끌어 노래 부르기를 즐겼는데, 이리의 울부짖는 소리를 닮았다고 한다.**34**

---

34   이 책 제1장 〈하늘과 관련된 신화〉의 각주 33 참조.

이것은 북제의 위수가 6세기에 편찬한 《위서》 권103 열전 제91 연연蠕蠕·흉노우문막괴匈奴宇文莫槐·도하단취륙권徒何段就六眷·고차전高車傳에 기록된 고차족의 신화이다. 이런 내용의 이야기는 7세기에 당나라의 위수가 편찬한 《북사北史》 권98 열전 제86에도 실려 있다.**35** 위 자료의 밑줄 그은 ㉠에서는 이리가 하늘이 보낸 사자로 여겨지므로 천강신화의 범주에 들어가지만,**36** ㉡을 보면 그들의 부계가 이리이므로 낭조신화에 들어간다고도 할 수 있다. 이렇게 복합된 양상을 보이는 것은 고차족이 다양한 문화를 가지고 있었음을 나타내는 것이 아닐까 한다.

고차족은 돌궐계 일파의 유목 민족으로 알려져 있다. 따라서 그들이 유목과 밀접한 관계가 있는 이리와 연계된 신화를 가진 것은 당연한 귀결이라고 하겠다.

한편 주周나라 서쪽에 살았던 강족羌族의 시조 전승에서도 이리를 조상으로 받들었던 흔적을 발견할 수 있다.

[자료 18]

강족 사람 무익원검無弋爰劍은 진秦 여공厲公 때 진나라 사람에게 사로잡혀 노예가 되었다(무익원검이 어느 융戎인지 알 수 없다.). 뒷날 [무익원검은] 도망쳐 [고향으로] 돌아가다가 진나라 사람들의 추격이 급박하자 바위 동굴 안에 숨어 사로잡히지 않을 수 있었다. 강인羌人들은 무익원검이 처음 동굴 안에 숨었을 때 진나라 사람들이 그곳에 불을 질렀는데, 마치 호랑이 같은

35　李延壽, 《北史》, 서울: 경인문화사 영인본, 1977, 3270쪽.

36　佐口透, 〈アルタイ諸民族の神話と傳承〉, 《騎馬民族とは何か》, 東京: 每日新聞社, 1975, 89쪽.

모습을 한 것으로 불을 가려 죽지 않을 수 있었다고 말하였다. 동굴을 나온 [무익원검은] 들판에서 코가 베인 여인을 만나서 마침내 부부가 되었다. 이 여인은 자신의 모습을 부끄럽게 여겨서 머리카락으로 얼굴을 가렸는데, 강인들은 이것을 풍속으로 삼았다. 드디어 함께 도망을 쳐서 삼하三河 사이로 들어갔다. 여러 강족들은 무익원검이 불에도 죽지 않은 것을 보고 그 영묘함을 이상하게 여겨 존경하고 두려워하며 섬기고 [그를] 추대하여 추호酋豪로 삼았다. 황허黃河와 황수이湟水 사이에는 오곡이 적게 생산되고 짐승이 많아 수렵을 주업으로 삼았는데, 무익원검이 그들에게 농사와 목축을 가르치니 드디어 그들은 존경과 신뢰를 보였고 여락종盧落種 사람들 가운데 그에게 의지하는 자들이 날로 늘어 갔다. 강인들이 노奴를 무익이라 부르는 것은 무익원검이 노예가 된 적이 있기 때문이다. 그의 후손은 대대로 추호가 되었다.

　　무익원검의 증손인 인忍에 이르렀을 때, 진 헌공獻公이 막 즉위하여 진 목공穆公의 자취를 되밟고자 하였다. [그는] 군대에게 웨이수이渭水의 상류를 치게 하여 오랑캐[狄] 환융獂戎을 멸하였다. 인의 계부 앙卬은 진나라의 위세를 두려워하여 그의 종족과 부락을 이끌고 남하하여 석지賜支의 하곡河曲[허취heqū는 지금의 중국 칭하이성青海城 구이더현貴德縣에 있다-인용자 주]를 떠나 서쪽으로 수천 리를 가 여러 장족과 멀리 떨어지게 되어 다시는 왕래하지 않았다. 그 뒤 자손들은 갈라져 제각각의 종족이 되어 제멋대로 돌아다녔다. 혹은 이우종犛牛種이 되었는데 월수越嶲[지금의 중국 쓰촨성 웨시군越嶲郡]의 강족이 바로 이들이다. 혹은 백마종白馬種이 되었는데 광한廣漢[지금의 중국 쓰촨성 마오현茂縣·원촨현汶川縣]의 강족이 바로 이들이다. 혹은 삼랑종參狼種이 되었는데 무도武都[지금의 중국 간쑤성甘肅省 우두현武都縣]의 강족이 바로 이들이다.**37**

37　范曄,《後漢書》, 서울: 경인문화사 영인본, 1975, 2875~2876쪽.
"羌無弋爰劍者 秦厲公時爲秦所拘執 以爲奴隷. 不知爰劍何戎之別也. 後得亡歸而秦人追之急 藏於巖穴中得免. 羌人云爰劍初藏穴中 秦人焚之 有景象如虎 爲其蔽火 得以不死. 旣出 又與劓女遇於野 遂成夫婦. 女恥其狀 被髮覆面 羌人因以爲俗 遂俱亡入三河閒. 諸羌見爰劍被焚不死 怪其神 共畏事之 推以爲豪. 河湟閒小五穀 多禽獸 以射獵爲事 爰劍教之田畜 遂見敬信 盧落種人依之者日益衆. 羌謂奴爲無弋 以爰劍嘗爲奴隷 故因名之. 其後世世爲豪. 至爰劍曾孫忍時 秦獻公初立欲復穆共之迹 兵臨渭首 滅狄獂戎 忍季父卬畏秦之威 將其種人附落而南 出賜支

이것은 중국 남북조 시대에 남조南朝 송의 범엽이 5세기 초에 편찬한《후한서》권87 서강전西羌傳 제77에 기록된 강족의 시조신화이다. 여기에서 그들의 시조인 무익원검無弋爰劍은 진나라 여공공厲共公, 재위 기원전 476~기원전 443 때 정벌에서 구속되어 노예가 되었다고 알려진 인물로, '무익'은 강족의 언어로 노예를 의미한다고 한다.

이 신화는 무익원검과 짐승이 직접적인 관련을 가지는 것으로 기술되어 있지는 않다. 그렇지만 밑줄을 그은 곳에서 보는 것처럼 그 후손들을 이우종氂牛種이니 백마종白馬種, 삼랑종參狼種 등이라고 한 것으로 미루어 보아 그들도 소나 말, 이리 등을 족조族祖로 했다고 추정할 수 있다.**38**

돌궐족의 신화들에도 모계가 이리였다고 하는 아사나씨阿史那氏의 시조 전승이 있다.

[자료 19]

돌궐은 그 조상이 서해의 서쪽에 살았는데, 독자적인 부락을 이루었고, 대체로 흉노의 다른 갈래였다. 성은 아사나씨阿史那氏였다. 뒤에 이웃나라에게 [공격을 받아] 패배하였는데, [이웃 나라가] 그 족속을 거의 다 죽였다. [다만] 한 아이가 있어 나이가 [겨우] 열 살이었는데, 병사가 그가 어린 것을 보고 차마 죽이지 못하고 [그의] 발과 팔을 잘라 풀이 [무성한] 숲속에 버렸다. 암이리(牝狼)가 고기를 가져다 먹여서, [그 아이가] 자라나

河曲西數千里 與衆羌絶遠 不復交通. 其後子孫分別 各自爲種 任隨所之. 或爲氂牛種 越嶲羌是也. 或爲白馬種 廣漢羌是也. 或爲參狼種 武都羌是也."

38　三品彰英, 앞의 책, 414쪽.

교합하여 마침내 임신을 하게 되었다.

　　그 [이웃 나라의] 왕이 이 아이가 여전히 살아 있다는 [소식을] 듣고, 다시 [사자를 보내 [아이를] 죽였다. 사자가 이리가 [그의] 곁에 있는 것을 보고 아울러 이리마저 죽이려고 했다. 이때 신령스러운 힘이 이리를 동쪽으로 던졌고, [날아온] 이리가 고창국高昌國의 서북쪽 산에 떨어졌다. [그] 산에 동굴이 있었는데, 동굴 안에는 평탄한 땅과 무성한 풀이 있었고 [그] 주위 둘레가 수백 리로, 사면이 모두 산으로 둘러싸여 있었다. 이리는 그 속에 숨어 마침내 열 명의 사내아이를 낳았다. 열 명의 사내아이들이 장성하여 밖에서 아내를 얻어 임신을 시켜 [아이를 낳았고], 그 뒤 각기 한 개씩 성姓을 갖게 되었다. 아사나 씨도 바로 그 가운데 하나였는데, [그가] 가장 현명했기 때문에 마침내 군장이 되었다. 그 까닭에 아장牙帳의 문에 [황금으로 된] 이리 머리[를 단] 독(狼頭纛)을 세워 그 근본을 잊지 않았음을 보여 주었다.**39**

　　이것은 당나라 시대에 이연수가 편찬한《북사》권59 열전 제87 돌궐突厥·철륵전鐵勒傳에 전하는 돌궐족 아사나씨 조상의 시조신화이다. 이 자료에서는 모계가 이리로 되어 있어, 앞에서 소개한 고차족의 신화와는 얼마간 차이를 보인다. 그렇지만 그 신화가 이리를 신성시하는 유목 민족의 시조 전승이라는 점에서, 그들이 영위하던 생활 형태와 밀접한 관계를 가졌다는

39　李延壽, 앞의 책, 3285쪽.
　"突厥者 其先居西海之右 獨爲部落 蓋匈奴之別種也. 姓阿史那氏 後爲鄰國所破 盡滅其族. 有一兒 年且十歲 兵人見其小 不忍殺之 乃別足斷其臂 棄草澤中. 有牝狼以肉餌之 及長 與狼交合 遂有孕焉. 後王聞此兒尙在 重遣殺之. 使者見在狼側 幷欲殺狼, 於時若有神物 投狼於西海之東 落高昌國西北山. 山有洞穴 穴內有平壤茂草 周廻數百里 四面俱山. 狼匿其中 遂生十男. 十男長 外託妻孕 其後各爲一姓 兒史那卽其一也 最賢 遂爲君長."

것을 나타내고 있다.

돌궐의 아사나씨 시조신화는 위의 전승과는 내용이 다른 것
도 전하고 있으므로 아울러 살펴보기로 한다.

[자료 20]

혹 이르기를 돌궐의 조상은 색국索國에서 나왔다고 하는데, [그들이 살
던 곳은] 흉노의 북쪽에 있다. 그 부락의 대인大人은 아방보阿謗步라고 불렀
는데, 그 형제가 17명이었다. ⓐ 그 [가운데 동생] 하나를 이질니사도伊質
泥師都라고 했는데, [그가] 이리의 소생이었다. [아방보 등 여러 형제들의]
성품이 모두 어리석어 나라가 마침내 [다른 나라에게] 망하게 되었다. ⓑ
[이질]니사도는 일찍부터 특이한 기운을 달리 느낄 수 있었고, 바람과 비
를 부를 수 있었다. [이러한 그가] 두 명의 아내를 얻었는데, 즉 여름 신夏
神과 겨울 신冬神의 딸이었다. [그 가운데] 한 아내가 임신하여 네 명의
아들을 낳았다. 하나는 흰 기러기白鴻로 변했고, 하나는 아보수阿輔水와
검수劍水 사이에 나라를 세워 계골契骨이라 불렀다. 다른 하나는 처절수處
折水에 나라를 세웠고, 또 하나는 천사처철시산踐斯處折施山에 살았는데 [그
가] 바로 큰아들이다. 산 위에는 여전히 아방보의 족류族類가 살고 있었는
데, [그들] 대다수가 추위에 드러나 있었다. 큰아들이 그들을 위해 불을 피
워 따뜻하게 보살펴 모두를 [추위로부터] 구해 냈다. 마침내 [그들] 모두가
큰아들을 받들어 임금으로 삼고 [나라 이름을] 돌궐이라고 부르니, 바로
눌도륙설訥都六設이 되었다. 눌도륙설이 열 명의 아내를 얻어 [그 아내들
이] 낳은 아들들이 모두 어머니 족속[의 성]을 따랐는데, 아사나는 그 후처
[아사나 씨]의 아들이었다. 눌도륙설이 죽자, 열 명의 어미가 아들들 가운
데 한 명을 뽑아 [임금으로] 세우기로 하고 바로 서로 [무리를] 이끌고 커
다란 나무 아래 모여 같이 약속하며 말하기를, 나무를 향해 가장 높게 뛰어
오르는 사람을 바로 추대하자고 하였다. [이에] 아사나 씨의 아들이 비록
나이는 어렸지만 가장 높이 뛴 사람이라 여러 아들이 [그를] 받들어 임금
으로 삼고 아현설阿賢設이라 불렀다. 비록 [그 내용은] 다르지만, ⓒ [돌궐
이] 이리의 후예라는 것은 결국 같다.[40]

7세기 무렵에 편찬된 방현령의 《주서》에는 앞에서 소개한 아사나씨의 전승과 함께 위의 자료가 기록되어 있다. 그러면서도 밑줄 그은 ㉠과 ㉢에서 보는 것처럼, 돌궐족이 이리의 후예라는 것을 밝혔다.

이러한 이 신화에서 이질니사도伊質泥師都가 ㉡에서와 같은 신이한 힘을 가졌다는 것은 그가 샤먼이었음을 의미한다. 특히 그가 풍우를 부를 수 있었다는 것은, 물이 담긴 그릇에 암소와 말의 위석胃石을 적셔 기원함으로써 수증기를 일으켜 풍우와 눈 등을 내리게 한다는 '자다Jada'라는 주술·마술로, 북아시아나 중앙아시아 유목민들 사이에 예로부터 널리 이용되고 있던 것이다.**41** 이렇게 본다면 아사나 씨는 결국 샤먼의 후예로 낭조신화를 가진 인물이었다고 할 수 있다.

한편 이들보다 먼저 톈산산맥天山山脈의 서쪽에 살았던 돌궐계 유목 민족인 오손족烏孫族**42**의 신화에서는 이리가 오손의 왕

40　房玄齡 共纂, 《周書》, 서울: 경인문화사 영인본, 1976, 908쪽.
"或云突厥之先出於索國. 在匈奴之北 其部落大人阿謗步 兄弟十七人. 其一曰伊質泥師都 狼所生也. 謗步等性並愚痴 國遂被滅. 質師都旣別感異氣 能徵召風雨. 娶二女 云是夏神冬神之女也. 一孕而生四男. 其一變爲白鴻 其一國於阿輔水劍水之間 號爲契骨 其一國於處折水 其一居踐斯處折施山 卽其大兒也. 山上仍有阿謗步種類 並多寒露 大兒爲出火溫養之 咸得全濟. 遂共奉大兒爲主 號爲突厥 卽訥都六設也. 訥質六有十妻 所生子弟爲母族爲姓 兒史那是其小妻之子也. 訥都六死 十母子內欲擇立一人 乃相率於大樹下 共爲約曰 向樹跳躍 能最高者 卽推立之. 兒史那子年幼而跳最高子 諸子遂奉以爲主. 號兒賢設 此說遂殊 然終狼種也."

41　佐口透, 앞의 책, 91~92쪽.

42　오손족은 아리안계라는 설도 있고 인도-유럽계라는 설도 있으나 대체로 터키계, 곧 돌궐계로 보고 있다.
위의 책, 86쪽.

곤막昆莫에게 젖을 먹여 주었다고 되어 있다. 원래 이 신화는 오손에 파견되었던 장건張騫이 그곳에서 들은 것을 기록한 것인데, 그 내용은 아래와 같다.

[자료 21]

그 이후로 천자께서는 여러 차례 장건에게 대하大夏와 같은 나라에 대하여 물으셨다. 장건은 이미 후작侯爵을 상실하였기 때문에 이렇게 말했다. "신이 흉노 가운데 머물 때, 곤막이라고 부르는 오손의 왕이 있다고 들었습니다. 곤막의 부친은 흉노의 서쪽 변경 소국[의 군장]이었습니다. 흉노가 그 부친을 공격하여 죽였는데, [그때] 곤막은 태어나 들에 버려졌습니다. 까마귀가 고기를 물고 그 위를 날아다녔고, 이리가 가서 그에게 젖을 먹였습니다. 선우가 기이하게 생각하고 신령스럽다고 여겨 그를 거두어 키웠습니다. 그가 장성하자 군대를 지휘하게 하니 여러 차례 공을 세웠습니다. [그러자] 선우는 그 부친의 백성을 다시 곤막에게 주고, 서역에서 오랫동안 수비를 하라고 명령했습니다. 곤막은 그 백성들을 거두어 길러서 주변의 소읍을 공격했고, 활을 당길 만한 사람 수만 명에게 전투하는 법을 익히도록 했습니다. 선우가 죽자, 곤막은 무리를 이끌고 멀리 옮겨 가서 중립을 유지한 채 흉노에 조회하러 가고자 하지 않았습니다. 흉노가 기병을 보내어 공격하였으나 승리하지 못하자, 곤막을 신령스럽게 여기고 멀리하였습니다. 이로 말미암아 [흉노는] 그를 기속羈屬시키기만 할 뿐 크게 공격하지 않았습니다."[43]

43　司馬遷,《史記》, 서울: 경인문화사 영인본, 1971, 3168쪽.
　　"是後天子數問騫大夏之屬 騫旣失侯 因言曰, 烏孫王號昆莫. 昆莫之父 匈奴西邊小國也. 匈奴攻殺其父 而昆莫生弃於野. 烏嗛肉蜚其上 狼往乳之. 單于怪以爲神而收長之. 及長 使將兵 數有功 單于復以其父之民予昆莫 令長守於西域. 昆莫收養其民 攻旁小邑 控弦數萬 習攻戰. 單于死 昆莫乃率其衆遠徙 中立 不肯朝會匈奴 匈奴遣奇兵擊 不勝 以爲神而遠之.因羈屬之 不大攻."

이것은 기원전 91년에 편찬된 사마천司馬遷의《사기史記》권 123 대완열전大宛列傳 제63에 기록된 신화이다. 여기에서는 곤막이 들판에 버려졌을 때 이리가 와서 젖을 먹이고 까마귀가 고기를 가져다주었다는 것이다. 이런 신화적인 표현은 유목 민족인 오손족이 이리와 까마귀를 신성시하였음을 나타내는 것이라고 보아도 좋을 듯하다.

이 장건의 전언은 동한東漢 시대에 반고班固가 지은《한서漢書》권61 장건張騫·이광리전李廣利傳 제31에도 그대로 실려 있다. 그 내용에는 커다란 차이가 없으나, 직접 장건이 전해준 말이므로 그대로 소개하기로 한다.

[자료 22]

신이 흉노 땅에 있을 때 오손의 왕 이름이 곤막이라는 것을 들었습니다. 곤막의 아버지는 난두미難兜靡라 하였는데, 본래는 대월지大月支(大月氏)와 함께 치롄祁連과 둔황燉煌 사이에 있는 소국[의 왕]이었습니다. 대월지가 습격하여 난두미를 죽이고 그 땅을 빼앗자, 백성들이 흉노로 도망갔습니다. 그의 아들 곤막이 갓 태어나자마자 스승 포취령후布就翎侯가 아이를 안고 도망하다가 풀 속에 누이고 식량을 구하러 갔습니다. 돌아와 보니 이리가 젖을 물리고 있었고, 까마귀가 고기를 물고 그 옆에서 날고 있었습니다. 그는 이를 신령스럽게 여기고 흉노로 데려갔는데, 흉노의 왕이 곤막을 애지중지 길렀습니다. 곤막이 청년이 되자 선우는 그에게 그 아버지의 백성들을 주고 병사를 통솔하게 하였는데, 몇 번이나 공적을 세웠습니다. 그때 [대]월지가 이미 흉노에게 패하여 서쪽으로 가서 색왕塞王을 쳤습니다. 색왕이 남쪽으로 도주하여 멀리 옮겨가자 [대]월지가 그곳에 거주했습니다. [후에] 곤막이 튼튼해지자, 선우에게 아버지의 원수를 갚게 해 달라고 자청하여 서쪽으로 가 대월지를 공격했습니다. 대월지는 다시 서쪽의 대하大夏 땅으로 옮겼습니다. 곤막은 백성들을 데리고 자기 땅에 머물고자 했는데, 병력이 조금 강력해졌을 때 선우가 죽었다는 소식이 들리자 다시 흉노로 돌아가 섬기기를 거부했습니다. 흉노가 병사를 보내어 공격했지만 이기지 못하자 신령스럽게 여기고 돌아갔습니다.**44**

전한前漢 무제武帝는 흉노를 협공할 목적으로 오손 왕에게 조카딸 세군細君을 출가시켰다. 그리고 장건을 그곳에 파견하였는데, 그가 이때 들었던 오손 왕의 조상 이야기를 보고한 것이다.

이러한 오손족의 신화들을 볼 때, 이 일대에 살던 유목 민족은 그들의 삶과 밀접하게 연관된 동물인 이리에 얽힌 시조신화를 가지고 있었음을 확인할 수 있다. 이런 전승은 그 뒤 몽골족에게도 그대로 전해져 《원조비사》에 칭기즈칸 조상의 시조신화로 정착되었으므로, 그 내용을 살펴본다면 아래와 같다.

[자료 23]

상천上天으로부터의 정명定命으로 태어난 푸른 이리가 있었다. 그 아내는 흰 사슴이었다. 큰 호수를 건너왔다. 오논강 Онон(Onon), 斡難河 근원의 부르칸 [칼둔]산不兒罕嶽에 거주하며 [사람의 아이를] 하나 낳았는데 이름을

44　班固, 《漢書》, 서울: 경인문화사 영인본, 1975, 2691~2692쪽.
"臣居匈奴中聞烏孫王號昆莫. 昆莫父難兜靡本與大月氏俱在祁連燉煌間小國也. 大月氏攻殺難兜靡奪其地 人民亡走匈奴. 子昆莫新生 傅父布就翎侯抱亡置草中 爲米食 還見狼乳之 又烏銜肉翎其旁. 以爲神遂持歸匈奴 單于愛養之. 及長以其父民衆與昆莫 使將兵 數有功. 時月氏已爲匈奴所破 西擊塞王 塞王南走遠徙 月氏居其地. 昆莫祁健 自請單于報父怨遂西攻破大月氏 大月氏復西走 徙大夏地. 昆莫略其衆 因留居 兵稍强 會單于死 不肯復朝事匈奴 匈奴遺兵擊之 不勝 益以爲神而遠之."

지어 부르기를 바타치칸_{Batachi Khan, 巴塔赤罕}이라 하였다.**45**

이것은 푸른 이리를 부계로 하고 흰 사슴을 모계로 하는 수조신화로, 역사 시대에 접어들어 유목 제국을 건설하였던 칭기즈칸의 조상에 얽힌 신화이다. 따라서 돌궐과 몽골 계통의 유목 민족들은 그들 왕권의 신성성을 서술하는 천강신화와, 그들 조상이 이리와 같은 동물이었다는 시조신화를 함께 가졌다는 것을 알 수 있다.

그런데 퉁구스 계통으로 중국의 헤이룽장성_{黑龍江省}과 내몽고_{內蒙古} 일대에 거주하는 에벤크족들 사이에는 이리가 아니라 강감찬 설화와 마찬가지로 여우를 조상으로 하는 이야기가 전하고 있어 시선을 끈다.

[자료 24]

옛날에 어느 산골짜기 강기슭에 사냥꾼 총각이 살고 있었다. 그는 어느 날 사냥을 나갔다가 승냥이가 여우를 못살게 굴고 있는 것을 발견하였다. 곧 여우가 승냥이에게 물리게 될 위기일발의 순간에 그는 승냥이를 겨누어 활을 쏘았다. 승냥이는 그 화살에 맞아 죽었다. 구사일생으로 살아난 여우는 사냥꾼에게 고개를 숙여 보이고는 사라져 버렸다. 사냥꾼은 승냥이 가죽을 벗겨 들고 집으로 돌아왔다. 그의 뒤를 따라온 여우는 집 주위를 휘휘 둘러보고 돌아갔다.

45　李文田 注,《元朝秘史》, 上海: 商務印書館, 1936, 2~4쪽.
　　"是天生一個蒼色的狼　與一個慘白色的鹿相配了　同渡過騰吉思名字的水　來到於幹難名字的河源頭　不兒罕名字的山前住著, 産了一個人名字喚作巴塔赤罕."

이튿날 사냥꾼이 사냥을 나간 사이 여우가 그 집에 들어섰다. 여우는 몇 번 뒹굴더니 이내 아리따운 아가씨로 변했다. 그러고는 집 안을 깨끗하게 치우고 고기까지 푹 삶아 놓았다. 그런 다음 다시 땅바닥에 몇 번 뒹굴더니 또 여우로 변하여 떠나가 버렸다.

사냥꾼 총각이 돌아와 보니, 집 안이 정리되고 고기도 삶아져 있었다. 그는 어리둥절하였으나, 배가 고프던 참이라 삶아 놓은 고기를 배불리 먹었다. 하루 이틀이 지나 며칠이고 이런 일들이 계속해서 일어났다.

여우 아가씨는 총각이 나간 사이에 집 안을 깨끗이 치우고 전날 총각이 가져온 고기들을 썰어 말렸는데, 고기가 너무 많아 강기슭의 나뭇가지까지 말린 고기를 주렁주렁 달아 놓았다. 하루는 지칠 대로 지친 여우 아가씨가 총각의 잠자리에 누워 그만 잠이 들고 말았다. 그 사이에 사냥칼을 가지러 왔다가 여우 가죽을 발견한 총각은 잠자리를 쳐다보았다. 하도 달게 자고 있어, 그녀를 깨우고 싶지 않았다. 그는 여우가 변한 것이라 생각하고, 그 여우 가죽을 숨겨 놓았다.

가죽을 숨기면서 부스럭거리는 바람에 그만 아가씨가 놀라 깨어났다. 그녀는 일어나자마자 없어진 자신의 가죽을 찾았으나 헛수고였다. 이를 본 총각이 그녀에게 무엇을 찾고 있느냐고 물었다. 그녀는 찾고 있는 것이 별로 없다고 대답했다. 총각은 요즘 고기를 삶고 말려 준 것이 아가씨냐고 물었다. 그녀는 미소를 머금고 고개만 끄떡였다.

그리하여 그들은 부부가 되었다. 총각이 부지런한 데다가 여우 아가씨도 일손이 여물어 그들 부부는 깨가 쏟아지게 살았다. 그리고 결혼한 지 5년 만에 자식을 열이나 보았다. 자식들은 자라서 세 패로 나뉘었다. 한 패는 사냥을 하여 사슴을 길들이고, 그 다음 패는 농사만 지었고, 나머지 한 패는 방목만 하였다. 그때부터 여러 가지 직종이 나타났다. 전하는 말에 따르면 에벤크 사람들은 이렇게 뻗어져 나왔다고 한다.[46]

이것은 에벤크족들 사이에 전하는 그들의 시조에 얽힌 이야

---

46 박연옥 편, 《중국의 소수민족 설화》, 서울: 학민사, 1994, 42~44쪽 요약.

기로, 한국의 〈나무꾼과 선녀 설화〉를 연상시킨다. 에벤크족들은 사냥꾼과 여우 처녀 사이에서 자신들이 태어나 갈라졌고, 또 다양한 직종도 그때부터 생겨났다고 믿고 있다. 이런 모티프는 그들의 생업, 즉 사냥과 방목, 농업 등의 생활을 반영하는 것이라고 보아도 좋을 듯하다.

따라서 한국에 전승되고 있는 강감찬 탄생설화는 유목 민족들의 시조신화가 한반도에도 전래되어 만들어진 것으로, 성리학자들의 합리적인 사고로 말미암아 문자로 정착되지는 못하였으나 민간에서 구전되면서 그 생명력을 유지해 왔던 것이 아닌가 한다. 만약 이런 추정이 사실이라면 한국에도 다양한 수조신화가 전하고 있었다고 보아도 무방하지 않을까 한다.

3-3 견조신화

앞에서 여우를 조상으로 하는 강감찬의 탄생에 얽힌 이야기가 북방 유목 민족들의 신화, 즉 이리를 조상으로 하는 낭조신화나 여우를 조상으로 하는 호조신화의 영향을 받아서 창출되었을 것이라고 상정하였다. 그런데 한국에는 이 유형의 이야기 이외에 개를 조상으로 하는 견조신화의 흔적 또한 남아 있어, 그 자료들도 함께 검토하기로 한다.

[자료 25]

옛날에 두만강가의 조선 사람들 마을에 한 처녀가 스무 살이 넘도록 시집을 가지 않고 있었다. 어느 날 강가에 빨래를 하러 갔는데, 강물에서 다섯 개의 불알을 가진 큰 개가 나오는 바람에 그녀는 기절하고 말았다. 한참 있다가 정신을 차려 보니, 개는 그녀 옆에 죽어 있었다. 그녀는 이상한 인연이라고 생각하여 이 개를 모래에 잘 묻어 주고, 그 일을 입 밖에 내지 않았다. 10개월이 지나자 아이가 태어났다. 그런데 그 머리털이 노란 것이 개와 같았다. 또 눈이 크고, 몸이 우람했다. 그녀는 아이가 개의 자식인 것을 알았지만, 그것을 숨기고 오랑자五郎子라는 이름을 지어 주었다.

아이가 7~8세가 되자, 어머니는 이 사실을 감추어 둘 수만은 없어 살짝 이야기해 주었다. 아이는 강가에 아버지를 묻은 곳으로 가서 개의 형상을 한 백골을 파냈다. 그는 이것을 명산名山에 묻기 위하여 사방을 돌아다니다가, 어떤 산의 연못에서 서기瑞氣가 비치는 것을 발견했다. 연못 가운데 조그만 섬이 있었는데, 정말로 훌륭한 명당이었다. 그는 헤엄을 쳐서 건너가 그곳에 유골을 묻었다.

그 다음에 집으로 돌아와 어머니에게 이 사실을 알리고, 오랑캐(五郎犬)라는 이름을 붙인 뒤 고향을 떠났다. 두만강이라는 큰 강을 건너 곡식이 잘 되는 곳으로 이사를 하였다. 그는 거기에서 아내를 얻어 살았는데, 자손이 번창하였다고 한다. 이 종족은 힘이 세다. 그리하여 오랑캐는 옛날에 한국에서 서당 아이들로부터 학대를 받았던 것을 복수하기 위하여 몇 번이고 변경을 침범하였다.[47]

이 설화는 이마니시 류今西龍, 1875~1932가 1914년 함경북도 길주에서 직접 조사한 것으로, 이 일대에 전하는 오랑캐(兀良哈)의 기원을 이야기해 주고 있다. 오랑캐는 올낭개嗢娘改라는 이름으로 요遼 대에 사서에 처음 등장하는데,[48] 한국에서는 두만강

47 　今西龍, 〈朱蒙傳說と老獺稚傳說〉, 《藝文》 6–11, 京都: 京都大文學會, 1915, 108~109쪽.

48 　三品彰英, 앞의 책, 417쪽.

부근에 살던 여진족을 일컬었던 것으로 알려져 있다. 따라서 이 설화는 한국에 전하는 오랑캐에 얽힌 견조신화의 하나였을 가능성이 짙다.

이 설화에는 다분히 민간 어원적인 설명이 덧보태져 있다. 그리고 오랑캐를 오랑견이라는 한자로 표기하여 불알이 다섯 개인 개를 의미한다고 한 데서도 나타나듯이, 함경도 주변에 거주하던 여진족 일파를 경멸하는 태도를 은연중에 드러내는 이야기 같은 인상을 받는다. 즉 한국에 전하던 개를 조상으로 하는 신화를 그들 주변에 살던 오랑캐의 기원설화로 이야기하기에 이른 것이다. 이미 전해 오던 신화를 여진족의 종족 기원 신화로 이야기함으로써 이 설화를 오랑캐들을 멸시하는 데 이용한 것이 아닌가 한다.

이마니시 류는 이 설화를 소개한 논문에서 이 유형에 속하는 또 다른 이야기를 하나 더 들고 있다. 룽징龍井에 많이 살고 있던 한국 사람들 사이에서 조사되어 〈간도시보間島時報〉에 실렸던 이야기인데, 그 내용은 다음과 같다.

[자료 26]

옛날에 황제黃帝 헌원 씨軒轅氏에게 아주 사랑하는 딸이 하나 있었다. 그 [딸에게 어울리는] 사윗감을 고르기 위해, 새끼로 만든 큰 북을 문 앞에다 걸어 두고, 이 북을 쳐서 그 소리가 집 안까지 들리게 하는 자가 있으면 사위로 삼겠다고 공고하였다.

어느 날 북소리가 들렸다. 나가 보았더니 개가 북을 치고 있었다. 게다가 두 다리를 들어 북을 치고 있었는데, 그때마다 가죽으로 만든 북을 치는 듯한 소리가 났다. 그래서 그 딸을 개에게 주었다.

개는 여자를 데리고 갔다. 낮에는 개로 지냈으나 밤에는 아름다운 청년으로 변하였는데, 말하는 것이나 대하는 것이 사람과 다를 바 없었다. 어느 날 아내에게 "내일 밤에는 사람의 모습으로 바뀌기 위하여 방 안에서 문을 잠그고 있을 테니, 어떤 고통스러운 소리가 들리더라도 결코 방 안을 엿보아서는 안 되오."라고 말했다.

이튿날 밤 과연 방 안에서 너무도 고통스러운 소리가 들렸다. 그러자 아내는 약속을 잊어버리고 방 안을 들여다보았다. [거기에는] 개가 얼마 되지 않는 머리의 털가죽만 남겨 놓은 채 거의 사람의 모습으로 바뀌고 있었다. [그러나] 이것을 아내가 엿보았기 때문에 그는 더 이상 털가죽을 벗을 수 없게 되었다. 지금 만주 사람들은 이자의 후손이어서, 머리에 장발을 남겨 표를 한다는 것이다.**49**

이 이야기는 당시에 룽징에 살던 한국 사람들 사이에 전승되던 만주족 시조설화인데, 임석재任晳宰도 이와 비슷한 설화를 보고한 적이 있다.

[자료 27]

옛날에 황제 헌원 씨에게 아름다운 딸이 있었다. [황제는 그 딸에게] 좋은 배필을 얻어 주고 싶었다. 그래서 수백 자의 장대를 세우고, 그 위에 큰 북을 달아 두었다. 그러고는 그것을 울리게 하는 자에게 딸을 주겠다고 온 세상에 알렸다.

세상에 남자란 남자는 모두 와서 시험해 보았으나 누구도 성공을 하는 사람이 없었다. 그 가운데 개 한 마리가 와서 뛰어올라 꼬리로 북을 치자, 그 북이 울렸다. 황제는 어쩔 수 없이 개를 사위로 삼았다.

---

49 今西龍, 앞의 논문, 110쪽.

개는 딸을 데리고 산속으로 들어가 새끼를 많이 낳았다. 몇 년이 지난 뒤, 황제는 딸의 소식이 알고 싶어 산속으로 들어가 보았다. 딸이 개의 새끼를 낳았으므로 불쌍하게 생각하여 그들을 사람으로 변신시켜 주려고 했다.

황제는 딸에게 방에 들어가 있으면서 밖에서 어떤 소리가 나더라도 내다보아서는 안 된다고 단단히 일러두었다. 딸은 부왕의 명령대로 방 안에서 꼼짝 않고 기다리고 있었다. 하지만 한참 있으니까 벼락이 떨어지는 듯한 큰소리가 났으므로 놀라서 문을 열고 내다보았다. 개의 새끼들은 사람의 모습으로 변하였으나, 정수리만은 아직 변하지 않은 채였다. 그렇지만 딸이 엿보았던 탓으로 긴 털이 머리에 남고 말았다. 이렇게 개에서 변한 사람들이 만주족의 조상이어서, 지금도 머리에 장발을 남기는 것은 그 흔적을 나타내는 것이라고 한다.[50]

이것은 1940년에 발간된 《조선민속朝鮮民俗》 3호에 실린 것으로, 어디에서 조사되었는지는 명확하게 밝혀지지 않았다. 하지만 앞에서 소개한 [자료 26]과 크게 다르지 않은 것으로 보아 그때 이와 비슷한 이야기들이 전승되고 있었던 것은 틀림없다고 하여도 좋을 것 같다.

이러한 위 설화는 [자료 26]과 마찬가지로 중국의 문헌에 기록으로 남아 있는 반호 신화盤瓠神話와 내용이 아주 비슷하다. 그렇지만 전자가 만주족의 기원신화로 서술되고 있다는 점에서 중국의 후자와는 구별된다고 하겠다.

이러한 견조설화는 만주와 인접한 지역에서만이 아니라, 경기도 일대에서도 조사된 바 있다. 조희웅曺喜雄이 채록한 자료를

---

50 任晳宰,〈朝鮮の異類交婚譚〉,《朝鮮民俗》3, 京城: 朝鮮民俗學會, 1940, 55쪽.

살펴보기로 한다.

옛날에 중국에 어떤 주점이 있었다. 그 집의 과부가 개를 한 마리 기르고 있었는데, 그 개와 상종을 하여 자식을 하나 낳았다. 그 아이는 해변에 나가면 물속에 들어가 놀기를 좋아하였다. 마침내 그는 물속에서 한 시간이나 참는 재주를 익히게 되었다.

그런데 과부가 집을 비운 사이, 마을 사람들이 그 개를 잡아먹고는 뼈를 마당에 흩뿌려 놓았다. 그녀는 집에 돌아와서 그 광경을 보고, 뼈들을 주워 모아 굴뚝 밑에 매달았다.

그때 어떤 사람이 자손이 용상龍床에 앉을 못자리를 구하러 다니다가 이곳까지 오게 되었다. 이곳의 물속에는 미륵이 있었다. 그는 가지고 온 부친의 뼈를 이 미륵의 바른쪽 귀에다 걸어 두면 바라던 바를 이룰 수 있다는 것을 알았다. 그리하여 이 일을 개의 아들에게 맡겼다.

개의 아들은 자기 아버지인 개의 뼈 주머니를 미륵의 바른쪽 귀에 걸고, 일을 시킨 사람의 아버지 뼈 주머니는 왼쪽 귀에 걸었다. 그리하여 그가 천자가 되었으므로, 중국 사람들은 오랑캐라고 하면 개의 자손이라고 하여 아주 질색을 하게 되었다.[51]

이것은 최상수崔常壽가 1933년 함경북도 회령에서 조사한 〈노라치 전설〉과 유사한 모티프를 가지고 있다. 〈노라치 전설〉은 야래자 설화의 유형에 속하는 것으로, 수달의 아들로 태어난 노라치가 못 가운데 와룡석臥龍石의 왼쪽에 지상사地相師 아버

51   조희웅, 한국정신문화연구원 편,《한국 구비문학대계》1-4(경기도 의정부시·남양주군편), 성남: 한국정신문화연구원, 1981, 739~742쪽.

지의 유골을 묻어달라는 부탁을 받았는데, 실제로는 자기 아버지의 유골을 묻어 뒤에 청나라의 태조[누르하치]가 되었다는 내용이다.[52]

[자료 29]

　　풍주성 성주의 작은마누라에게 밤이면 천구天狗가 왔다. 그러는 사이에 임신을 하여 아이를 낳았다. 그러나 원족遠族들이 그 아이를 싫어했다. 개의 소생인 아이는 재주가 비범하고 말을 잘 탔다. 삼 형제가 있었는데, 임금이 그 아이를 좋아했다. 그러자 큰마누라의 소생들이 그를 죽이려고 하였다. 어머니가 그것을 알고 말을 태워서 내보냈다. 그는 그 말을 타고 인천 제물포에 와서 도읍하였다. 하지만 이곳이 작다고 하여 남한산성으로 옮겼다가 부여로 왔다. 남한산성은 고신高辛, 그 사람이 개척했다.[53]

　　이것은 성기열成耆說이 경기도 화성군 남양면에서 조사한 것으로, 그 내용이 주몽 신화와 비류 신화로부터 영향을 받은 듯한 인상을 준다. 천구天狗가 밤마다 풍주성 성주 첩의 집에 다녀가는 것으로 되어 있어 이류 교혼담의 전형을 보여 준다는 점[54]에서 비록 내용상 혼란이 있기는 하지만 자료로서 가치를 인정해도 좋지 않을까 한다. 이와 같은 견조설화가 보고되는 것으로 보아, 만주에 가까운 지역뿐만 아니라 다른 지역에도 이 유

52　　최상수, 《한국민간전설집》, 서울: 통문관, 1958, 467~469쪽 요약.
53　　성기열, 한국정신문화연구원 편, 《한국구비문학대계》 1-5(경기도 수원시·화성군편), 성남: 한국정신문화연구원, 1981, 478~479쪽.
54　　김화경, 앞의 책, 8쪽.

형의 이야기가 전하고 있을 가능성을 인정해도 무방할 듯하다.

그러므로 이러한 견조설화들이 어디로부터 들어왔는가 하는 문제도 당연히 밝혀져야 할 것이다. 문헌에 남아 있는 견조 신화 자료들을 찾는 경우 제일 먼저 떠오르는 것이 중국의 반호 신화이다.

[자료 30]

옛날 고신 씨高辛氏 때, 방왕房王이 반란을 일으켜 나라의 존망存亡이 걸린 사태에 처하였다. 고신왕은 천하에 힘자랑을 하는 사람들을 모아, "방왕의 머리를 자르는 자에게는 상금으로 황금 일천 금과 미녀를 주겠다."고 말했다. 그렇지만 군신들은 방왕의 장병들이 용감한 것을 목격했으므로, 그를 잡아오는 것은 대단히 어려울 것으로 생각했다.

고신왕은 개를 한 마리 길렀는데 반호盤瓠라고 하였다. 오색을 띠었으며 언제나 고신왕과 행동을 같이하였다. 어느 날 반호의 모습이 보이지 않자 [왕이] 사흘 동안이나 찾았지만 행방을 알 수가 없어 대단히 이상하게 생각하였다.

[그 사이에] 놀랍게도 반호는 방왕에게 가 있었다. 방왕은 반호가 자기에게 도망쳐 온 것을 보고 대단히 기뻐하며, 측근 신료들에게 "고신 씨는 곧 망할 것이다. 놈의 개까지도 그를 포기하고 나에게 왔다. 그러니 나의 소원은 반드시 이루어질 것이다."라고 말하였다. 그리고 큰 잔치를 베풀어 반호가 온 것을 축하하였다. 그날 밤 방왕이 술에 취해 곯아떨어지자, 반호는 방왕의 머리를 물어뜯어 가지고 되돌아왔다.

고신왕은 반호가 방왕의 머리를 물고 있는 것을 보고 고깃덩어리를 많이 주었다. 그러나 반호는 전혀 먹으려고 하지 않았다. 그렇게 하루가 지나갔으므로 고신왕이 반호를 불렀으나 반호는 꼼짝도 하지 않았다. 고신왕이 "어째서 마시지도 않고 먹지도 않으며, 불러도 오지 않는 것인가? 설마 너에게 상금을 주지 않는 것을 원망하고 있는 것은 아니겠지? 처음에 약속한 상금을 주면 좋겠는가?"라고 말하자, 반호는 기쁜 듯이 뛰어 일어났다.

고신왕은 반호를 회계후會稽侯로 봉하고, 다섯 사람의 미녀를 하사하였다. 그리고 회계군會稽郡[현재 저장성浙江省 사오싱시紹興市를 중심으로 하는 지역]의 1천 호戶를 내렸다.

그 뒤로 반호는 아들 셋과 딸 여섯을 낳았다. 사내아이는 태어나면서 사람의 모습을 하였지만 개의 꼬리를 가지고 있었다. 그 자손들이 번성하자 견융국犬戎國이라고 불렀다고 한다.[55]

이 자료는 명대明代 정영程榮이 편찬한 《한위총서漢魏叢書》에 기록된 것으로, 동진 대 간보干寶가 지었다고 하는 《수신기搜神記》 권3 반호盤瓠 조에 있는 내용을 그대로 옮긴 것이다. 이것은 20권으로 전하는, 같은 《수신기》의 권14 반호 자손盤瓠子孫 조에 남아 있는 자료와는 약간의 차이가 있다.[56] 하지만 줄거리는 크게 다르지 않으므로 원가袁珂의 《중국 신화전설 대사전》에 있는 것을 소개하였다. 이 자료로 당시 저장성浙江省 일대에 이와 같은 견조신화가 전하고 있었음을 알 수 있다.

그런데 이보다 먼저 기록된 문헌 자료로 5세기 초 범엽이 찬술한 《후한서》 남만 서남이열전南蠻西南夷列傳에 전하는 아래와 같은 견조신화가 있다.

[자료 31]

옛날 고신 씨(제곡帝嚳을 말한다.) 시대에 견융이 침입하였다. 황제가 그 침

55　　袁珂, 鈴木博 譯, 《中國神話傳說大事典》, 東京: 大修館書店, 1999, 565～566쪽.

56　　干寶, 黃鈞 注譯, 《搜神記》, 台北: 三民書局, 1996, 482～485쪽.

탈이 흉포함을 걱정하여 견융을 정벌하였으나 이기지 못했다. 이에 천하에 공고하기를, "능히 견융의 장수인 오吳 장군의 머리를 가져오는 자에게는 황금 천 일鎰과 만가萬家의 읍을 내리고 딸을 아내로 삼게 하겠다."라고 하였다.

이때 황제가 개를 기르고 있었는데, 털이 오색을 띠어 이름을 반호라고 하였다. 명령을 내린 다음 반호가 사람의 머리를 물고 와서 궐 아래 이르렀다. 이에 군신들이 이상하게 생각하여 살펴보니, 오 장군의 머리였다.

황제는 크게 기뻐하였다. 그렇지만 반호에게 딸을 아내로 줄 수 없었고, 벼슬을 봉할 길도 없었으므로, 의논하여 보답하려고 하였으나 마땅한 방법을 알지 못했다. 이를 들은 딸이 "황제가 명령을 내리고 약속을 어길 수는 없으므로, 그대로 행하기를 청합니다."라고 말했다.

황제는 마지못해 딸로 하여금 반호의 배필이 되게 하였다. 반호는 공주를 얻자, 등에다 태우고 남산南山으로 달려 들어가서 돌로 된 굴 안에서 멈추었다. 거처하는 곳이 험하고 가팔라서 사람의 발자취가 이르지 못하였다. 이에 공주도 입고 있던 옷을 벗어 버리고는 복감僕鑒의 띠를 매고 독력獨力이라는 옷을 입었다. 황제가 불쌍하게 생각하여 사신을 보내 찾고자 하였지만, 번번이 비바람이 불고 날이 어두워지며 천둥이 치므로[震晦] 사자가 나아가지 못하였다.

3년이 지나면서 아이 열둘을 낳았는데, 아들과 딸이 여섯씩이었다. 반호가 죽은 뒤 이 아이들이 서로 부부가 되었다. 그들은 나무의 껍질을 짜 옷을 만들고 열매로 물감을 들였으며, 오색의 의복을 좋아하였는데 마르는 옷마다 꼬리 모양이 있었다.

어머니는 그 뒤 [궁궐로] 돌아와, 황제에게 그동안의 사정을 다 말했으므로, 사신을 보내어 아이들을 궁중으로 맞아들였다. [아이들의] 옷은 화려했고 말은 발음이 복잡하고 특이하여 구별되지 않았으며[休離], 산 구릉에 들어가기를 좋아하고 평야에 있기를 좋아하지 않았다. 황제도 그 뜻을 알고, 이름난 산[名山]과 너른 늪[廣澤]을 하사하였다.

이 자손들이 불어나 만이蠻夷라고 이름하였다. 그들은 외양은 어리석은 듯하지만 내심은 약았으며, 땅을 잘 다스리고 옛 관습을 존중하는 풍습이 있었다. 그들의 아버지 반호는 공로자였고 어머니는 황제의 딸이었으므로, 농사를 짓거나 장사를 할 때 관문 또는 교량을 통과하거나 병부兵符

나 역체驛遞의 조세 일체가 면제되었다. 촌락에는 군장이 있어 모두 표장標章을 받았으며, 그 관에는 수달 가죽을 사용하였다. 무리의 우두머리〔渠帥〕는 정부精夫라 이름하였고, 동지들끼리는 앙도姎徒라고 불렀다. 지금 장사長沙 · 무릉만武陵蠻이라고 하는 것이 이들이다.**57**

   이런 이야기가 남만 서남이열전의 기록으로 남아 있다는 것은 이들 민족이 이 신화를 가지고 있었음을 말해 주는 증거일지도 모른다. 이 기록에는 "오색의 의복을 좋아하였는데 마르는 옷마다 꼬리 모양〔尾形〕이 있었다."고 하였다. 또 《수신기》는 반호계 종족에 대해 "지금의 양한梁漢 · 파촉巴蜀 · 무릉武陵 · 장사長沙 · 여강군廬江郡의 오랑캐가 이들이다. ……세상에서 허벅지를 드러내고 치마를 허리에 두른 것은 반호의 자손이라고 이른다."**58**고 하여, 민족지적民族誌的 특징을 적은 바 있다. 이와 같은 복식의 특징은 오늘날 인도차이나와 미얀마에 사는 여러 종족의 그

---

57   范曄, 앞의 책, 2829~2830쪽.
    "昔高辛氏有犬戎之寇, 帝患其侵暴, 而征伐不剋. 乃訪募天下 有能得犬戎之將吳將軍頭者, 購黃金千鎰, 邑萬家 又妻以少女. 時帝有畜狗,其毛五采, 名曰槃瓠. 下令之後, 槃瓠遂銜人頭造闕 臣怪而診之 乃吳將軍有也. 帝大喜 而計槃瓠不可妻之以女 又無封爵之道, 議欲有報而未知所宜. 女聞之 以爲帝皇下令 不可違信 因請行. 帝不得已 乃以女配槃瓠. 槃瓠得女, 負而走入南山 止石室中. 所處險絶 人跡不至. 於是女解去衣裳 爲僕鑒之結 著獨力之衣. 帝悲思之 遣使尋求 輒遇風雨震晦, 使者不得進. 經三年 生子一十二人 六男六女. 槃瓠死後 因自相夫妻. 織績木皮 染以草實 好五色衣服 製裁皆有尾形. 其母後歸 以狀白帝 於是使迎致諸子. 衣裳班蘭 語言侏離 好入山壑 不樂平曠. 帝順其意 賜以名山廣澤. 其後滋蔓 號曰蠻夷. 外癡內黠 安土重舊. 以先父有功 母帝之女 田作賈販 無關梁符傳 租稅之賦. 有邑君長 皆賜印綬. 名渠帥曰精夫 相呼爲姎徒. 今長沙武陵蠻是也."

58   干寶, 黃鈞 注譯, 앞의 책, 483쪽.
    "今則梁漢·巴蜀·武陵·長沙·廬江郡夷是也. ……世稱 赤髀橫裙盤瓠子孫."

것과 일치하여, 견조신화가 남방 문화와 밀접한 관련을 가진다
고 보는 학자도 있다.

그런데 위의 자료에는 밑줄을 그은 곳에서 보는 것처럼 무
릉만武陵蠻에게 부역을 면제하였다는 기록이 있다. 이것은 실제
로 그들의 후손인 현재의 야오족yao, 瑤族의 조상에 연루된 반호
신화를 적은 《평황권첩評皇券牒》59이라는 문헌에도 나온다.

[자료 32]

정충正忠 경정景定 원년 10월 21일에 신료들은 승인承認하지 않았는
데, 단지 반용왕盤龍王의 개 반호盤護라고 하는 것이 주인의 은혜에 보답하
는 것은 이때라고 하면서, 달리는 것을 구름과 같이 하고 대해大海에 떠서
이레 낮 이레 밤을 지나 고왕국高王國에 닿았다. 고왕은 반호를 보고 대단
히 기뻐하며, 평황評皇이 이 개를 가지고 있다고 들었는데 지금 이 개가 우
리나라에 온 것은 반드시 적국이 패할 징조라고 하였다. [그리하여] 이 개
를 재빨리 내궁內宮에 들여놓고 맛있는 것을 주면서 총애하여 항상 옆에
두었다.

어느 날 고왕이 행궁行宮에서 꽃을 감상하면서 술에 취하여 전후를 깨
닫지 못하게 되었다. 반호는 주인의 은혜에 보답하는 것은 이때라고 하여,
고왕의 머리를 물어뜯어 또 대해를 헤엄쳐서 평황의 궁전으로 돌아왔다.
왕이 궁녀를 꽃처럼 치장하게 하여 나가서 기다리도록 하였더니, 반호는
입으로 궁녀의 수매자락을 물고 놓아주지 않았다.

이 개가 영물이라고 인정한 왕은 궁녀를 주어 아내로 삼게 하고, 회계

---

59   여러 야오족 가운데 《평황권첩》이나 같은 종류의 《과산방過山榜》이라는 고
문서를 가지고 있는 종족들은 모두 '반호' 토템을 신앙하는 과산요계過山瑤系 지
족支族이라고 한다.
黃鈺, 〈瑤族《評皇券牒》初探〉, 《瑤族初探研究論文集》, 貴州: 民族出版社, 1988,
49쪽.

산솔稽山에 살게 하였으며, 금은 80만 냥을 내렸다. <u>또 일체의 부역을 면제하였으며, 청산백운靑山白雲의 땅에 안주하도록 허락하였다.</u>[60]

밑줄을 그은 곳에서 보는 바와 같이 야오족에게 일체의 부역을 면제하는 문서가 존재하는 것은 사실이다. 더욱이 여기에서 경정景定 원년이란 남송南宋의 이종理宗이 즉위한 1260년을 가리키는 것으로, 실제로 이들 야오족이 한족漢族과의 관계를 설정했던 때가 있었음을 시사하는 것일지도 모른다. 그렇지만 중국 남부 지방에 이와 비슷한 견조신화들이 많이 전하는 것으로 보아[61] 이것은 어디까지나 야오족들이 지니고 있던 고문서였을 가능성이 더 짙다.

이제까지 살펴본 것처럼, 반호 신화는 중국의 남부 지방에 집중적으로 분포되어 전승되고 있다. 이런 현상에 근거하여 이들 신화를 화난 지방의 산물로 보는 견해도 있으나, 중국의 학자 양관楊寬은 다음과 같은 이유로 이것을 남방 민족이 아니라 북방 이적夷狄 민족의 이야기라는 견해를 제시하여 관심을 불러일으키고 있다.[62]

---

[60] 松本信廣,《東亞民族文化論攷》, 東京 : 誠文堂新光社, 1968, 122쪽.

[61] 마쓰모토 노부히로松本信廣는 이 외에도 몇 개의 자료를 더 소개하면서 이것이 물에 대한 신앙과 관련이 있다는 견해를 밝힌 바 있다.
松本信廣,〈盤瓠傳說の一資料〉,《東亞民族文化論攷》, 東京 : 誠文堂新光社, 1968, 127~131쪽.

[62] 森三樹三郎,《中國古代神話》, 東京 : 淸水弘文學書房, 1969, 132~133쪽.

반호가 개이므로 그 자손은 개와 관계가 깊은 민족이지 않으면 안 된다. 그런데 먀오苗·야오·서畬 등의 민족은 남만南蠻에 속하고, 개와 관계가 있다고는 생각되지 않는다. 고대에서 개와 가장 밀접한 관계를 가지고 있었던 것은 이른바 견융이라는 북방 민족이다. 실제로 《수신기》는 분명하게 반호의 자손은 견융이라고 하고 있다.

이로 미루어 본다면 《후한서》 남만전에서 남만을 반호의 자손이라고 한 것은 잘못된 전승이다. 또 오늘날 먀오·야오·서 같은 남만 민족이 반호의 자손이라고 자처하는 것은 이 《후한서》의 오전誤傳을 믿은 결과일 따름이다.

이와 같은 양관의 주장은 고대 중국 사회에서 개와 관계가 가장 깊었던 민족은 견융이었다는 데 근거를 두고 있다. 견융족은 원래 티베트족에 속하는 민족으로, 간쑤성甘肅省 부근이 그 근거지였다. 이곳은 주周나라의 수도에 가까웠으므로, 견융족은 자주 수도를 침입하여 한민족漢民族을 괴롭혔다. 반호 신화가 견융의 침입으로부터 시작하는 것도 이러한 역사적 사실에 바탕을 두고 있는 것 같다. 그리고 견융이라고 불리게 된 것은 옛날부터 몽골 지역이 명견名犬의 산지로 알려졌기 때문일 것이다. 원래 북적北狄에 속하는 민족의 이름에는 짐승 종류를 나타내는 명칭을 붙인 경우가 많은데, 이것은 '적狄'이라고 하는 글자 그 자체가 개견〔犬〕변인 것을 보아도 알 수 있다.**63**

이렇게 볼 때 양관의 견조신화 북방 기원설은 상당한 타당성을 가진다고 하겠다. 실제로 만주족을 비롯하여 몽골족, 부

---

63   앞의 책, 133쪽.

랴트족에게도 개를 조상으로 하는 이야기가 전하며, 앞에서 살펴본 것처럼 한국에도 이 유형의 이야기가 전승되고 있기 때문이다. 또 이렇게 개를 조상으로 받드는 신화를 가진 집단은 개를 사육하거나 사냥에 이용하였을 것이다. 그러므로 이들이 수렵이나 유목 문화를 가졌을 것이라고 상정하여도 크게 잘못은 없을 듯하다.

3-4 연구의 의의

짐승과 관련된 여러 자료 가운데 곰을 조상으로 하는 웅조 신화는 단군 신화의 일부로 《삼국유사》에 정착되었으나, 여우나 개를 조상으로 하는 설화는 문자로 기록되지 못하였다. 이 이유의 하나는 합리적인 사고를 지향한 성리학의 영향으로 추정된다. 하지만 다행히 민간에서 이들 설화가 구전되고 있어, 이 유형의 이야기도 함께 고찰할 수 있었다.

먼저 웅조신화에 대해서는 곰과의 교구를 이야기하는 구전 설화들을 살펴보았다. 이 유형의 설화는 전설 시대에 접어들어 곰에 대한 신앙이 약화되면서 인간과 곰의 교구가 비극적인 결말로 끝나게 되었음을 말해 준다.

이 유형에 속하는 중국 설화, 비라르족 설화, 에벤크족의 설화 등도 아울러 검토하였는데, 그중에서도 비라르족의 이야기는 웅진의 〈곰나루 전설〉 및 구례의 〈곰소 전설〉과 매우 유사하다. 이런 사실을 염두에 두면 곰 신앙을 가졌던 집단이 반드시 고아시아족이었다고 보는 것은 무리가 있으며, 결국 단군신화를 왕권신화로 했던 고조선이 퉁구스 계통 민족에 의해 건국되었음을 나타낸다고 볼 수도 있다.

호조설화의 경우 여우를 어머니로 하는 강감찬의 탄생담을 살펴보았다. 이 유형에 들어가는 자료들이 충청북도를 비롯하여 경기도, 전라북도 등 상당히 넓은 지역에 분포되어 있다는 사실을 근거로 한국에도 호조신화가 존재했을 가능성을 엿보았다.

이런 상정과 더불어 주변 민족의 전승들 가운데 개과에 속하는 여우와 이리를 조상으로 하는 문헌 신화 자료들을 별견했다. 여기에는 ① 부계를 이리로 하는 것과 ② 모계를 이리로 하는 것, ③ 이리가 젖을 먹여 어머니의 역할을 하는 것 등 다양한 신화가 있었다.

이 같은 신화들은 유목 문화와 밀접하게 연관되어 있다. 유목 문화가 한국 문화의 형성에도 상당히 기여하였던 것으로 보아, 한국에도 이들 신화가 전래되었을 가능성이 짙다. 그렇지만 성리학자들에 의해 문자로 정착되지 못하고 민간에서 강감찬의 출생에 얽힌 이야기로 구전되어 왔을 것이라고 추정하였다.

다음으로 견조설화, 곧 개를 조상으로 하는 이야기들을 고찰하였다. 이 부류에 들어가는 자료들 또한 한국에서는 구전되는 자료밖에 남아 있지 않다. 게다가 그 자료들도 한국에서 오랑캐라고 부르는 두만강 부근의 여진족 족조 탄생설화로 전한다. 이로써 여기에는 그들을 경멸하는 태도가 잠재되어 있는 것이 아닐까 하고 상정을 한 바 있다.

중국에는 동진 대 간보가 지은《수신기》, 범엽이 찬술한《후한서》남만 서남이열전에 반호 신화로 견조신화가 남아 있다. 중국 학자 양관의 연구를 근거로 이들 견조신화가 남방의 것이 아니라 북방 이적의 이야기임을 받아들여, 한국도 이들과 접촉하였으므로 견조신화도 한국에 들어오기는 하였으나 문자로 정착되지 못했을 것이라고 추단하였다. 이와 같은 견해는 자료를 보강하여 타당성 여부를 따져보아야 할 것이다.

4-1 난생신화

한국의 왕권신화에서 고조선의 단군 신화를 제외한 나머지
자료들, 즉 고구려의 주몽 신화를 비롯하여 신라의 혁거세 신
화와 탈해 신화脫解神話, 알지 신화, 가락국의 수로 신화 등은 전
부 난생 모티프를 가지고 있다. 이와 같은 한국의 난생신화에
주목한 일본의 미시나 아키히데는 이들 신화의 계통에 대하여
아래와 같은 견해를 제시한 바 있다.

이전부터 인도네시아 · 인도차이나 · 중국(支那) 연안 · 대만 · 조선에
걸친 일련의 경역境域에 난생신화 요소가 있었다. 그 가운데 대륙 연안 경
역에서는 대륙 문화와 접촉하여 인태형人態型으로 발전하였고, 해양의 여
러 섬과 조선반도 남부에서는 그 밖의 유형이 제각기의 지방색을 띠며 이
야기되고 있었다. 또한 조선의 개개 [난생]신화에 대해 말하자면, 신라의
혁거세왕 신화 및 가라加羅의 수로왕 신화는 대만 등의 남방 여러 민족과

공통되는 요소를 가지는 민족적 신화로서 예로부터 있었던 것이고, 고구려의 주몽 신화는 위의 경역에 들어가면서 한족漢族과 접해 살던 예맥족濊貊族이 황해黃海 연안의 원주지에서 가지고 들어온 것이며, 신라 탈해왕의 신화는 불전佛典설화가 민족 고유의 난생 관념에 이끌려 채택된 것이라고 생각하고 싶다.[1]

그의 이런 견해에는 한국 난생신화의 유입 경로를 남북으로 구분하겠다는 저의가 깔려 있다. 다시 말해 미시나는 불전설화의 영향을 받은 탈해 신화를 제외한 나머지 난생신화들은 그 전래 경로가 북쪽과 남쪽으로 양분된다고 본 것이다. 그러면서 북쪽의 고구려 주몽 신화는 중국의 한족漢族과 접해 있던 예맥족이 가지고 들어온 것이고, 남쪽의 신라 혁거세 신화와 가락국 수로 신화는 대만이나 인도네시아 등지의 남방 여러 민족과 계통을 같이한다고 하였다.

그의 이와 같은 주장은 일제의 한국 식민지 지배와 무관하지 않다. 그들은 한국을 식민지화하면서 그 통치를 원활하게 수행하기 위한 지배정책을 마련했다. 그 정책의 근간을 이룬 것이 이른바 '분할통치分割統治, Devide and Rule'라는 틀이었다. 이 것은 계층·지역 사이에 갈등을 조장함으로써 응집력이 강한 한국의 문화적 특성[2]을 해체시키는 데 그 목적이 있었다.[3]

---

1   三品彰英,《神話と文化史》, 東京: 平凡社, 1971, 381쪽.
2   한국 문화는 동제洞祭나 두레와 같이 상호 협조를 바탕으로 하는 문화로서 공동체 의식이 강하다는 특성을 지닌다.
3   姜東鎭,《日本の朝鮮支配政策史硏究》, 東京: 東京大出版會, 1978, 395~410쪽.

일제의 이런 분할통치 정책에 이론적 근거를 제공한 학자의 한 사람이 바로 미시나 아키히데다. 그는 한국의 기층문화基層文化가 남북 양쪽에서 들어왔다는 이원론을 내세웠다. 그리고 그 증거로 한국의 북부 지방에는 북방 대륙 계통의 수조신화와 만몽 계통의 감응신화가 분포되어 있고, 남부 지방에는 남방 해양 계통의 난생신화와 방주표류신화가 분포되어 있다고 하였다.[4] 결국 북쪽에서 들어온 남퉁구스계 예맥족과 남쪽에서 들어온 한족韓族이 한국 민족의 근간이 되었다는 것이다.[5] 미시나가 이렇게 한국 민족과 그 문화의 구성을 남북으로 양분하면서 난생신화의 전래 경로 또한 다시 남북으로 구분한 것은, 자신의 가설이 타당하다는 것을 입증하기 위한 수단이었다고 할 수 있다.

그는 이처럼 한국 신화자료의 자의적인 해석을 서슴지 않았다. 그런데도 미시나의 연구를 한층 더 천착한 연구가 발표된 바 있어 우려를 자아낸다. 그 한 예가 바로 김재붕金在鵬의 〈난생신화의 분포권〉이다. 그는 이 논문에서 "가라, 신라, 고구려(동부여)의 난생신화는 동부 아세아 분포권에 속하는데 다시 동남 아세아의 분포권은 동부 시베리아의 야쿠트족, 고구려(동부여), 신라, 가라—그리고 중국 동남의 서언왕徐偃王 신화—대만의 파이완족, 해남도의 여족黎族, 비율빈比律賓[필리핀]의 다바오

---

4   三品彰英, 앞의 책, 30~537쪽.

5   三品彰英, 《日鮮神話傳說の硏究》, 東京: 平凡社, 1972, 213~214쪽.

등이다. 이런 것을 볼 때 이 신화의 북으로의 코스로서 쟈바도 북방 앞바다에서 시작해서 마래반도馬來半島[말레이시아]의 동쪽을 지나 대만 해협을 거쳐 곧 바로 김해평야 앞바다를 향해서 들어오는 해류가 주목된다. 이 해류는 김해 앞바다에서 동쪽 해안을 끼고 돌아 울릉도의 안으로 원산, 신포만을 거쳐 북상하여 화태樺太[사할린]와 북해도北海島에 도달한다. 이 해류를 대마對馬 해류라고 한다."[6]라고 하여, 한국의 난생신화가 인도네시아 자바섬에서 시작하여 북상하는 구로시오 난류의 흐름을 따라 대한해협을 거쳐 동해로 진입하는 쓰시마對馬 해류와 함께 한반도의 남부 지방을 지나 북쪽으로 올라갔다는 것이다.

　　두루 알다시피 한국의 난생신화는 전부 왕권신화로 정착되었다. 이렇게 지배 세력으로 군림한 집단은 어디엔가 그 흔적을 남겨야 마땅하다. 그렇지만 나라를 세운 이들의 유적이나 유물에서 남방 문화의 흔적이라고 할 만한 것은 아직까지도 전혀 발견되지 않았다. 일부 민속학자들이 줄다리기나 금줄, 동신제洞神祭 같은 민속이 남방에서 들어왔을 것이라고 추정하는 데 그칠 따름이다.[7]

　　따라서 일제 어용학자들의 주장을 무비판적으로 수용할 것이 아니라 철저한 비판적 성찰이 필요하다는 것은 두말할 나위가 없다. 하지만 이런 작업은 이제껏 수행되지 않고 있다. 단지

6　　김재붕, 〈난생신화의 분포권〉, 《한국문화인류학》 4, 서울: 한국문화인류학회, 1971, 42~43쪽.

7　　천관우 편, 《한국상고사의 쟁점》, 서울: 일조각, 1975, 146~150쪽.

이기백李基伯만이 "의도적으로 일정한 지역의 것[난생신화 자료들을 가리킨다-인용자 주]만 모아 놓고 그 지역이 하나의 문화권이라고 하는 것은 이상한 결론이 아닐 수 없다."[8]고 하면서, "그는 어떤 결론을 미리 정해 놓고 거기에 맞는 자료만을 수집하였다고 비난받더라도 이를 피할 도리가 없을 것이다."[9]라고 지적하는 데 그쳤다. 그의 언급은 문제의 초점을 정확하게 직시한 것이지만 구체적으로 자료를 제시하지 않았다는 한계를 안고 있다.

이 장에서는 미시나가 난생신화를 이용하여 어떤 문화권文化圈[10]을 설정하였으며, 그것이 왜 왜곡된 것인가를 따져 보고, 나아가서는 한국의 자료가 어디로부터 유입되었는가를 구명하려고 한다.

먼저 그가 남방으로부터 들어왔다고 주장하는 가락국의 수로 신화와 신라의 혁거세 신화부터 검토하기로 한다.

[자료 1]

개벽한 이래로 이곳에는 아직 나라의 이름이 없었고, 또한 군신의 칭호 따위도 없었다. 그저 아도간, 여도간, 피도간, 오도간, 유수간, 유천간, 신천간, 오천간, 신귀간 등의 아홉 간이 있을 뿐이었다. 이들이 곧 추장이 되어 백성들을 통솔했는데, 일백 호에 칠만 오천 인이었다. 많은 사람들이 산야에 [흩어져] 살면서 우물을 파서 물을 마시고 밭을 갈아 양식을 했다.

---

8 이기백, 〈한국 고대의 남북문화권 설정의 문제점〉, 《한국사시민강좌》 32, 서울: 일조각, 2003, 248쪽.

9 위의 논문, 249쪽.

10 '문화권'과 미시나의 '문화경역'에 대해서는 이 책 서론의 각주 6 참조.

마침 후한 세조 광무제 건무 18년 임인 3월의 계욕일에 사는 곳 북쪽 구지(이것은 봉우리의 이름인데 십붕이 엎드린 형상과 같았으므로 이렇게 이른 것이다.)에서 수상한 소리와 기척이 있더니 부르는 소리가 났다. 이삼백 사람이 이곳에 모이니 사람 소리 같으면서 그 형상은 숨기고 그 소리만 내어 가로되 "여기에 사람이 있느냐?"라고 하였다. 아홉 간 등이 "우리들이 있습니다."라고 하자, 또 말하기를 "내가 있는 곳이 어디인가?"라고 하였다. 대답하여 "구지입니다."라고 하니, 또 가로되 "황천께서 나에게 명하시기를 이곳에 임해서 나라를 새롭게 하여 임금이 되라고 하시기에 이곳에 내려왔으니 너희들은 모름지기 봉우리를 파서 흙을 집으며 노래하기를 '검하, 검하, 먼저[빨리] 물러가거라. 만약에 물러가지 않으면 굽고 구워 먹으리라.'고 하고 뛰고 춤추면 곧 대왕을 맞이하여 즐거워 날뛸 것이다."라고 하였다. 아홉 간 등이 그 말과 같이 모두 즐거워하며 노래 부르고 춤추었다.

　　[노래하고 춤춘 지] 얼마 되지 않아 우러러 바라보니, ㉠ 하늘에서 자색 줄이 내려와 땅에 닿았다. 줄 끝을 찾아보니 홍색 보자기 속에 금합이 있었다. 그것을 열어 보자 해와 같이 둥근 황금 알이 여섯 개가 있어 많은 사람들이 다 같이 놀라 기뻐하면서 함께 백배하였다. 조금 있다가 다시 [그 알들을] 보자기에 싸들고 아도간의 집으로 가서 탐상에 놓아두고 무리들은 제각기 흩어졌다.

　　하루가 지나 이튿날 아침에 여럿이 다시 모여 합을 여니 여섯 개의 알이 동자가 되어 있었는데, 용모가 매우 빼어났다. 이에 상에 앉힌 다음, 무리들은 절하고 치하하며 공경을 다해 모셨다. [사내아이들은] 날마다 자라서 십여 일이 지나자 신장이 9척이나 되는 것은 은나라의 천을과 같았고, 얼굴이 용과 같은 것은 곧 한나라의 고조였다. [그리고] 눈썹이 여덟 가지 색깔인 것은 당나라의 요와 같았고, 눈의 동자가 둘씩 있는 것은 우나라의 순제와 같았다.

　　그달 보름에 즉위하였는데, 처음으로 나타났다고 해서 휘를 수로라고 하고, 혹은 수릉(수릉은 붕어한 뒤의 시호이다.)이라고도 하였으며, 나라를 대가야라 하고 가야국이라고도 일컬으니 곧 여섯 가야의 하나다. 남은 다섯 사람들도 제각기 돌아가서 다섯 가야의 임금이 되었다.11

[자료 2]

전한 지절 원년 임자(고본에는 건호 원년이라고도 하고 또는 건원 3년이라고도 하였으나 모두 잘못된 것이다.) 3월 초하룻날에 여섯 부의 조상들이 자제를 거느리고 알천 언덕 위에 모여서 의논하여 이르기를, "우리들이 위로 군주가 없이 여러 백성들을 다스리므로 모두 방자해져서 제 마음대로 하니, 어찌 덕 있는 사람을 찾아 군주로 삼아 나라를 세우고 도읍을 정하지 아니하겠는가?"라고 하였다.

이에 높은 곳에 올라 남쪽을 바라보니 ⓒ 양산 밑 나정 곁에 이상한 기운이 마치 번갯불처럼 드리우고, 거기에 백마 한 마리가 꿇어앉아 절하는 형상을 하고 있었다. 그곳을 찾아가 보니 자색의 알(혹은 푸르고 큰 알이라고도 한다.)이 하나 있는데, 말은 사람을 보고는 길게 울다가 하늘로 올라가 버렸다. 곧 그 알을 깨 보니 사내아이가 나왔는데 그 모양이 단정하고 아름다웠다.

[그들은] 놀랍고 이상스러워 그 아이를 동천(동천사는 사뇌야 북쪽에 있다.)에서 목욕시켰다. 그랬더니 몸에서 광채가 나고 새와 짐승이 따라와 춤추며 천지가 진동하고 해와 달이 맑아졌다. 그 일로 그를 혁거세왕(아마도 우리말일 것이다. 불구내왕이라고도 하니 밝게 세상을 다스린다는 뜻이다. 해설하는 이는 "이는 서술성모가 낳은 것이다. 그러므로 중국 사람들이 선도성모를 찬양한 말에 현인을 낳아 나라를 세웠다고 하는 것은 이 일을 가리킨 것이다."라고 말한다. 계룡이 상서를 나타내면서 알영을 낳았다고 한 이야기 또한 서술성모의 현신을 말한 것이 아닐까 한다.)라고 하고, 위호를 거슬한(혹은 거서간이라고도 한다. 그 자신이 처음 말을 할 때 알지 거서간이 한 번 일어났다고 한 말을 따라 부른 것인데 이로부터 왕자의 존칭이 되었다.)이라 하였다.[12]

이들 자료는 모두 《삼국유사》에 전하는 것으로, 고구려의 주몽 신화와 마찬가지로 신성한 왕권이 태양에서 유래되었음을 말해 주고 있다. 수로는 하늘에서 내려온 자색 줄의 끝에 달

---

11   이 책 제1장 〈하늘과 관련된 신화〉의 각주 59 참조.

12   이 책 제1장 〈하늘과 관련된 신화〉의 각주 70 참조.

린 홍색 보자기 속 금합 안에 들어 있던 알에서 나왔으며, 혁거세는 이상한 기운이 마치 전광처럼 드리운 나정 곁 백마 한 마리가 꿇어앉아 절하는 형상을 한 곳에서 발견된 자색 알에서 나왔다는 것이다.

위의 ㉠과 ㉡처럼 주인공이 알의 형태로 하늘에서 내려왔다고 하는 신화는 미시나 아키히데가 말하는 강하형降下型에 해당한다. 그가 강하형이라고 한 것은 "알이 태양신(혹은 천신)의 아들로 강하하는 것"을 가리킨다. 그러면서 "대만의 여러 사례와 같이 태양이 와서 알을 낳았다고 하는 것도 관념적으로는 이 형에 속한다고 해도 좋을 것"[13]이라며 하늘에서 알의 형태로 내려온 것과 태양이 지상에 내려와 알을 출산하는 것을 같은 유형으로 여겼다. 그가 수로 신화나 혁거세 신화와 같은 유형으로 본 대만의 강하형 자료를 소개하도록 하겠다.

[자료 3]

옛날 바이루스사バイルス社, 白鷺社의 위쪽에 마카라우라우지マカラウラウジ(makarawrauzi)라는 곳이 있었다. 그곳에 매일 태양이 와서 두 개의 알을 낳았다. 그런데 어디에서 왔는지 알 수 없는 큰 뱀이 나타나서 태양이 낳은 알을 전부 삼켜 버렸다. 그것을 본 가지키치カジキチ(Kajikichi), 가로라이カロライ(Karolai), 가이カイ(Kai)라는 세 여자가 어떻게 하면 뱀을 없앨 수 있을지 생각하다가, 어느 날 힘을 합쳐 뱀을 잡아 페노치쿠잔ペノチクジャン이라고 하는 깊은 못(深淵)에 넣어 버렸다. 이튿날도 태양이 와서 알을 낳았는데, 이번에는 뱀의 피해를 받지 않아 순조롭게 부화하여 그 속에서 두 사람의

---

13   三品彰英, 앞의 책, 1971, 352쪽.

남녀가 나왔다. 바이루스사 및 마카자야자야사マカザヤザヤ社(Makazayazaya社), 瑪家社의 우두머리의 조상이 되었다.¹⁴

이것은 대만 원주민의 하나인 파이완족Paiwan, 排灣族 마카자 야자야사의 시조신화이다. 이 자료는 일본 제국주의자들이 대 만을 침략한 다음 설치한 대만총독부의 번족조사위원회蕃族調査 委員會에서 1916년에 조사한 것이다. 따라서 일제의 대만 식민지 지배를 위한 기초 자료 수집 과정에서 얻은 것이 분명하다.

이 자료는 태양이 직접 이 지상으로 내려와 알을 낳았다는 특이한 모티프로 되어 있다. 낳은 알을 삼켜 버리는 뱀을 퇴치 하였다는 것도 특이한 요소라고 하지 않을 수 없다. 왜냐하면 대만의 다른 신화들에서는 뱀이 알을 부화시키며 알을 보호하 는 보호자 역할을 하는데, 여기에서는 알을 먹어 버려 오히려 피해를 주는 존재로 그려지고 있기 때문이다. 전자에 속하는 자료를 검토해 보자.

[자료 4]

옛날에 태양이 알을 낳았는데, 부론ブロン이라고 하는 뱀이 와서 그것 을 부화시켰더니 그 안에서 남녀 두 사람이 나왔다. 그들이 우두머리의 선 조가 되었다. 그리하여 번蕃·정丁 등이 리라이リライ(Lilai)라고 하는 푸른 뱀 〔靑蛇〕의 알에서 나왔다.¹⁵

---

14 앞의 책, 317쪽; 로마자는 童信智,〈Paiwan(排灣)祖源及遷徙口傳敍事文學之研 究〉, 臺灣: 國立政治大學 社會科學院 民族學系 博士論文, 2014, 78~79쪽 참조.

이것은 파이완족 오아루스사ォァルス社(Oalus社)의 시조신화이다. 이 자료를 보면, 같은 민족이더라도 '사社'에 따라 조상의 탄생신화가 달랐음을 알 수 있다.

[자료 3]과 달리 이 신화에서는 뱀이 알을 부화시키는 주체로 등장한다. 번·정 등이 청사의 알에서 나왔다고 하여 뱀을 조상으로 하고 있는 것도 특이하다고 하겠다. 이러한 신화적 표현은 이 민족의 뱀 숭배 신앙의 한 면을 보여 주는 것이어서 더욱 자세하게 검토되어야 한다는 것을 지적해 둔다.

한편 어떤 누구의 도움도 받지 않고 알이 저절로 부화했다는 자료도 전하고 있어, 그 예화도 살펴보기로 한다.

[자료 5]

태곳적에 태양이 내려와 로바니야우ロバニヤウ(Lovaniyau)의 집 마루 아래에 두 개의 알을 낳았다. 그 알이 부화하여 나마다우ナマダウ라고 칭하는 남자와 나우마테ナウマテ라고 하는 여자가 되었다.16

이것은 파이완족 자차아푸스사チャヂャアプス社17의 시조신화이다. 여기에서는 태양이 내려와서 남의 집 마루 밑에 알을 낳

---

15 三品彰英, 앞의 책 ; 로마자는 田哲益, 《排灣族神話與傳說》, 臺中 : 晨星, 2003, 31~34쪽[賴邑雯, 〈君王或魔鬼?排灣基督宗教徒對蛇象徵的詮釋〉, 臺中 : 東海大學 文學院 宗教研究所 碩士論文, 2010, 22쪽에서 재인용] 참조.

16 三品彰英, 위의 책, 318쪽 ; 로마자는 童信智, 앞의 논문, 90쪽 참조.

17 이는 자자아푸스사チャヂャアプス社(chadjaapusu社), 駕佳阿普斯社를 가리킨 것 같다. 許伯諭, 〈《生蕃傳說集》故事種族與地理分布之研究〉, 中國文化大學文學院 中國文學系 碩士論文, 2012, 97~98쪽 참조.

앉다는 이해가 되지 않는 요소가 포함되어 있다. 하지만 태양이 직접 알을 낳았다는 데는 변함이 없다. 미시나는 이 밖에도 몇 개의 예화들을 더 들고 있다. 그렇지만 그 자료들은 태양과 직접적인 관련을 가진 것이 아니기 때문에 더 이상 예로서 인용하지 않아도 될 듯하다. 이제까지 살펴본 자료들이 한국의 혁거세나 수로 신화와 공통된 요소를 가진다고 볼 수는 없을 것 같다.

그런데도 미시나 아키히데가 "신라의 혁거세 신화 및 가라의 수로왕 신화는 대만 등 남방의 여러 민족과 요소를 공유하고 있는 민족적 신화로, 예로부터 있었던 것"[18]이라고 한 것은 정치적 의도에 따른 자료의 왜곡된 해석일 가능성이 짙다. 바꾸어 말하자면 이 지역의 문화가 남방에서 유입되었으며 그 주민도 서로 친연 관계를 가진다는 것을 강조함으로써, 한국과 대만을 식민지로 만든 일본 제국주의자들이 기도한 바와 같이 한국과 대만을 아우르는 거대한 '대동아 공영권大東亜共栄圏'의 형성에 기여하고자 한 연구로 보인다는 것이다.

한편 미시나는 고구려의 주몽 신화가 한족漢族의 영향을 받은 예맥족이 원주지인 황해 연안으로부터 가지고 들어온 것이라는 견해를 밝혔다. 이러한 그의 견해 또한 타당성 여부를 검토할 필요가 있다.

---

18   三品彰英, 앞의 책, 381쪽.

[자료 6]

이때[금와가 왕이 되었을 때를 가리킨다-인용자 주] [금와가] 태백산의 남쪽 우발수優渤水에서 한 여자를 만나 [그 사정을] 물어보았다. [그랬더니] 그녀가 "나는 하백의 딸로 유화라고 합니다. 여러 동생들과 더불어 나와 놀고 있을 때, 한 남자가 있어 자칭 천제의 아들 해모수라고 하면서 나를 웅심산 밑의 압록강가에 있는 집 안으로 유인하여 동침을 하고 곧 가서는 [다시] 돌아오지 않았습니다. 나의 부모는 내가 중매도 없이 남자와 상관한 것을 꾸짖고 드디어 우발수에서 귀양살이를 하게 하였습니다."라고 대답하였다.

금와가 이상하게 생각하여 [그녀를 데리고 와서] 방 안에 가두었더니, 그녀에게 햇빛이 비추었다. 그녀가 몸을 피하면 햇빛이 또 따라와 비추었다. 이로 말미암아 태기가 있어 알 한 개를 낳았는데, 크기가 닷 되들이만 하였다. 왕이 그 알을 버려 개와 돼지에게 주었으나 모두 먹지 않았다. 다시 길 가운데에 버렸으나 소와 말이 피하며 밟지 않았다. 나중에는 들판에 버렸더니 새가 날개로 덮어 주었다.

왕이 그것을 쪼개려고 하였지만, 깨뜨릴 수가 없었기 때문에 마침내 그 어머니에게 돌려주었다. 그 어머니가 물건으로 싸서 따뜻한 곳에 두었더니 한 사내아이가 껍질을 깨고 나왔다.

그의 골격과 풍채가 영특하고 기이하였으며, 나이가 겨우 일곱 살인데도 보통 사람들보다 월등하게 달랐다. 스스로 활과 화살을 만들어 쏘았는데 백발백중이었다. 부여의 속담에 활을 잘 쏘는 것을 주몽이라고 하였으므로 이렇게 이름을 지었다고 한다.[19]

19　　김부식, 《삼국사기》, 서울: 경인문화사 영인본, 1982, 145~146쪽.
"於是時 得女子於太白山 南優渤水 問之曰 我是河伯之女 名柳花 與諸弟出遊 時有一男子 自言天帝子解慕漱 誘我於熊心山下 鴨淥邊室中私之 卽往不返 父母責我無媒而從人 遂謫居優渤水 金蛙異之 幽閉於室中 爲日所炤 引身避之 日影又逐而炤之 因而有孕 生一卵 大如五升許 王棄之與犬豕 皆不食 又棄之路中 牛馬避之 後棄之野 鳥覆翼之 王欲剖之 不能破 遂還其母 以物裹之 置於暖處 有一男兒 破殼而出 骨表英奇 年甫七歲 嶷然異常 自作弓矢射之 百發百中 扶餘俗語 善射爲朱蒙 故以名云."

이것은 김부식의 《삼국사기》에 실려 있는 주몽의 탄생신화이다.[20] 여기에서는 밑줄 친 곳에서 보는 바와 같이 유화가 햇빛의 감응으로 다섯 되 크기의 알을 낳았다고 되어 있다. 이 자료는 미시나가 지적한 인태형人態型, 곧 사람이 알을 낳은 형태의 난생신화에 해당한다.

미시나는 황해 연안의 한족漢族이 갖고 있던 난생신화의 영향을 받은 예맥족이 위의 자료를 가지고 들어왔다고 했다. 여기에서 그가 지적한 한족의 자료란 서언왕徐偃王의 탄생담을 가리킨다. 서언왕 신화의 내용을 아울러 고찰하기로 한다.

[자료 7]

서군徐君의 궁녀가 임신을 하여 알을 낳았다. [그러자] 상스럽지 못하다고 여겨서 그것을 물가에 버렸다. 홀로 지내던 과부에게 곡창鵠蒼이라는 개가 있었는데, 물가에 사냥하러 나갔다가 버려진 알을 발견하여 입에 물고 동쪽으로 돌아왔다. 과부가 기이하게 생각하여 그 알을 따뜻한 곳에 덮어 두었더니, 마침내 알에서 아이가 나왔다. 태어날 때 똑바로 누워 있었기 때문에 '언偃'이라고 하였다. 서군은 궁에서 그 소식을 듣고, 아이를 다시 데리고 와 아들로 삼았다. 아이는 인자하고 지혜롭게 자라나 서군의 뒤를 이어 서국徐國의 왕이 되었다. 나중에 곡창이 죽을 때가 되자 뿔이 돋고 꼬리 아홉 개가 생겨났는데, 사실 그것은 황룡黃龍이었다. 서언왕은 곡창을

20 　주몽 신화의 난생 모티프에 대하여 필자는 부여의 동명 신화가 쑹화강松花江 유역의 눙안農安과 창춘長春 지역에서 지린吉林 일대로 이주한 사실에 착안하여, 이곳에 먼저 살고 있던 코랴크족Koryak의 난생 모티프에 영향을 받아 난생신화가 되었을 것이라는 견해를 제시한 바 있다. 그러나 그 뒤로 신화 자료들을 보완하고, 또 고고학 연구 성과를 받아들여 이번 기회에 그 견해를 수정한다. 김화경, 앞의 책, 187~188쪽.

서국의 경계 안에 장사지냈다. 오늘날에도 그 개의 무덤이 있다. 언왕이 나라를 계승한 뒤로 그의 인자함과 정의로움으로 명성이 자자했다. 상국上國으로 뱃길을 내고자 진陳나라와 채蔡나라 사이에 운하를 파다가 붉은 활과 화살을 얻자, 그는 자신이 하늘의 상스러움을 얻었다고 여겨 마침내 왕을 자칭하며 스스로 서언왕이라고 일컬었다.[21]

이것은 《박물지博物志》 이문異聞에 인용된 《서언왕지徐偃王志》에 나오는 이야기이다. 서언왕은 주나라 목왕穆王과 같은 시대 사람이라는 전설이 전하지만, 학자들의 고증에 따르면 이들 두 사람은 결코 동시대 사람이 될 수 없다는 것이 일반적이다.[22]

미시나는 이 서언왕 신화가 전승되던 서국徐國의 위치를 오늘날의 안후이쓰현安徽泗縣[23] 북쪽으로 비정하는 연구자들의 견해를 받아들였다. 그리하여 중국의 황해 연안에 살던 예맥족이 이것의 영향을 받은 난생신화를 가지고 들어와서 고구려 주몽 신화의 성립에 작용하였다고 상정하였다. 하지만 이 같은 주장을 그대로 받아들이기는 어렵다. 서언왕 신화를 가졌던 서국 사람들을 한족漢族이 아니라 동이족東夷族으로 보는 학자들이 있

21 袁珂, 김선자 공역, 《중국신화사》 上, 서울: 웅진씽크빅, 2010, 385~386쪽.
"徐君宮人娠而生卵 而爲不祥 棄之水濱. 獨孤母有犬名鵠蒼 獵於水濱 得所棄卵 銜以東歸. 獨孤母以爲異 覆暖之 遂成小兒. 生時正偃 故以爲名. 徐君宮中聞之 乃更錄取. 長而仁智 襲君徐國. 後鵠蒼臨死 生角而九尾 實黃龍也. 偃王又葬之徐界中 今見有狗壟. 偃王旣襲其國 仁義著聞. 欲舟行上國 乃通溝陳蔡之間 得朱弓矢. 以己得天瑞 遂因名爲弓號 自稱徐偃王."

22 위의 책, 384쪽.

23 이는 중국 안후이성安徽省 쑤저우시宿州市에 위치한 쓰현泗縣을 가리키는 것 같다.

기 때문이다.**24** 이런 견해가 일리가 있다면, 이들이 서로 영향을 주고받는 관계였다기보다는 고대 동이족들이 난생신화를 공유했다고 추정하는 것이 더욱 타당하지 않을까 한다.

이러한 추정은 같은 동이족의 하나였던 상商**25**나라 설契의 탄생담도 난생 모티프를 가지고 있다는 데 근거를 둔 것이다.

[자료 8]

은의 설契은 어머니를 간적簡狄이라고 한다. [간적은] 유융有娀 씨의 딸로서, 제곡의 둘째 왕후(次妃)가 되었다. 세 사람이 목욕을 하러 갔다가 현조玄鳥가 알을 떨어뜨리는 것을 보았다. 간적이 그것을 가져와 삼키고 잉태하여 설을 낳았다. 설은 장성하여 우禹 임금의 치수를 돕는 공을 세웠다.**26**

이 자료는 기원전 1세기 무렵에 편찬된 사마천의 《사기》은본기殷本紀에 실려 있는 것으로, 문헌에 가장 일찍 정착된 난생

---

24 도리코에 겐사부로鳥越憲三郎는 서언왕 신화를 가진 서국을 한족의 나라가 아니라 동이족의 하나로 보고 있다. 하지만 이들 동이족이 전부 왜족倭族이었다는 그의 주장에는 찬성하기 어렵다.
鳥越憲三郎, 《古代朝鮮と倭族》, 東京: 中央公論新社, 1992, 30쪽.

25 상商, 기원전 1600~기원전 1046을 은殷이라고 부르기도 하나 은은 상 왕조의 마지막 수도일 뿐이며, 이는 상 왕조가 멸망한 뒤 주周에서 상의 주민들을 낮추어 부르던 것에서 비롯하였다고 한다. 이 책에서는 모두 '상(나라)'으로 칭하였다. "상商", 두피디아 두산백과사전, ⟨http://www.doopedia.co.kr/doopedia/master/master.do?_method=view&MAS_IDX=101013000764741⟩, (2019.3.21.) 참조.

26 司馬遷, 《史記》, 서울: 경인문화사 영인본, 1975, 91쪽.
"殷契 母曰簡狄. 裕娀氏之女 爲帝嚳次妃. 三人行浴 見玄鳥墮其卵 簡狄取吞之 因孕生契. 契長而佐禹治水有功."

신화라고 할 수 있다. 여기에서 설이 제비를 뜻하는 현조玄鳥[27]의 알에서 태어난 것은 아니지만, 간적이 그 알을 먹고 잉태하였다고 되어 있어 난생신화 범주에 속한다고 보고 있다.

그런데 이 이야기가 기록된, 같은 책의 진본기秦本紀에는 또 하나의 난생신화가 수록되어 있다. 여수女脩라는 여자가 현조의 알을 먹고 잉태하여 낳은 아이가 진 민족秦民族의 시조가 되었다고 하는 대업大業의 탄생 이야기이다.

[자료 9]

진의 선조는 전욱顓頊의 후예인데, 손녀의 이름은 여수다. 여수가 베를 짜는데 현조玄鳥가 알을 떨어뜨렸다. 여수가 그것을 삼키고 대업을 낳았다. 대업이 소전 씨小典氏의 딸인 여화女華와 결혼하여 대비大費를 낳았다. 대비는 일찍이 하夏의 우禹를 도와 홍수를 다스렸는데, 순 임금이 우를 표창하여 검은색 나는 옥규玉圭를 하사하였다. 우가 상을 받고는 "저 혼자서 이룬 업적이 아니라 대비도 같이 도왔습니다."라고 하였다. 순 임금이 "대비야, 너는 우를 도와서 치수를 성공시켜라. 내가 너에게 흰 가루를 주겠노라. 너의 자손이 장차 번성할 것이니라."고 하였다. 또한 성이 조씨인 여자를 그에게 시집가게 하였다. 대비는 예를 갖추어 공손히 받았다. 그는 순 임금을 보좌하여 조수鳥獸를 훈련시켜 모두 잘 길들였다. 이가 바로 백예伯翳이다. 순 임금은 그에게 영씨嬴氏라는 성을 하사했다. 대비는 두 자식을 두었는데, 그 한 명의 이름이 대렴大廉으로 바로 조속 씨鳥俗氏이고, 다른 한 명은 약목若木으로 바로 비 씨費氏이다. 비 씨 현손의 이름이 비창費昌인데, 그 자손 가운데 어떤 이는 중원 지역에 살게 되었고, 어떤 이는 비천한 이적夷狄 등의 지역에 살게 되었다.[28]

---

27   袁珂, 鈴木博 譯, 《中國神話·傳說大事典》, 東京: 大修館書店, 1999, 184쪽.
28   司馬遷, 앞의 책, 173쪽.

이와 같은 대업의 탄생담은 앞에서 소개한 설의 그것과 거의 같은 내용으로 되어 있다. 그 때문에 많은 사람들이 《사기》 은본기의 내용을 그대로 옮겨 적은 것으로 보고 있으나, 문숭일文崇一은 이들을 별개의 신화로 보았다.

> 전설의 내용이 몇 사람의 이름을 빼고는 설의 전설과 완전히 같아, 이는 서로 관련이 있는 것인지 아니면 각기 다른 별개의 것일까? 많은 역사가들이 사마천이 은본기에서 베낀 것이라고 생각하고 있지만 나의 그렇지 않다고 생각한다. 이는 필시 사마천이 《사기》를 쓸 때 발견된 또 다른 전설이었을 것이다.[29]

이러한 문숭일의 견해를 수용한다면, 상나라가 있던 황허 유역 이외에 진 민족이 살았던 간쑤성과 산시성 일대에도 난생신화가 전승되고 있었다는 사실이 확실해진다. 그렇다면 중국에 살던 동이족들 사이에는 난생신화가 일찍부터 존재했었고, 또 그것이 왕권의 기원을 서술하는 왕권신화로 정착되었다고 보아도 좋을 것 같다.

"秦之先 顓頊之苗裔. 孫曰女脩 女脩織 玄鳥隕卵. 女脩吞之 生子大業. 大業取小典氏之子曰女華 女華生大費. 與禹平水土已成. 帝錫玄圭. 禹受曰 非予能成 亦大費爲輔. 帝舜曰咨爾費. 贊禹功 其賜爾皁游. 爾後嗣長大出. 乃妻之姚姓之玉女. 大費拜受. 佐舜調馴鳥獸 鳥獸多馴服. 是爲伯翳 舜賜姓嬴氏. 大費生子二人 一曰大廉 實姚俗氏, 二曰若木 實費氏. 其玄孫曰費昌 子孫或在中國 或在夷狄."

29　文崇一, 《中國古文化》, 臺灣 : 東大圖書公司, 1990, 378쪽[서유원, 〈한·중 주요 시조신화 중 난생신화의 연구〉, 《아시아문화연구》 31, 성남: 가천대학교 아시아문화연구소, 2013, 169쪽에서 재인용].

이와 같은 중국 동이족의 난생신화에 대하여, 중국계 미국인 고고학자 장광직張光直은 "상 왕조는 씨족의 시조인 설의 자손이라고 전하는 자성子姓 씨족의 구성원에 의해 창건되었다. 상의 신화에 따르면, 설의 어머니는 현조가 낳아 떨어뜨린 알을 먹고 임신하여 설을 낳았다. 난생형 시조신화는 고대 중국 동해안과 동북아시아의 사람들 사이에 퍼져 있었다. 이런 사실은, '은 사람들이 동쪽으로부터 옮겨 왔다'고 하는 많은 학자가 신봉하고 있는 학설을 뒷받침하는 것이 될 것이다."[30]라는 견해를 밝힌 바 있다. 여기에서 그가 말하는 중국 동해안과 동북아시아의 난생신화 자료는 서국의 서언왕 신화와 고구려의 주몽 신화를 가리킨다.[31]

장광직의 견해는 매우 중요한 시사를 던져 준다. 중국 학계에서 이미 기원전 1세기 이전에 존재했던 상나라 시조의 탄생 이야기의 형성에 중국 동해안이나 동북아시아 지역의 난생신화가 영향을 미쳤다고 상정하고 있음을 알 수 있기 때문이다.

이와 같은 그의 견해를 받아들인다면, 난생신화가 중국의 동해안과 동북아시아 지역에 살던 동이족들 사이에 전승되고 있었던 것은 확실하다고 보아도 좋을 듯하다. 바꾸어 말하면 이 일대에 살던 동이족이 상나라나 서국, 예족으로 나뉘기 이전부터 난생 계통 신화를 가지고 있었다고 볼 수 있다는 것이다.

---

30 K.-C. Chang, 伊藤淸司 共譯,《中國古代社會》, 東京: 東方書店, 1994, 26쪽.
31 위의 책, 46~47쪽의 주 8 참조.

그런데 근래 재중국 조선족 학자 문일환이 보하이만渤海灣 연안에 거주하던 조이족鳥夷族 사이에서 난생신화가 발생되었다는 견해를 발표하여 주목을 받고 있다. 그는《한서漢書》지리지地理志 사고師古의 주석에 "'이'는 동북의 이족夷族인데, 새와 짐승을 잡아서 그 고기를 먹고 그 가죽으로 옷을 만들었다. 일설에 [따르면 그들은] 해곡海曲에 거주하였는데 의복과 몸가짐이 다새를 형상화하였다."**32**는 기록과《상서尚書》정의正義에 대한 정현의 주석 "조이鳥夷는 동북의 백성인데 새와 짐승을 잡아먹는다."**33**와 같은 기록에 근거를 두고 있다. 한인漢人들이 이를 기록하였으므로 그들의 생활 지역을 기준으로 할 때 조이족이 살던 곳은 보하이만 연안으로 추정되며, 조이 사람들이 새를 잡아먹고 그 털로 옷을 해 입었는데 모양이 새와 같았음을 알 수 있다는 것이다.**34** 그러면서 조이가 새를 숭상했다는 흔적을《좌전左傳》소공편昭公篇에서 발견할 수 있다고 하며,**35** 조이족 사이에서 난생신화가 발생했을 것이라고 주장하였다.

32　班固,《漢書》, 서울: 경인문화사 영인본, 1975, 1525쪽[문일환,〈한국 고대 남북 난생신화 연원연구〉,《Journal of Korean Culture》7, 대구: 한국어문학 국제학술포럼, 2007, 1쪽에서 재인용].
"此東北之夷 搏取鳥獸 食其肉衣其皮. 一說 居住海曲 被服容止 皆象鳥也."

33　문일환, 위의 논문, 16쪽에서 재인용.
"鳥夷東北之民 捕食鳥獸者也."

34　위의 논문.

35　위의 논문, 16~17쪽에서 재인용.
"秋郯子來朝公與之 宴昭公問焉 曰少皞氏鳥名官何故. ……我古祖少皞氏摯之立也. 鳳鳥適至 故紀于鳥爲鳥師而鳥名 鳳鳥氏歷正也. 玄鳥氏司分者也. 白鳥氏至者也. 靑鳥氏司啓也. 丹鳥氏司閉者也. 祝鳩氏司徒也. 鴟鳩氏司馬也. 鳲鳩氏司空也. 爽鳩氏司寇也. 鶻鳩氏司事也."

그럼 조이족은 어느 계통의 종족인가? 고고학자들에 의하여 출토된 유물과 역사학자들의 연구에 의하면 예족濊族이 고조선을 건립하기 이전부터 생활한 종족이며 세력이 강했던 예족에 의하여 융합된 지금의 발해만 지구의 원시인들이라고 추정된다. 조이인들이 새를 숭배하는 신앙에 기초하여 많은 난생문화와 또한 난생신화를 창조하였을 것이다.[36] 그것은 비록 지금까지 조이인들의 난생신화로서 전하는 것은 없지만, 후기 예족의 천강문화天降文化가 압도적이었음에도 불구하고 난생문화가 북방지대에서 계속 살아남아 있는 것을 통하여서도 짐작할 수 있다. 그리고 또 조이의 난생문화 영향을 받은 은나라의 '현조상생玄鳥商生'이라든가 또는 조이의 후예인 '서언徐偃' 신화 등에 의하여 전해진 것을 보아도 조이의 난생신화를 대략 상상해 볼 수 있다.[37]

이상과 같은 문일환의 견해는 발해만 연안에 살고 있던 조이족이 새를 숭상하였기 때문에 난생 문화를 가졌고, 거기에서 난생신화가 만들어졌지만, 그들이 직접 난생신화를 남기지는 않았고 뒤에 예족에게 흡수되면서도 난생신화의 흔적을 남겼는데, 그것이 상나라의 '현조상생玄鳥商生'이나 '서언왕 신화'라는 것이다.

그러나 이러한 견해에는 동의하기 어려운 데가 있다. 우선

---

36 문일환은 조이족의 난생신화가 만들어진 시기에 대하여, "'제비가 설을 낳았다.'는 신화에서 설이 실재한 역사적 인물이라면 기원전 18세기경에 활동한 인물로 간주할 수 있을 것이다. 이 신화는 조선의 건국신화의 경우와 대체로 같기 때문에 기원전 18세기~기원전 17세기경부터 구전되었다고 추정하는 것은 무리가 아닐 듯하다. 만약 이 신화가 기원전 18세기~기원전 17세기에 구전된 것으로 본다면 조이가 난생문화를 창조하였던 시기는 그 이전으로 더 소급해 올라가야 할 것이다."라고 하여, 기원전 18세기 이전으로 보았다.
문일환,《조선고대신화연구》, 北京: 民族出版社, 1993, 54~55쪽.

37 문일환, 앞의 논문, 17쪽.

그가 《한서》 지리지 사고의 주석에 나오는 "食其肉衣其皮."라는 구절을 "그 고기는 먹고 그 털로는 옷을 만들어 입는다."고 번역하여 조이인들이 마치 새털 옷을 입었던 것처럼 해석한 것이 타당하느냐는 문제를 생각해 보아야 한다. '피皮' 자에 갖옷이나 모피 옷이라는 뜻이 있기는 하지만,[38] '모피毛皮'라는 단어가 '털이 붙어 있는 짐승의 가죽'을 의미하므로 '새털'로 옷을 해 입었다고 보기는 어려울 듯하다. 또 서언왕 신화를 남긴 민족을 조이의 후예라고 하였으나, 서언왕이 궁녀가 낳은 알에서 태어났다는 난생 모티프만으로 이와 같은 추정을 하기는 미흡하다는 것도 아울러 지적하지 않을 수 없다.

그런데도 박명숙朴明淑은 마치 부여나 고구려가 난생신화와 새 토템을 가졌을 것이라는 논문을 발표하여, 문일환의 이런 주장을 뒷받침해 주고 있다. 그는 〈고대 동이계열 민족 형성과정 중 새 토템 및 난생설화의 관계성 비교 연구〉라는 논문에서 부여의 시조신화에 대하여 다음과 같이 언급하였다.

《후한서》 동이열전 부여의 시조신화를 보면 시녀가 임신된 원인이 하늘에서 계자鷄子만큼 큰 기氣가 그녀한테 왔기 때문으로 해석하고 있다. 그러므로 부여 시조인 동명의 출생 경로는 계자―시녀―동명 출생이다. 계

---

38 '피皮' 자에는 ① 가죽, ② 껍질, 거죽(물체의 겉 부분), ③ 겉, 표면, ④ 갖옷(짐승의 털가죽으로 안을 댄 옷), 모피옷, ⑤ 얇은 물건, ⑥ 과녁, ⑦ [껍질을] 벗기다, ⑧ 떨어지다, 떼다, ⑨ 뻔뻔하다 등 여러 가지 의미가 있다.
"皮", 네이버 한자사전, 〈https://hanja.dict.naver.com/hanja?q=%E7%-9A%AE&cp_code=0&sound_id=0#〉, (2019.3.21.) 참조.

자란 말 그대로 계란과 같은 형태를 뜻하기에 빛으로 만들어진 알이란 것
이다. 여기에 빛은 단연히 햇빛을 가리킴에 틀림없다. 따라서 초기 조건이
태양이다. 이는 《시경》에서 언급한 상나라 시조신화의 초기 시작이 천天
이라는 점과 대등하다. ……또한 시녀가 계자 같은 큰 기가 와서 임신하여
동명을 낳았다는 점은 서언왕 신화에서 궁녀가 알을 삼킨 후 설을 분만했
다는 양식과 유사하다. 그러나 《사기》의 상나라 시조신화에서는 천天이 나
타나지 않고 현조가 직접 명시되었다는 점이다. 현조가 시작 조건이고 신
성성이 확보되어 있기에 이는 새 토템의 증거가 될 수 있다. 그러나 부여의
그것에서는 다만 계자 같은 기가 시녀에게 와서 임신이 되어 동명을 낳았
다고 하는 데서 계자와 새 사이의 직접적인 연관성은 확정하기가 어렵다.**39**

이와 같은 박명숙의 언급이 상당히 자의적인 해석임을 지적
하지 않을 수 없다. 먼저 밑줄 그은 곳에서 보는 것처럼, 《후한
서》소재의 부여 동명 신화에 대한 해석이 지극히 자의적이다.
이 문장의 원문은 "먼저 하늘을 쳐다보았더니 계란만 한 크기
의 기운이 있어 나에게 내려온 연고로 임신을 하였다〔前見天上 有
氣大如雞子來降我因以有身王囚之〕."는 것이다. "계란〔雞子〕만 한 크기"의
"기운〔氣〕"을 가리키는 이 원문을 어떻게 "계란과 같은 형태"의
"빛으로 만들어진 알"로 해석할 수 있는 것이며, 게다가 과연
그 빛이 햇빛을 가리킨다고 단언할 수 있는지도 의문이 아닐
수 없다. 아무리 보아도 햇빛으로 만들어진 알로는 해석할 수
없다. 실제로 이 신화에서 말하고자 하는 것은 '기운'이지, 햇빛

---

39 박명숙, 〈고대 동이계열 민족 형성과정 중 새 토템 및 난생설화의 관계성 비
교 연구〉, 《국학연구》 14, 안동: 국학연구소, 2010, 93~94쪽.

과는 전혀 관계가 없다.

새만 나오면 다 신성하다고 하는 것도 문제가 아닐 수 없다. 상나라 설의 탄생신화에 나오는 '현조'가 《시경詩經》 상송편商頌篇 현조 조에 "하늘이 현조에게 명하여 [지상에] 내려가 상商을 낳게 하였다."[40]고 한 데서 신성성을 확보한 것은 사실이지만, 신화에 등장하는 새가 전부 토템의 대상이 되었던 것은 아니다. 박명숙은 토템 문제에 대하여 아래와 같이 지적한 바 있다.

> 난생에 초점을 맞추어 살펴보면, 그 모태는 하백의 딸이고 하백은 물의 신으로서 새와는 직접적인 관련성이 없다. 그러나 알을 낳은 모티프도 가미된 구성이라는 점에서 새와 관련이 전혀 없다고 보기도 어렵다. 한반도 남쪽을 본다면, 새 토템 성행에 대한 기록이 중국 사서에 남아 있다. "큰 새로 죽음을 바래는데 그 뜻은 사자로 하여금 날게 하고자 하는 데 있다[以大鳥送死 其意欲使死者飛揚]."라는 기재가 있다. 즉 영혼과 새는 밀접한 관계가 있어 새가 영혼을 날게 하는 기능을 담당한다고 여겼음을 알 수 있다. 그뿐만 아니라 삼한三韓 시대 소도蘇塗의 솟대 맨 꼭대기에 새가 있는 것은 모두가 아는 바이다.[41]

이와 같은 그의 논의는 견강부회牽强附會에 가깝다고 해도 좋을 듯하다. 먼저 유화가 알을 낳았다는 것만으로 새와 관련이 있다고 지적할 수 있는지 의심스럽다. 또 그는 진수가 3세기에

---

40 성백효 역주, 《시경집전》 下, 서울: 전통문화연구회, 1993, 423쪽. "天命玄鳥 降而商生."

41 박명숙, 앞의 논문, 95쪽.

편찬한《삼국지》위서 동이전 변진 조에 나오는 "큰 새의 깃털
을 사용하여 장사를 지내는데 그것은 죽은 자로 하여금 날아가
게 하라는 뜻이다."**42**라는 기록을 잘못 인용하여 '새털〔鳥羽〕'을
'새〔鳥〕'로 옮겼다. 이러한 풍속으로 과연 한족韓族이 새 토템을
가지고 있었다고 할 수 있을까? 신이 이용한다든지 신이 타고
다닌다고 하는 신령스러운 새에 대한 믿음이 일찍부터 존재했
던 것은 사실이다. 그리하여 새가 태양이나 신비한 것을 체현体
現하는 것으로 여기며 오래전부터 외경畏敬의 마음으로 숭앙해
왔다. 그런 표현의 하나가 바로 솟대의 꼭대기에 있는 새의 형
상이다. 이를 토템의 조류潮流로 볼 수 있는지 의문이다.

또한 여기에서 실제로 토테미즘이란 것이 과연 존재했었느
냐는 문제를 생각해 볼 필요가 있다. 19세기 이래로 많은 학자
들이 미개 사회의 어떤 사회 집단과 특정 동식물 또는 무생물
[토템] 사이의 특수한 제도적인 관계를 토테미즘Totemism이라
고 부르며 현지 조사로써 이 이론을 뒷받침하고자 해 왔다.

그러나 미개 사회에 대한 조사가 거듭될수록 각 사례 사이
에는 일반화할 수 없는 수많은 차이가 있음이 확인되었다. 프
랑스의 레비스트로스Claude Lévi-Strauss, 1908~2009는 "톰슨 강의
인디언들은 토템은 있지만 부족은 없다. 이로쿼이족은 동물 이
름을 딴 부족이지만 그 동물이 토템은 아니다. 두 씨족clan으로

---

42 陳壽,《三國志》, 서울: 경인문화사 영인본, 1975, 853쪽.
"以大鳥羽送死 其意欲使死者飛揚."

구성된 유크하지르족은 종교적 신앙을 가지고 있는데, 여기서 동물은 샤먼의 중재를 통해 중요한 역할을 하지만 사회 집단명으로 쓰이지는 않는다. 소위 토테미즘은 절대적인 정의를 내릴 수 없다."**43**고 하면서, 토테미즘이란 서구의 기독교 문명을 대변하는 사변적 학자들이 만들어 낸 허구에 지나지 않는 환상이라고 규정한 바 있다.**44**

그러므로 이렇게 명확하지도 않은 개념의 토테미즘 이론을 도입하여 조이족이란 민족 개념을 설정하고, 그들 사이에서 난생신화가 발생했다고 하는 주장을 액면 그대로 받아들이기는 어려울 것 같다. 우선은 중국의 동해안과 둥베이 지방에 거주하던 동이족들이 난생신화를 가졌고, 그것이 한반도나 중국의

43　클로드 레비스트로스, 류재화 역, 《오늘날의 토테미즘》, 서울: 문학과지성사, 2012, 14쪽.
토테미즘에 대한 절대적인 정의는 성립하지 않는다는 레비스트로스의 주장에는 영향을 주지 않으나, 이 인용문이 제시하는 구체적인 사례는 다소 유의할 필요가 있다. 혈연 여부에 차이가 있는 부족Tribe과 씨족Clan이 모두 부족으로 나와 있어 혼동될 수 있다. 원서 *Le Totémisme Aujourd'hui* 및 Rodney Needham이 옮긴 *Totemism*(Boston: Beacon Press, 1963)과 함께 보면, 우선 톰슨 강의 인디언이 없는 것은 씨족이다. 이로쿼이Iroquois는 한 부족이 아니라 여러 부족의 연맹이며, 그 어원은 명확히 밝혀지지 않았다. 이로쿼이 연맹에 속한 각 부족의 씨족 이름이 곰, 늑대, 사슴, 매 같은 동물 이름에서 비롯하였다. 또 유크하지르족은 Yukhagir를 그대로 적은 듯하나 이는 Les Youkaghirs, 곧 유카기르족Yukag(h)ir이다. 미국 자연사박물관의 후원 아래 이루어진 제섭 북태평양 조사의 보고서인 W. Jochelson, *The Yukaghir and the Yukaghirized Tungus*(Memoirs of the AMNH Vol. 13), Leiden: E. J. Brill; New York: G. E. Stechert & Co., 1926[AMNH Digital Library, 2006.2.2., 〈http://hdl.handle.net/2246/26〉, (2019.4.23.)]에는 거위goose·산토끼hare·물고기fish 등의 이름을 딴 유카기르족의 씨족이 나온다. 이 인용문만으로는 "여러 씨족으로 나뉘는[qui sont divisés en clans(who are divided into clans)]" 유카기르족이 두 씨족으로 구성되었다고 한 이유를 곧바로 알기 어렵다.

44　클로드 레비스트로스, 류재화 역, 위의 책, 27~48쪽.

화난 지방으로 퍼져 나갔다고 보는 것이 타당하지 않을까 한다. 바꾸어 말하면 원래부터 동이족이 가지고 있었던 난생신화가 한반도와 화난 지방 일대로 전해졌다는 것이다.

이와 같이 보는 경우에 중국 화난 지방에 전하는 난생신화를 어떻게 보아야 하느냐는 문제가 제기된다. 특히 이 지방에는 3세기 무렵 오吳나라의 서정徐整이 저술한 《삼오력기三五歷記》에 기록된 반고 신화盤古神話가 남아 있다. 그 내용을 살펴보기로 한다.

[자료 10]

천지가 혼돈混沌하여 그 형상은 마치 달걀과 같았는데 반고는 그 안에서 태어났다. 1만 3천 년 전 천지가 개벽할 때 맑고 가벼운 양기陽氣는 위로 올라가 하늘이 되었고, 탁하고 무거운 음기陰氣는 아래로 내려가 땅이 되었다. 반고는 그 안에 있었는데, 하루에도 수없이 변하였다. [그의] 지혜는 하늘을 앞질렀고, 능력은 땅을 압도했다. 하늘은 날마다 한 장丈씩 두꺼워졌으며, 반고는 날마다 한 장씩 성장하였다. 이렇게 1만 9천 년 동안 하늘은 끝없이 높아졌으며, 땅은 끝없이 깊어지게 되었고, 반고는 한없이 성장했다.[45]

이 신화는 '우주란宇宙卵, cosmic egg' 사상에 바탕을 둔 난생신화의 전형을 보여 준다고 할 수 있다. 이런 지적이 가능한 이유

---

45 서유원, 《중국의 창세신화》, 서울: 아세아문화사, 1998, 77쪽.
"天地混沌如鷄子 盤古生其中. 萬八千歲 天地開闢 陽淸爲天 陰濁爲地. 盤古在其中 一日九變 神於天 聖於地. 天日高一丈 地日厚一丈 盤古日長一丈. 如此萬八千歲 天數極高 地數極深 盤古極長."

는 마치 달걀과 같은 형상, 곧 '우주란' 속에서 태어난 반고가 하늘과 땅을 분리함으로써 오늘날과 같은 세상을 만들었다고 하는 창세신화의 성격도 아울러 지니고 있기 때문이다.

이와 같은 이 신화에 대하여, 서유원徐裕源은 "이러한 신화는 혼천설渾天說의 우주 모형을 잘 비유하고 있다. 즉 우주는 본디 계란 속과 같은 혼돈 형상을 하고 있었음을 암시하고 있고, 우주란의 각 부분들이 변화하여 이 세상의 만물이 되었다는 것이다."46 라고 하여, 반고 신화가 혼천설을 그대로 반영한다고 보았다.

그가 이곳에서 언급한 우주란 사상을 반영하는 혼천설은 아래와 같은 이야기를 지칭한다.

[자료 11]

하늘은 처음 달걀과 같이 생겼으며, 대지는 알 중의 노른자와 같았는데 홀로 외롭게 하늘 안에 자라고 있었다. 하늘은 커지고 대지는 작아졌다.47

이것은 7세기 무렵 당 태종의 명을 받들어 방현령 등이 편찬한 《진서》 천문지天文志에 인용된 《혼천의주渾天儀注》에 기록된 이야기이다. 이러한 이 자료에는 우리가 살고 있는 세상이 처음에는 달걀과 같이 생긴 것에서 만들어졌다고 하는 우주란 사상이 반영되어 있다.

46　앞의 책.
47　위의 책, 78쪽.
　　"天如鷄子 地如鷄中黃 孤居於天內 天大而地小."

그러므로 중국에 일찍부터 혼천설의 우주란 사상에 바탕을 둔 난생신화가 존재했었다는 것은 거의 확실하다고 하겠다. 이런 사실을 증명해 주는 것이 바로 반고 신화라고 보아도 무방하지 않을까 한다. 그렇다면 이와 같은 신화가 어디에서 유입된 것일까 하는 문제가 제기된다.

이 난생신화를 한족漢族의 전승으로 보는 학자들도 있다.**48** 그렇지만 앞에서 살펴본 것처럼, 이것은 이미 1세기 무렵 사마천의 《사기》에 기록된 것이다. 이 사서에는 상나라 설의 탄생담([자료 8])이 수록되어 있고, 진 민족의 시조인 대업의 탄생담([자료 9])도 아울러 기록되어 있다. 이렇게 동이족에 속하는 집단의 난생신화는 3세기에 기록된 반고 신화([자료 10])보다 2세기 정도 먼저 기록된 것이다. 이와 같은 사실은 동이족들 사이에 전승되던 난생신화가 중국 남부 지방에 전해졌을 가능성을 배제할 수 없게 만든다.

이런 가능성은 오늘날 중국 학계에서 제기되는 주장, 즉 먀오족Miao, 苗族의 형성이 동이족과 관련이 있다는 견해로써 한층 더 확실해질 수 있을 듯하다. 먀오족이 신봉하는 치우蚩尤가 태호太皞·소호少昊와 마찬가지로 동이 집단에서 분화되었다는 견해에는 거의 이견이 없다.**49** 더욱이 중국 남부 지방의 구이저우

48　陶陽·牟钟秀,《中國創世神話》, 上海: 上海人民出版社, 1990, 1쪽.
　　서유원도 반고 신화를 중국 한족의 전승으로 보았다[앞의 책, 11~18쪽].

49　徐旭生,〈我國古代部族三集團考〉,《中國上古史論文選集》上, 台北: 華世出版社, 1979, 340~350쪽[박명숙, 앞의 논문, 86쪽에서 재인용].

성貴州省을 비롯하여 후난성湖南省·쓰촨성·광시성廣西省·윈난성 등지에 살고 있는 먀오족은 치우를 자기들의 조상으로 믿고 숭배해 왔다. 그들의 구비 설화나 구비 서사시에도 치우를 숭배한 흔적이 있다고 한다.[50]

박명숙이 소개한 바 있는 먀오족 고가古歌의 천지개벽편天地開闢篇을 살펴보기로 한다.

[자료 12]

최고最古의 연대는 멀고도 멀다네.
그 최초의 먼 옛날에
다행히 검은 구름이 부화孵化되어 있었다네.
부화하는 것은 오랜 신뉴申狃 알이라네.
이리저리 안고 부화하고 있다네.
부화의 세월이 너무 오래라네.
알껍데기는 부싯돌이 되어 갔다네.
알에서 검은 그림자가 꾸물꾸물 움직였다네.
다리가 긴 아이가 태어났다네.
다리 긴 아이는 힘이 장사라네.
알껍데기에 한 번 발길질하니
알이 흔들흔들 움직이네.
흔들어대니 두 조각으로 갈라졌다네.
한 조각은 튀어올라 위로 갔고
한쪽은 아래로 떨어졌다네.
얇은 두 조각으로 변했다네.[51]

50　伍新福, 〈論蚩尤〉, 《中南民族學院學報》 武漢: 中南民族學院, 1997[박명숙, 앞의 논문, 86~87쪽에서 재인용].

이 가사는 반고가 혼돈 속에서 태어나는 모습을 표현하고 있다. 이런 노래가 지금까지 전해진다는 사실은 동이족의 영향을 받은 먀오족이 오랜 기간에 걸쳐 반고 신화를 전승해 왔음을 나타낸다고 보아도 좋을 듯하다.

만약에 이런 추정이 허용된다고 한다면, 중국의 동해안과 둥베이 지방에 전하던 난생신화가 점차 그 범위를 넓혀 가서 화난 지방으로 전해졌을 것이라는 가설은 한층 더 타당성을 가진다고 할 수 있다.[52]

4-2 연구의 의의

한국의 왕권신화들 가운데 난생신화만큼 많은 문제를 안고 있는 것도 드물 것 같다. 이것이 남방 해양 계통의 신화라고 주장한 일본의 미시나 아키히데의 주장을 엄격하게 검증을 거치지 않은 채 무비판적으로 받아들였기 때문이다. 그러나 미시나의 연구는 일본 제국주의자들의 분할통치 정책을 이론적으로 뒷받침하기 위한 것이었으며, 의도적으로 일정한 지역의 것만을 모아 하나의 문화권으로 분류한 것이다.

---

51 潘定智 等 編, 《苗族古歌》, 貴州: 貴州人民出版社, 1997, 154쪽[박명숙, 앞의 논문, 88쪽에서 재인용].

52 이 책에서 논의한 미시나 아키히데의 난생신화 남방기원설에 대해서는 김화경, 〈한국 난생신화의 연구: 난생신화의 남방기원설에 대한 비판적 접근〉, 《민속학연구》 43, 서울: 국립민속박물관, 2018, 6~22쪽에서 좀 더 자세하게 논의하였다.

먼저 그는 한국 남부 지방의 난생신화, 즉 가락국의 수로 신화와 신라의 혁거세 신화가 대만의 자료들과 밀접한 관련이 있다고 지적하였다. 그렇지만 그가 예로 들은 파이완족 시조신화들은 그 형태나 내용 면에서 수로 신화 및 혁거세 신화와 직접적인 관련이 있다고 볼 수는 없는 것이었다. 미시나의 이 같은 주장은 한국과 대만을 아우르는 거대한 대동아 공영권을 꿈꾸었던 일본 제국주의자들의 영토 팽창 정책에 기여하려는 저의가 작용한 것으로 보인다.

또 그는 서국 서언왕 신화가 중국 한족漢族의 것으로서 고구려 주몽 신화의 성립에 영향을 미쳤다고 주장하였다. 그러나 현재 학계에서는 서국을 세운 것은 동이족 일파라고 보고 있다. 같은 동이족이었던 상나라 설의 탄생담과 진나라의 시조 대업의 탄생담에 난생 모티프가 있다는 문제는 난생형 시조신화에 대한 장광직의 견해를 받아들여 동이족들이 원래부터 난생신화를 가지고 있었을 것이라고 상정하였다. 이는 좀 더 심도 깊은 학제 간 연구가 수행되어야 할 과제이므로 우선 신화학의 측면에서 하나의 가설로 제시하는 데 그쳤다.

아울러 근래 중국 거주 조선족 학자 문일환이 난생신화의 조이족 발생설을 주장하여 관심을 끌고 있으므로 이 견해에 대해서도 일별하였다. 그는 보하이만 일대의 조이족이 난생신화를 창출하였을 것으로 상정했고, 상나라의 '현조상생'이나 서국의 서언왕 신화가 그 흔적이라고 하였다. 이러한 주장을 계승한 박명숙은 조이족의 새 숭배가 부여의 동명 신화와 변진의 장제에 남아 있어 새 토템사상이 존재했다고 보았다.

그러나 이 같은 주장은 자료를 자의적으로 해석하여 내린 결론이었고, 한국 고대 사회에서의 토테미즘 존재 여부를 명확하게 밝힌 것이 아니었다. 게다가 레비스트로스에 따르면 토테미즘이라는 개념은 서구 기독교 문명을 대변하는 사변적인 학자들이 만들어 낸 허구에 지나지 않는다.

동이족이 원래부터 난생신화를 가지고 있었다고 하는 경우에는 3세기 무렵《삼오력기》에 기록된 반고 신화를 어떻게 보아야 하는가 하는 문제가 제기된다. 반고 신화는 마치 달걀과 같은 우주란 속에서 태어난 반고가 오늘날과 같은 세상을 만들었다고 하는 창세신화의 성격을 띤다. 이 신화를 한족의 자료로 보는 학자도 있으나, 동이족의 난생신화인 상나라 설의 탄생담과 진나라 대업의 탄생담이 이미 1세기경《사기》에 실렸다는 점을 고려한다면 반고 신화도 동이족의 난생신화에 영향을 받았을 가능성을 생각해 보지 않을 수 없을 것이다.

그런데 오늘날 중국의 학계에서는 화난 지방에 사는 먀오족이 동이족과 관계가 있다는 견해가 타당성을 얻고 있다. 이런 사실을 바탕으로 하면 이 묘족이 화난 지역으로 이동하는 과정에서 동이족이 가졌던 난생신화가 이곳으로 전해졌다고 가정하였다. 이 경우 중국의 동해안과 둥베이 지방에 전하던 난생신화가 점차 그 범위를 넓혀서 화난 지방까지 확장되었다는 상정이 더욱 분명해진다고 하겠다.

5-1 탈해의 도래신화

한국은 삼면이 바다로 둘러싸인 반도에 자리한다. 그래서
바다를 통한 문화의 교류는 지극히 자연스러웠을 것이다. 하지
만 해양을 통해서 들어온 민족이나 그 문화가 한국 민족 문화
의 형성에서 주류를 형성했을 것이라고 생각되지는 않는다. 실
제로 일제 어용학자들이 주장했던 한족韓族의 남방 기원설이 타
당하다는 증거를 어디에서도 발견할 수 없다. 최동崔棟은 "간玕,
한韓은 한汗, 한韓과 동음同音이며 또 동일한 의미이다."[1]라 하였
고, 김정배金貞培도 "예濊·맥貊·한韓은 한민족 구성의 근간이지만
이들은 지역적인 분포를 갖고 있는 동일 민족이며 결코 상이한
주민은 아니다."[2]라고 한 것으로 보아, 한족을 남방에서 들어왔

---

1   최동, 《조선상고민족사》, 서울: 동국문화사, 1969, 109쪽.

다고 주장할 근거가 확실하지 않은 것은 분명하다.

그러나 그렇다고 하여 한국의 문화가 내륙에서 유입된 문화만으로 성립되었다고 주장하는 것도 무리일 것 같다. 해양으로 들어온 문화도 한국 민족 문화의 성립에 적지 않은 역할을 했을 것으로 상정된다. 이런 사실을 나타내는 것이 바로 탈해 신화이다. 이 신화는《삼국사기》권1 신라본기 탈해 이사금 조와《삼국유사》권1 기이편 탈해왕 조에 전한다. 이들 자료에서는 다 같이 탈해가 태어난 곳을 '왜국倭國의 동북 1천 리에 있는 다파나국多婆那國(-용성국龍城國)'이라고 하였다.

이 장에서는 이와 같은 신화의 기록에 착안하여, 탈해 집단이 동북시베리아 일대에서 어로 문화漁撈文化와 함께 한국의 동해안으로 들어왔음을 구명하려고 한다. 그리하여 이미 앞에서 논의한 바 있는 난생신화 기원 문제의 한 단면을 살펴보고, 나아가서는 북방의 어로 문화가 한국의 기층문화 형성에 적지 않은 역할을 했다는 사실을 증명함으로써 이 자료의 도래신화渡來神話적 성격도 아울러 해명하는 기회를 가질 것이다.

주지하다시피 탈해는 신라에 들어와서 왕이 되었다. 이것은 그가 속한 집단이 이미 이 지역에 먼저 들어와서 살고 있던 집단보다 선진적인 문화를 가졌음을 의미한다고 보아도 좋을 것이다. 그러므로 그가 어디로부터 어떤 문화를 가지고 들어왔는가 하는 문제를 밝히는 작업은 한국 기층문화의 형성 과정을

---

2   김정배,《한국민족문화의 기원》, 서울: 고려대학교출판부, 1979, 103쪽.

재구하는 데 매우 중요한 의의를 가진다고 하겠다. 지배 계층의 선진적인 문화는 피지배 계층의 문화가 성립되고 발전되는데 어떠한 형태로든 영향을 미치지 않을 수 없으므로, 탈해 집단이 가지고 들어온 문화는 민족 문화의 형성에 상당한 기여를 했을 것으로 생각되기 때문이다.

그래서 이 장에서는 먼저 탈해가 어디로부터 들어왔는가 하는 출자出自의 문제부터 살펴보기로 한다. 《삼국사기》와 《삼국유사》에 실린 탈해 신화가 권1 기이편紀異編 탈해왕 조에 전하고 있는데, 이들 두 자료는 줄거리의 전개에 있어서 그다지 큰 차이를 보이지 않으므로 여기에서는 《삼국유사》의 자료를 이용하기로 한다.

[자료 1]

(1) **남해왕 때**(옛 책(古本)에 임인년에 왔다고 한 것은 잘못이다. 가까운 일이라면 노례왕努禮王 즉위 초의 일이므로 양위를 다툰 적이 없게 되고, 먼저 일이라면 혁거세왕 때이므로 임인년이 아니라는 것을 알 수 있다.) 가락국 바다에 배가 와서 닿았다. 그 나라의 수로왕이 신하 및 백성들과 북을 치고 떠들면서 맞아들여 머무르게 하고자 했다. 그러나 배는 빨리 달아나 계림鷄林 동쪽 하서지촌 아진포(지금도 상서지와 하서지라는 촌 이름이 있다.)에 이르렀다.

(2) ㉠ 그때 갯가에 한 늙은 할멈이 있었는데 이름을 아진의선阿珍義先이라 했다. 그녀는 혁거세왕 때 바다에서 고기를 잡던 사람의 어머니였는데, 배를 바라보고 "이 바다 가운데에는 원래 바위가 없는데, 어찌된 까닭으로 까치가 모여들어 울꼬?"라고 하면서, 배를 끌어당겨 찾아보았다. 까치가 배 위에 모여들고 그 배 안에 궤짝이 하나 있었다. 길이는 20자, 넓이는 13자나 되었다. 그 배를 끌어다가 어떤 나무 숲 아래에 두고, 흉한 것인가 길한 것인가를 알지 못해서 하늘을 향해 고하였다. 조금 있다가 궤를 열

어 보니 단정한 사내아이와 일곱 가지 보물, 노비 등이 그 속에 가득 차 있었다. 그들을 7일 동안이나 대접했다.

(3) 이에 사내아이는 "나는 본래 용성국(또는 정명국正明國이나 완하국琓夏國이라고도 하는데, 완하는 화안국花廈國이라고도 한다. © 용성은 왜국 동북 1천 리에 있다.) 사람이요, 우리나라에는 일찍이 이십팔 용왕이 있었소. 모두 사람의 태에서 났으며, 오륙 세 때부터 왕위에 올라 만민을 가르쳐 성명姓名을 바르게 했소. 팔품의 성골姓骨이 있었으나 선택하는 일 없이 모두 왕위에 올랐소. 그때 우리 부왕 함달파含達婆가 적녀국積女國의 왕녀를 맞아서 왕비로 삼았는데, 오래도록 아들이 없으므로 기도하여 아들을 구했더니 7년 뒤에 커다란 알 한 개를 낳았소. 이에 대왕이 여러 신하를 모아 묻기를 '사람으로서 알을 낳은 일은 고금에 없는 일이니 아마 좋은 일은 아닐 것이다.'라고 하시면서 궤를 만들어 나를 그 속에 넣고, 일곱 가지 보물과 종들까지 배 안에 실어 바다에 띄우면서, © 인연 있는 곳에 닿는 대로 나라를 세우고 가문을 이루라고 축원했소. 문득 붉은 용(赤龍)이 나타나 배를 호위하여 이곳으로 왔소."라고 하였다.

(4) 말을 마치자, 그 사내아이는 지팡이를 끌며 두 종을 데리고 토함산 위에 올라가 돌무덤을 만들고 7일 동안 머물면서 성안에 살 만한 곳이 있는가를 찾아보았다. 마치 초승달처럼 생긴 산봉우리 하나가 보이는데, 가히 오래도록 살 만하였다. 이에 내려가 알아보았더니 곧 호공瓠公의 집이었다. ② [그는] 곧 꾀를 써서 남몰래 그 집 옆에 숫돌과 숯을 묻고는 이튿날 아침에 그 문 앞에 가서, "이곳은 우리 조상 대대로 살던 집이다."라고 하였다. [그러자] 호공은 그렇지 않다고 하여 시비를 따지다가 결판을 못내고, 끝내는 고발을 하였다. 관리가 말하기를 "무슨 증거로 이것을 너의 집이라고 하느냐?"고 하니, 그 아이가 "우리 조상은 본래 대장장이인데 잠시 이웃 지방으로 나간 사이에 다른 사람이 빼앗아 여기에 살았습니다. 땅을 파서 조사해 주십시오."라고 하였다. 그 말대로 [땅을 파] 보았더니, 과연 숫돌과 숯이 나왔다. 이리하여 그 집을 빼앗아 살게 되었다.

(5) 이때 남해왕南解王이 탈해가 슬기로운 사람임을 알고 맏공주를 그의 아내로 삼게 하니 이가 바로 아니부인阿尼夫人이다.

(6) 하루는 토해吐解가 동악東岳에 올라갔다가 돌아오는 길에 하인(白衣)

으로 하여금 마실 물을 찾아오게 하였다. 하인이 물을 떠 오다가 도중에 먼저 마시고 드리려고 하였더니, 물그릇이 입에 붙어 떨어지지 않았다. [그래서] 탈해가 꾸짖으니, 하인이 맹세하여 말하기를 "이후에는 가까운 곳이든 먼 곳이든 간에 먼저 마시지 않겠습니다."라고 하니, 그제야 그릇이 떨어졌다. 이로부터 하인이 두려워하여 감히 속이지 못하였다. 지금 동악 가운데 우물 하나가 있는데, 세간에 부르기를 요내정遙乃井이라 하는 것이 바로 이것이다.

(7) 노례왕弩禮王이 돌아가매 광호제光虎帝(光武帝) 중원中元 2년[57년] 정사丁巳 6월 탈해가 왕위에 올랐다.

(8) [탈해가] "이것이 옛적 우리 집이다."라고 하면서 남의 집을 빼앗았으므로 성을 석씨昔氏라고 하였다. 혹은 ⓓ 까치[鵲]로 말미암아 궤를 열었다고 하여 작鵲 자에서 조鳥 자를 떼고 성을 석씨라고 하였다고도 하며, 또 궤짝을 열고 알에서 나왔다고 하여 이름을 탈해脫解라고 하였다고도 한다.[3]

---

3   최남선 편, 《신정 삼국유사》, 경성: 삼중당, 1946, 47쪽.
"南解王時 古本云壬寅年至者謬矣 近則後於弩禮卽位之初 無爭讓之事 前則在於
赫居之世 故知壬寅非也 駕洛國海中有船來泊 其國首露王 與臣民鼓譟而迎 將欲
留之 而舡乃飛走 至於雞林東下西知村阿珍浦 今有上西知 下西知村名 時浦邊有
一嫗 名阿珍義先 乃赫居王之海尺之母 望之請曰 此海中元無石嵓 何因鵲集而鳴
挐舡尋之 鵲集一舡上 舡中有一櫃子 長二十尺 廣十三尺 曳其船 置於一樹林下 而
未知凶乎吉乎 向天而誓祝 俄而乃開見 有端正男子 幷七寶奴婢滿載其中 供給七日
酒言曰 我本龍城國人 亦云正明國 或云琓夏國 琓夏或作花廈國 龍城在倭東北一
千里 我國嘗有二十八龍王 從人胎而生 自五歲六歲繼登王位 敎萬民修正性命 而
有八品性骨 然無揀擇 皆登大位 時我父王含達婆 婚積女國王女爲妃 久無子鳳 禪
祀求息 七年後産一大卵 於時大王會問群臣 人而生卵 古今未有 殆非吉祥 乃造櫃
置我 幷七寶奴婢載於舡中 浮海而祝曰 任到有緣之地 立國成家 便有赤龍 護舡而
至此矣 言訖 其童子曳丈率二奴 登吐含山 作石塚 留七日 望城中可居之地 見一峰
如三日月 勢可久之地 乃下尋之 卽孤公宅也 乃設詭計 潛埋礪炭於其側 詰朝至門
云 此是吾祖代家屋 孤公云否 爭訟不決 乃告于官 官曰 以何驗汝家 童曰 我本冶
匠 作出隣郷而人取居之 請掘地撿看 從之 果得礪炭 乃取而居焉. 時, 南解王知脫
解是智人, 以長公主妻之, 是爲阿尼夫人. 一日, 吐解登東岳, 廻程次, 令白衣索水
飮之, 白衣汲水, 中路先嘗而進, 其角盃貼於口不解. 因而嘖之, 白衣誓曰, 爾後若
近遙, 不敢先嘗. 然後乃解. 自此白衣讋服, 不敢欺罔. 今東岳中有一井, 俗云遙乃
井是也. 及弩禮王崩, 以光虎帝中元二年丁巳六月, 乃登王位. 以昔是吾家取他人
家故, 因姓昔氏. 或云, 因鵲開櫃, 故去鳥字, 姓昔氏, 解櫃脫卵而生, 故因名脫解."

이 신화는 (1) 탈해의 도래와 (2) 아진의선의 영접, (3) 그의 출자, (4) 탈해의 비범한 능력, (5) 그 능력의 공인, (6) 그의 주술, (7) 왕위 등극, (8) 석씨 성의 유래 등 여덟 개의 단락으로 나뉜다. 이렇게 구분되는 이 신화의 단락 (3)의 ㉰에서 "인연이 있는 곳에 네 마음대로 닿아 나라를 세우고 가문을 이루라."고 했다는 신화적 표현으로 보아, 석씨라는 성씨 시조이면서도 부족국가의 건국신화이던 것이 신라가 부족 연맹체로 통합되면서 왕권신화의 일부로 편입되었다는 것을 알 수 있다.

이 탈해 신화에서 그의 출자를 알 수 있는 곳은 단락 (3)의 ㉡이다. 그는 자신이 태어난 용성국을 "왜국의 동북 1천 리에 있다."고 밝혔다. 이 용성국에 대하여 미시나 아키히데는 1973년에 펴낸 《삼국유사고증三國遺事考證》에서는 "《사》[《삼국사기》]에서는 《유》[《삼국유사》]의 용성국이 다파나국으로 바뀌어 있다. 다파나국이라는 이름은 《위지魏志》 세종기世宗紀 영평永平 원년 3월 기해己亥 조에 서역의 우전于闐과 함께 보인다. 아마 서역의 한 소국이었을 것이다. 용성국의 함달파왕이 서역의 악신樂神 간다르바Gandharva, 乾達婆 신앙에서 유래하였다고 생각되기 때문에, 여기에 보이는 다파나국은 비록 지리적으로는 전혀 맞지 않다 해도 불경佛經에 의한 문화 전파 경로 면에서 말한다면 용성국과 일치한다고 인정하여도 좋지 않을까."[4]라고 하여, 서역 지방이라는 견해를 밝힌 바 있다.

---

4   三品彰英, 《三國遺事考證》 上, 東京: 塙書房, 1973, 490~491쪽.

그러나 이보다 먼저 출판된 《신화와 문화사神話と文化史》에서는 "왜국의 동북 1천 리라고 하는 곳은 분명히 동해에 있어야 하고, 또 그것이 용성국이라고 하는 다른 이름을 가지고 있으며[그는 《삼국사기》에 실린 탈해 신화 자료를 고찰하였으므로 이렇게 표현하였다-인용자 주] 일찍이 이십팔 용왕이 있었다고 한다면, 그 나라는 동해 용왕국이라고 하는 신화적 관념에서 나왔다고 보아야 타당할 것이다."5라고 하였다.

이렇게 다른 견해를 제시하면서도 미시나는 "신라의 탈해왕 신화는 불교설화가 민족 고유의 난생 관념에 이끌려 채택된 것이라고 생각하고 싶다. 물론 불교설화에서 차용하였다고 하더라도, 그것을 채택할 소지로서 이미 민족적인 시조 난생 관념이 먼저부터 있었던 것이다. 자세하게 말한다면, 불교설화를 차용하여 그들 스스로가 가지고 있던 시조신화를 자연스럽게 성장시켰다고 해야만 할 것이다."6라고 하여, 불교설화와 연관이 있다고 보았다. 그가 이곳에서 지적하고 있는 불교설화의 내용을 간단히 소개하면 아래와 같다.

[자료 2]

왕비[판찰라국Pañcāla, 般遮羅國의 왕비를 가리킨다-인용자 주]가 오백 개의 알을 낳고, 부끄러워하면서 [이것이] 재변災變이 될까 두려워하여 [그것들을] 조그마한 함에 넣어 갠지스강[殑伽河]에 버렸더니 강을 따라 떠내려갔다. 이

---

5   三品彰英, 《神話と文化史》, 東京: 平凡社, 1971, 328쪽.

6   위의 책, 381쪽.

윗 나라의 왕이 [그] 강물을 보고 사람을 보내어 가져오게 하였다. 그랬더니 [그가] 알들을 발견하여 가지고 돌아왔다. 며칠이 지나서 열어본즉 제각기 한 아이가 나왔는데, 자라나면서 대단히 용감하여 가는 곳마다 모두 복종하였다.[7]

이 설화의 내용이 탈해 신화와 상당히 비슷한 요소들로 이루어진 것은 사실이다. 그러므로 미시나가 탈해 신화가 불교설화의 영향을 받았다고 한 주장은 어느 정도 타당성을 가진다고 볼 수 있다. 그러나 그가 선재했다고 주장하는 민족적 시조 난생 관념의 형성은 문제가 있다. 앞서 제4장에서 살펴본 것처럼 그는 한국의 난생신화가 남방에서 들어왔다고 주장하였다. 이와 같은 그의 주장이 한족의 남방 유입설을 위한 허구였다는 것은 이미 구명한 바 있다.

따라서 탈해의 출자 문제는 더욱 면밀하게 검토할 필요가 있다. 이 문제의 해결에는 [자료 1]의 ㉡이 실마리를 제공해 준다고 할 수 있다. 탈해 신화가 전하는 《삼국유사》에는 말할 것도 없고, 《삼국사기》에도 "탈해는 본래 다파나국의 출생인데 그 나라는 왜국의 동북 1천 리에 있다."[8]고 기록되어 있다. 정사正史에도 이렇게 기록되어 있다는 것은 이것이 신화적인 허구가 아니고, 어떤 사실을 반영한다고 볼 수밖에 없기 때문이다.

7　앞의 책, 339~340쪽에서 재인용.

8　김부식, 《삼국사기》, 서울: 경인문화사 영인본, 1982, 6쪽.
　　"脫解 本多婆那國所生也 其國在倭國東北一千里."

그렇다면 이것을 어떻게 해석해야 할까? 우선 왜국이 어디를 지칭하는가 하는 것부터 문제가 된다. '왜倭'는 《삼국지三國志》 위서魏書 오환·선비·동이전烏丸鮮卑東夷傳 왜倭 조에 나오는 바와 같이 여왕 히미코卑彌呼가 다스린 야마타이쿠니邪馬台國가 있었다고 여겨지는 기타큐슈北九州를 가리킨다고 보는 것이 타당할 것 같다.**9** '동북'은 방위를 나타내는 것이고, '1천 리'는 구체적인 거리가 아니라 아주 먼 거리[至遠距離]를 말한다고 할 수 있다.**10** 이렇게 본다면 이곳은 캄차카반도Kamchatka peninsula가 있는 동북시베리아 일대에 해당된다.

그런데 현재 이곳에 살고 있는 고아시아족Paleo-Asiatics 계통의 코랴크족Koryak이 난생신화를 가지고 있어 관심을 불러일으킨다.

[자료 3]

퀴킨냐쿠Quikınn·a´ku(Kuikinnya ku), 위대한 까마귀는 버드나무 껍질을 모으러 나갔다. 그의 아내 미티Miti는 강아지들에게 먹이를 주느라 바빴다. 퀴킨냐쿠가 자리를 비운 사이 바키심틸란Vakı´thımtıla℮n(Bakithimtilan), 까치 사람이 개집에 와서 강아지들과 함께 먹이를 먹었다. 그러면서 [그는] 미티의 얼굴을 귀엽다는 듯이 부리로 콕콕 쪼아댔다.

퀴킨냐쿠는 집에 오자마자 코가 어떻게 해서 [그렇게 되었느냐고] 물었다. 아내가 개집의 뾰족하게 튀어나온 곳에 스쳐서 벗겨졌다고 하자, 퀴

---

9 大林太良, 《邪馬台國》, 東京: 中央公論社, 1977, 92~112쪽; 森浩一, 《倭人傳を讀みなおす》, 東京: 筑摩書房, 2010, 17~21쪽.

10 한글학회, 《우리말 큰사전》 둘째권, 서울: 어문각, 1992, 4058쪽.

킨냐쿠는 튀어나온 곳을 모두 잘라냈다. 이튿날 퀴킨냐쿠가 다시 버드나무 껍질을 구하러 나가고 없는 사이에 바키심틸란이 다시 찾아왔다. 이때 미티는 바키심틸란을 집으로 끌어들였다. 그리고 그들은 정사情事를 시작했다. 하지만 퀴킨냐쿠가 갑자기 돌아오는 바람에 중단되었다. 퀴킨냐쿠가 바깥에서 버드나무 껍질을 가지러 나오라고 소리쳤지만, 미티는 가죽을 밟느라 바쁘다고 외쳤다. 퀴킨냐쿠가 재차 부르자, 미티는 이번엔 그 나뭇짐을 아주 힘을 주어 한 번 강하게 잡아당겨서는 집 안으로 들였다.

이상한 생각이 든 퀴킨냐쿠는 집 안에 들어가 불을 지폈다. 그러고는 굴뚝을 막아서, 연기가 침실로 가득 들어가게 하였다. 바키심틸란은 숨을 헐떡거리면서 침실에서 나와 겨우 도망을 쳤다. 그러나 미티는 바키심틸란의 아이를 배었다. 이윽고 미티가 두 개의 알을 낳았는데, 거기에서 인간과 같은 어린아이가 태어났다.

세월이 지나 어느 날 모두가 잡아온 물고기들을 저장하려고 바쁘게 일하는데, 쌍둥이 가운데 한 아이가 미티에게 배가 고프다고 칭얼거렸다. 퀴킨냐쿠가 쌍둥이들에게 제각기 훈제 연어를 통째로 주었지만 두 아이들은 여전히 만족하지 않았다. 퀴킨냐쿠는 "도둑 까치의 자식들이기 때문이다."라며 별로 놀라지도 않았다. 하지만 아이들은 울기만 할 뿐이었다. 미티는 그들을 초지草地 여행용 가방에 넣어 바키심틸란의 집으로 데리고 갔다. 미티는 그들을 마루에 내던지고는 아이들 아버지와 함께 살기로 하였다.

퀴킨냐쿠는 외로워지면 미티를 찾아가서 음식을 얻어먹고는 집으로 돌아갔다.[11]

이 자료는 미국 자연사박물관American Museum of Natural History의

---

11   W. Jochelson, *The Koryak: Religion and Myth* (Memoirs of the AMNH Vol. 6), Leiden: E. J. Brill; New York: G. E. Stechert & Co., 1905[AMNH Digital Library, 2005.10.4., 〈http://hdl.handle.net/2246/27〉, (2019.4.23.)]; M. Jordan, *Myths of the World: A Thematic Encyclopedia*, London: Kyle Cathie Ltd., 1993, pp.9~14.

후원 아래 스웨덴 출신의 미국 민족학자 요셸손Waldemar(Vladimir) Jochelson, 1855~1937이 1900년 제섭 북태평양 조사Jesup North Pacific Survey 때 캄차카반도의 카멘스코예Каменское(Kamenskoye)라는 해변 마을에서 조사한 것으로, 이야기의 후반부가 상당한 혼란을 보이고 있으며 요점도 흐려져 있는 것 같은 인상을 준다. 그렇지만 조던Michael Jordan, 1941~이 지적한 것처럼**12** 이 신화는 동물이나 새도 인간의 모습으로 나타날 수 있는 영적인 힘이 있다는 많은 샤머니즘 사회의 생각을 그대로 드러낸다.

이러한 이 자료는 탈해 신화와 유사한 모티프를 거의 갖고 있지 않다. 그러므로 이들 두 신화가 직접적으로 관계를 가진다고 보기는 어렵다. 하지만 이 자료에서 중요한 두 가지 단서를 찾을 수 있다. 하나는 《삼국사기》와 《삼국유사》에서 다파나국이나 용성국이 있다고 가리키는 이 지역 일대에 난생신화가 전승되고 있다는 사실이다. 또 다른 하나는 이 자료에서 알을 낳는 미티에게 임신을 시키는 주체가 까치라는 점이다.

첫 번째 단서는 난생신화가 남방 문화의 전유물이 아니란 점을 말해 준다. 다시 말해 북방의 시베리아 지역에도 난생신화, 그 가운데에서도 미시나가 말하는 가장 원초적인 조란형鳥卵型 자료가 발견된다는 사실은 이 일대에 그들 고유의 난생 관념이 존재했었다는 것을 드러낸다고 보아도 크게 잘못은 없을 것 같다. 이런 의미에서 시베리아 동북부 지방에 있는 사하 공

12　　M. Jordan, op. cit., p.10.

화국(야쿠티아 공화국)의 야쿠트족Yakut이 난생신화를 가지고 있다는 것은 많은 시사를 던져 준다고 하겠다.

[자료 4]

솔개가 샤먼shaman이 될 숙명을 가진 한 아이의 혼을 잡어먹은 뒤 여름철 태양이 떠오르는 방향인 남동으로 날아갔더니, 거기에 해묵은 초목이 우거진 백화白樺와 낙엽송이 솟아나 있었다. 이 두 나무 가운데 하나에 솔개는 알을 낳아서 까고, 그 유아를 나무 밑 풀밭에 놓아서 축류畜類에게 양육을 맡겼다.13

이것은 야쿠트인들 사이에 전하는 샤먼의 기원신화인데, 그들은 가장 위대한 샤먼을 솔개가 보냈다고 믿고 있다.14 시베리아 일대에 사는 여러 종족들에게 샤먼이 실질적·정신적 지도자라는 점을 감안하면,15 야쿠트족이 이런 난생신화를 가졌다는 것은 사제자司祭者 내지는 지배자가 비정상적으로 알에서 태어났다는 관념이 그들 사이에 널리 유포되어 있음을 뜻한다.

야쿠트족은 바이칼 호수 부근에 살다가 현재의 위치로 이동하였다고 알려져 있다.16 따라서 그들이 [자료 4]와 같은 신화를 가졌다는 것은 야쿠트족이 원래부터 난생신화를 가졌거나,

---

13 니오라쩨, 이홍직 역, 《시베리아 제민족의 원시종교》, 서울: 신구문화사, 1976, 16쪽.

14 위의 책.

15 M. Hoppál, 村井翔 譯, 《シャマニズムの世界》, 東京: 靑土社, 1998, 22쪽.

16 加藤九祚, 《北東アジア民族學史の硏究》, 東京: 恒文社, 1986, 105~106쪽.

아니면 이동하면서 먼저 살고 있던 고아시아족들과 문화적으로 접촉하며 난생신화를 가지게 된 것이라고 생각할 수 있다. 어느 경우이든 동북시베리아 지방에 난생신화가 존재한다는 것을 말해 주는 데는 변함이 없다고 하겠다.

미티를 임신시킨 주체가 까치라는 점은 [자료 3]과 탈해 신화와의 관계를 해명하는 중요한 실마리가 될 수 있다. [자료 1] 단락 (8)의 ㉥처럼 그가 석씨라는 성을 갖게 된 까닭은 까치로 말미암아 궤짝을 열었기 때문이며, 《삼국사기》는 "이 아이는 성을 알 수 없으나 처음에 궤가 떠올 때 까치 한 마리가 울면서 날아 따라왔으니 까치 작 자〔鵲〕를 약하여 옛 석 자〔昔〕로 성씨를 삼았다."[17]고 적고 있다. 이러한 표현으로 미루어 보아 [자료 3]에서 찾을 수 있는 애니미즘Animism적 사유가, 문화가 발달된 신라 사회에 들어와 합리적인 사유로 바뀌면서 성씨 시조신화로 기록되었을 가능성도 생각해 볼 수 있을 것이다.

이와 같은 두 가지 사실로 유추한다면, 탈해 집단은 동북시베리아 일대[18]로부터 한국의 동해안으로 들어왔다고 보아도 지장이 없을 것 같다. 좀 더 구체적으로 말한다면, [자료 1]의

17　김부식, 앞의 책, 7쪽.
"此兒不知姓氏 初櫝來時 有一鵲飛鳴而隨之 宜省鵲字 以昔爲氏."

18　현재 캄차카반도에 사는 코랴크족이 난생신화를 가지고 있는 것을 그 범위를 확대하여 동북시베리아 일대라고 한 것은, 코랴크족과 길랴크족Gilyak(니브흐족Nivkh) 같은 고아시아족이 원래 만주와 연해주를 비롯한 이 지역 일대에 살다가 뒤에 들어온 퉁구스족이나 몽골계 여러 종족들에 밀려서 캄차카반도와 그 아래 지역으로 이주를 하였기 때문이다.
孫進己, 임동석 역, 《동북민족원류》, 서울: 동문선, 1992, 424쪽.

ⓛ에서 말하는 용성국은 캄차카반도가 있는 동북시베리아 일대에 해당한다. 그곳에 사는 코랴크족이 애니미즘적인 난생신화를 가지고 있고, 또 이 신화에 등장하는 까치가 탈해 신화와 공통성을 가진다는 점에서 탈해 집단이 이 지역에서 배를 타고 남하하여 신라에 도래하였다고 볼 수 있다는 것이다.[19]

난생신화의 후대적인 변형으로 생각되는, 홍만종洪萬鍾의《순오지旬五志》에 수록된 〈여용사黎勇士 전설〉은 이들 두 지역을 연계시키는 중요한 매개 역할을 할 수 있다.

[자료 5]

예국穢國의 한 시골에 나이 든 할멈〔老嫗〕이 시냇가에서 빨래를 하고 있었다. 알 한 개가 물위에 떠내려오는데 크기가 마치 박〔瓠〕만 하였다. 노구가 이상히 여겨 이것을 주워서 자기 집에 가져다 두었더니, 얼마 안 되어 그 알이 두 쪽으로 갈라지면서 그 속에서 남자 하나가 나왔는데 얼굴 모습이 보통 사람이 아니었다. 노구는 더욱 기특히 여겨 그 아이를 애지중지 잘 길렀다. 그 아이는 나이 7~8세가 되자 신장이 8척이나 되었고, 얼굴빛은 거무스름하여 마치 성인과 같았다. 그리하여 나중에는 얼굴빛이 검다 하여 검을 여黎 자를 성으로 하고, 이름을 용사라고 불렀다.[20]

이런 탄생담을 가진 여용사는 그 뒤 사람들을 괴롭히는 호

19　[자료 1]의 단락 (1)에는 탈해가 가락국에 들렀다고 되어 있어 그의 집단이 남하했다고 보는 데 문제가 제기될 수 있다. 하지만 그들의 원향原鄕이 동북시베리아 일대라면, 한국의 동해 연안을 따라 내려온 것은 남하라고 보아도 좋지 않을까 한다.

20　홍만종, 이민수 역,《순오지》, 서울: 을유문화사, 1971, 78쪽.

랑이를 퇴치하고, 무게가 만 근이나 되는 큰 종을 옮겨 달아 조정으로부터 상객上客 대우를 받았다고 기록되어 있다.[21] 이 같은 줄거리는 영웅담의 전형[22]을 보여 주는 것으로, 탈해 신화와 상통하는 데가 있다. 즉 알로서 들어와 아이로 태어난다는 것과 그를 데려다 기르는 사람이 노구老嫗라는 점에서, 이들을 같은 계통의 비슷한 이야기로 간주할 수 있다.

이처럼 예국이 있었던 지역에도 난생 모티프를 가진 설화가 전하고 있었다는 사실로 미루어 앞의 추론, 곧 시베리아 동북부 일대로부터 한국의 동해안으로 이어지는 지역에 난생신화를 가진 집단이 이동했다는 것이 상당히 타당하다고 볼 수 있을 것이다.

그런데 탈해 집단이 동북시베리아 일대로부터 경주 지역으로 들어왔다면, 그들이 어떤 문화를 가진 집단이었으며, 또 그 흔적은 어디에 남아 있는가 하는 문제가 구명되어야 한다. 오늘날 한국 학계에서는 탈해 집단이 철기 문화와 관련되었을 것이라는 견해가 주류를 이루고 있다. 이러한 주장을 제기한 김열규金烈珪는 탈해가 흉노계 철기 문화와 함께 들어왔다고 보았다.[23] 그 주장을 천착한 천관우千寬宇는 한강 일대로부터 해로를 이용하여 신라에 와서 정착하였다는 견해를 밝혔다.[24]

---

21   앞의 책, 78~79쪽.

22   Lord Raglan, "The Hero of Tradition", Alan Dundes ed., *The Study of Folklore*, Englewood Cliffs: Prentice-Hall Inc., 1965, p.145.

23   김열규,《한국신화와 무속연구》, 서울: 일조각, 1977, 51쪽.

이와 같은 상정은 단락 (3)의 신화적인 문맥의 내용을 무시하고, ㉣에서 탈해가 자기의 조상이 대장장이였다고 말한 데 근거를 두었음이 명백하다. 하지만 그렇게 하여 호공의 집을 빼앗았다는 것은 그가 지략을 발휘하여 상대방을 속이는 트릭스터trickster적인 성격을 가졌음을 표현하는 것이지 그의 출자와는 무관하므로 이 견해는 다소 수긍하기 어렵다.

이런 탈해 집단의 문화 성격을 구명하는 데는 [자료 1]의 ㉠과 ㉢이 좋은 참고가 된다. 먼저 ㉠에서 탈해가 바다에서 고기잡이를 하는 사람의 어머니〔海尺之母〕에게 발견된 것은 이들 사이의 문화적 동질성을 시사해 준다. 실제로 《삼국사기》에는 "탈해가 처음에는 고기잡이하는 것을 생업으로 삼아 그 어머니를 공양하였는데 게으리 하는 기색이 없었다."25고 기록되어 있어, 그가 어로漁撈를 주업으로 하던 집단의 일원이었음을 일러 주고 있다.26

여기에서 이들 어로 문화 집단이 남긴 문화 유적을 함께 살펴보지 않을 수 없다. 이 문화 유적으로 동해안 일대와 남해안 일부 지역에 분포되어 있는 암각화岩刻畵를 생각할 수 있다. 중요한 곳만도 무려 14군데나 되는 이 일대의 암각화는 학계의 큰 관심을 받았다.27 울산시 대곡리에서 암각화를 최초로 발견

---

24   천관우, 〈삼한의 국가형성〉上, 《한국학보》 2, 서울: 일지사, 1976, 26쪽.

25   김부식, 앞의 책, 7쪽.
"脫解始以漁釣爲業 供養其母 未嘗有懈色."

26   김철준도 탈해를 중심으로 하는 석씨 부족은 어로를 주요 생활 수단으로 하였다고 보았다[김철준, 《한국 고대사회 연구》, 서울: 지식산업사, 1975, 75쪽].

하여 조사·연구한 황수영黃壽永과 문명대文明大는《반구대 암벽
조각》이라는 연구 보고서에서 이곳의 암각화가 스칸디나비아
에서 시베리아에 걸친 무늬 토기들의 분포 및 교류와 관계가
있다고 보고, 청동기의 교류와 관련시켜 우리 민족의 기원 문
제를 추구한다면 문제의 해결이 쉬워질 가능성이 있음을 지적
하였다.28

　이 대곡리 암각화에는 고래와 물개, 거북 등의 바다짐승이
75개 있는데, 그 가운데서도 고래가 48개로 절대다수를 차지하
고 있다. 고래는 오호츠크해 부근에서 지내다가 겨울에는 시베
리아 해안을 따라 남하하여 한반도의 남쪽에서 생식生殖을 하는
것으로 알려져 있어29 이곳의 암각화 유적이 동북시베리아 일
대의 어로 문화와 무관하지 않음을 나타내고 있다.

　또 대곡리와 천전리, 벽연리 암각화에는 배가 새겨져 있다.
이들 가운데 천전리 암각화에 나오는 배는 꼬리와 머리가 위로
치솟은 용선龍船으로서, 거대한 돛을 달고 있어 난바다〔外洋〕범
선임을 드러내고 있는 것30도 동북시베리아의 어로 문화 집단
이 한국의 동해안 일대에 도래했다는 사실을 말해 준다. 그뿐

27　임세권, 〈한국 선사시대 암각화의 연구〉, 서울: 단국대학교 대학원 사학과
　　박사학위논문, 1994, 18쪽 〈암각화의 분포 현황 지도〉 참조.
28　황수영·문명대,《반구대 암벽조각》, 서울: 동국대학교출판부, 1984, 246쪽
　　[임장혁, 〈대곡리 암벽조각화의 민속학적 고찰〉,《한국민속학》 24, 서울: 민속
　　학회, 1991, 174쪽에서 재인용].
29　木村秀雄,《鯨の生態》, 東京: 共立出版, 1974, 115쪽.
30　장명수, 〈한국 암각화의 편년〉,《한국의 암각화》, 서울: 한길사, 1996, 223쪽.

만 아니라 [자료 1]의 밑줄 친 ⓒ에서 붉은 용이 나타나 탈해가 탄 배를 호위하여 주었다는 부분 역시 암각화의 그림과 연관시키면 쉽게 설명이 될 수 있을 것이다.

대곡리 암각화에는 탈도 두 개 새겨져 있다. 임장혁任章赫이 시베리아의 수렵민[동물들만을 잡는 것이 아니라, 물고기들도 잡는 어로까지 포함하는 것으로 보인다−인용자 주]들은 고래나 바다표범을 잡았을 때 여러 가지 바다 동물을 나타내는 가면을 쓰고 춤을 추기도 한다는 기무라 히데오木村秀雄의 견해를 수용하여 이를 해석한 것31은 이들의 상관관계를 암시한 것이라고 풀이할 수 있다.

청동기 시대 암각화의 암각의 대상은 주로 인물과 배, 농경 광경, 전투 광경, 수렵 광경, 어로 광경, 수렵 대상 동물, 물고기, 새 등이라는 일반적인 특징을 보인다.32 실제로 장명수張明秀는 한국 암각화의 제작 단계별 편년을 설정하면서 대곡리와 천전리 암각화를 청동기 시대와 초기 철기 시대로 잡았다.33 이처럼 탈해 신화를 암각화 문화와 연계시킬 수 있다면, 이 신화는 동북 시베리아 일대로부터 들어온 어로 문화 집단 가운데 발달된 청동기 문화를 가지고 있던 탈해 집단이 신라에 들어와서 왕권을 장악하였던 사실을 말해 준다고 보아도 무난하지 않을까 한다.

거듭 말하지만, 남방 문화가 구로시오 해류를 타고 올라오

---

31   임장혁, 〈대곡리 암벽조각화의 민속학적 고찰〉,《한국민속학》24, 서울: 민속학회, 1991, 186~187쪽.
32   황용혼,《동북아시아의 암각화》, 서울: 민음사, 1987, 22쪽.
33   장명수, 앞의 책, 193쪽.

듯이 북방 문화의 일부는 오야시오 해류에서 갈라지는 연해주 한류(리만 해류)와 북서 계절풍을 이용하여 한반도의 동해 연안을 따라 내려오면서 유입되어 한국의 동해안 문화를 형성하는 데 적지 않게 기여하였을 것이다. 이러한 문화의 유입 양상이 탈해 신화에 반영되었다고 보는 것이 타당하기 때문에, 한국 문화의 형성 과정을 재구하는 작업에서도 이 점이 고려되어야 한다는 것을 지적해 둔다.

5-2 탐라국의 세 왕녀 도래신화

한국 신화에서 해양으로 들어온 집단이 지배 계층으로 편입된 경우로는 가락국 수로왕의 왕비가 된 허황옥許黃玉의 도래신화와 탐라국의 세 왕녀 도래신화가 있다. 이들 신화는 모두 한반도의 본국과 그 본국의 선진적인 문화를 가지고 일본 열도로 간 사람들이 세운 분국分國의 문화적인 접촉을 이야기하는 것이어서[34] 한국의 신화사에서 중요한 의의를 가진다고 할 수 있다.

그러나 전자에 대해서는 이미 《한국 왕권신화의 전개》 제6장에서 자세하게 논의하였다.[35] 그래서 이 책에서는 후자, 곧 탐라국의 세 왕녀 도래신화만을 고찰하기로 한다.

34　金錫亨, 朝鮮史研究會 譯, 《古代朝日關係史: 大和政權と任那》, 東京: 勁草書房, 1969, 272~326쪽.

35　김화경, 《한국 왕권신화의 전개》, 서울: 지식산업사, 2019, 219~266쪽.

《고기》에 이르기를, 태초에는 사람이 없었는데 세 신인이 땅(주산의 북쪽 기슭에 움이 있어 모흥이라고 하는데 이곳이 그 땅이다.)에서 솟아났다. 맏이를 양을나, 둘째를 고을나, 셋째를 부을나라고 했는데, 이들 세 사람은 궁벽한 곳에서 사냥을 하며 가죽옷을 입고 고기를 먹으면서 살았다.

그러던 어느 날, 자줏빛 흙으로 봉해진 나무 상자가 동해 바닷가에 떠오르는 것이 보였다. 그들은 나아가서 그것을 열어 보았다. 그 안에는 돌로 만들어진 함이 있었는데, 붉은 띠를 두르고 자줏빛 옷을 입은 사자가 있었다. 또 돌로 된 함을 여니, 그 속에는 푸른 옷을 입은 처녀 세 사람과 망아지와 송아지, 그리고 오곡의 씨앗이 들어 있었다. 이에 사자가 말하기를 "저는 일본국의 사자입니다. 우리 임금님께서 이 세 따님을 낳으시고 말씀하시기를, 서쪽 바다 가운데 있는 큰 산에 신의 아드님 세 분이 강탄하시어 바야흐로 나라를 세우고자 하나 배필이 없다고 하시면서 신에게 명하여 세 따님을 모시라고 하시기에 왔습니다. 마땅히 배필로 삼아 대업을 이루십시오."라고 하고, 사자는 홀연히 구름을 타고 가 버렸다.

세 신인은 나이의 차례에 따라 나누어서 장가를 들고, 물이 좋고 땅이 기름진 곳으로 나아가 집으로 거처할 곳을 정하였다. 양을나가 거처하는 곳을 제1도라 하고, 고을나가 거처하는 곳을 제2도라 하였으며, 부을나가 거처하는 곳을 제3도라고 하였다. 비로소 오곡의 씨앗을 뿌리고 소와 말을 기르게 되니, 날로 백성들이 부유해져 갔다.[36]

《고려사》지 권11 지리 2 탐라현 조에 실려 있는 이 자료에서는 밑줄 친 곳처럼 세 왕녀가 일본국에서 왔다고 하였다. 그동안 한국 학자들은 이 모티프에 그다지 관심을 보이지 않았다. 다만 송석범宋錫範이 다음과 같이 언급한 바 있다.

---

36 이 책 제2장 〈대지와 관련된 신화〉의 각주 3 참조.

건국신화를 잘 해석하면 곧 알 수 있는 것이지만, 모흥혈毛興穴(고高·양良·부夫 삼성의 출현으로 삼성혈三姓穴이라고도 한다.)에서 [나온] 양을나·고을나·부을나 세 신은 새와 짐승 등을 잡아먹으며, 그 모피를 입고 혈거穴居 생활을 하는 지극히 원시적인 상태의 생활을 영위하였는데, 푸른 옷〔靑衣〕을 [입은] 세 사람의 처녀, 망아지, 오곡의 종자 등의 도래와 건국의 대업을 성취하도록 하라는 전언傳言으로 세 신은 각각 세 왕녀를 맞이하여 살면서 오곡의 종자를 심고 망아지를 키우며 개척했다는 것에서 동식물의 정착화를 찾을 수 있어, 제주도 선주민이 정착 생활에 들어갔다고 할 수 있을 것이다. 이렇게 일본 사람과의 혈연적 관계와 일본국 세 왕녀와의 혼인 관계로 건국의 대업을 성취했다고 한다면, 전설상의 건국신화이기는 하지만 제주도의 선주민에 관한 충분히 흥미 있는 문제점이 된다.**37**

그러나 이 같은 의견은 자칫하면 일본 문화가 한반도에 영향을 미쳤다는 오해를 불러일으킬 수도 있다. 실제로 송석범의 위와 같은 언급은 신화적 기술 자체를 사실로 받아들이고 있다는 비판을 받을 가능성이 짙다.

그런데 〈영주지〉 계통의 자료에는 일본국이 아니라 벽랑국으로 되어 있어 《고려사》의 기록과는 다르므로, 그 내용을 살펴보기로 한다.

[자료 7]

영주瀛州에는 태초에 사람이 없었다. 홀연히 세 신인이 있어 한라산 북쪽 기슭에 있는 모흥혈毛興穴에서 솟아났다. 맏이를 고을나高乙那, 다음을 양을나良乙那, 셋째를 부을나夫乙那라고 하였다. 그들은 용모가 장대하고

37　宋錫範, 《濟州島古代文化の謎》, 東京: 成甲書房, 1984, 73~74쪽.

도량이 넓어서 인간 세상에는 없는 모습이었다. 그들은 가죽옷을 입고 육식肉食을 하면서 항상 사냥을 일삼아 가업을 이루지 못했다.

하루는 한라산에 올라 바라보니, 자줏빛 흙으로 봉한 나무함이 동해 쪽으로 떠와서 머물며 떠나지 않았다. 세 사람이 내려가 이를 열어보니, 그 속에는 새알(鳥卵) 모양의 옥함玉函이 있고, 자줏빛 옷에 관대를 걸친 한 사자가 있었다. 그 옥함을 여니 푸른 옷을 입은 처녀 세 사람이 있었는데, 모두 나이가 15~16세요, 용모가 속되지 않아 아리따움이 보통이 아니었고, 각각 아름답게 장식하여 함께 앉아 있었다. 또 망아지와 송아지, 오곡의 씨앗을 가지고 왔는데 이를 금당金塘의 바닷가에 내려놓았다.

세 신인은 즐거워하며 말하기를, "이는 반드시 하늘이 우리 세 사람에게 주신 것이다."라고 하였다. 사자는 두 번 절하고 엎드려 말하기를, "저는 동해 벽랑국碧浪國의 사자입니다. 우리 임금께서 세 공주를 낳으시고 나이가 다 성숙해도 그 배우자를 얻지 못하여 항상 탄식함이 해가 넘는데, 근자에 우리 임금께서 자소각紫霄閣에 올라가 서쪽 바다의 기상을 바라보시니 자줏빛 기운이 하늘을 이어 상스러운 빛이 서리는 것을 보시고 신의 아들(神子) 세 사람이 절악絶嶽에 내려와 장차 나라를 열고자 하나 배필이 없다고 하시며 신에게 명하여 세 공주를 모셔 가라고 하여 왔으니, 마땅히 혼례를 올려서 대업을 이루십시오."라고 하고, 사자는 홀연히 구름을 타고 어디론가 사라져 버렸다.

세 신인이 곧 목욕재계를 하고 하늘에 고하며, 나이 순으로 결혼하여 물 좋고 기름진 땅으로 나아가 활을 쏘아 거처할 땅을 정하니, 고을나가 거처하는 곳을 제1도라고 하고, 양을나가 거처하는 곳을 제2도라고 하였으며, 부을나가 거처하는 곳을 제3도라고 했다. 이로써 산업을 일으키기 시작하고 오곡의 씨앗을 뿌리며 송아지와 망아지를 치니, 드디어 살림이 부유해져서 인간 세상을 이루어 놓았다. 이후 9백 년이 지난 뒤에 인심이 모두 고씨高氏에게로 돌아갔으므로, 고씨를 왕으로 삼고 국호를 모라毛羅라고 하였다.[38]

38　고창석,《탐라국 사료집》, 제주: 신아문화사, 1995, 42~44쪽.
"瀛州太初無人物也. 忽有三神人 從地湧出鎭山北麓. 有穴曰毛興. 長曰高乙那 次曰良乙那 三曰夫乙那. 狀貌甚偉 器度寬豁 絶無人世之態也. 皮衣肉食 常以遊獵

〈영주지〉는 세종 32년(1450년)에 고득종高得宗이 지은 〈서세문序世文〉과 《고씨세보高氏世譜》에 실려 있다. 이 [자료 7]은 규장각 소장 〈영주지〉에서 인용한 것이다. 영주지 계열 삼성 시조신화는 《고려사》 소재의 것들보다 내용이 한층 더 부연되어 있고, 세 왕녀의 출자가 일본이 아니라 벽랑국으로 되어 있다. 일본의 요다 치요코依田千百子는 "이본이 많은 이 신화는 세 왕녀의 출신지가 일본국 말고도 동해 벽랑국碧浪國, 벽랑국璧浪國 등으로 되어 있는데, 일본국이라고 하는 것은 후대의 지리적 비정이고, 본래는 벽랑국이었을 것이다. 벽랑碧浪은 바다의 제주도 방언 표기로, 동해의 상상의 나라인 '바다의 나라'를 의미한다. 바다의 나라로부터 세 왕녀가 곡물과 송아지〔駒犢〕 같은 재물을 가지고 배를 타고 와서 세 성씨의 시조와 결혼하여 건국을 도왔다고 하는 것은, 구조적으로 가락국의 수로왕과 허황옥의 표류신화와 동공이곡同工異曲이다."**39**라고 하였다.

그러나 이렇게 상상의 나라로 보는 것보다는 《고려사》 계통

爲事 不成家業矣. 一日登漢拏山 望見紫泥封木函 自東海中浮來欲留而不去. 三人降臨就開則 內有玉函形如鳥卵. 有一冠帶紫衣使者隨來. 開函有靑衣處子三人 皆年十五六 容姿脫俗 氣韻窈窕 名修飾共坐. 且持駒犢五穀之種. 出置金塘之岸. 三神人自賀曰 是天必授我三人也. 使者再拜稽首曰 我東海碧浪國使也. 吾王生此三女 年皆壯盛而求不得所耦常以遺嘆者. 歲餘頃者吾王登紫霄閣 望氣於西溟 則紫氣連空 瑞色蔥朧 中有絶嶽 降神子三人. 將欲開國而無配匹. 於是命臣侍三女 以來. 宜用伉儷之禮以成大業. 使者忽昇雲而去 莫知所之. 三神人卽以潔牲告天 以年次分娶. 就泉甘土肥處 射矢蔔地 高乙那所居曰第一都 良乙那所居曰第二都 夫乙那所居曰第三都. 自此以後 始成産業 植播五穀且牧駒犢 日就富庶 遂成人界矣. 厥後九百年之後 人心咸歸於高氏 以高爲君 國號毛羅."

39 依田千百子, 《朝鮮神話傳承の研究》, 東京: 琉璃書房, 1991, 480쪽.

의 자료에 나오는 일본으로 보는 것이 더 합당하지 않은가 한다. 다시 말해 한반도에서 일본 열도로 건너가 상당한 세력을 확립한 집단이 본국과 혼인 관계를 맺었던 사실에 대한 이야기로 보는 편이 훨씬 더 합리적이라는 것이다. 이와 같은 상정은 이미 김석형이 제시한 바 있고, 또 기타큐슈 지방에 존재했던 소국들이 본국과 긴밀한 관계를 가지고 있었다는 사실이 증명되었기 때문이다.

따라서 제주도 삼성 시조신화에 나오는 세 왕녀의 도래 이야기는 가락국 허황옥 도래신화와 마찬가지로 선진적인 문물을 가지고 일본에 건너가 소국을 형성하고 있던 집단이 자기들이 떠나온 본국과 혼인 관계를 맺음으로써 서로 밀접한 관계를 유지하고 있었다는 사실을 반영한다고 볼 수 있다고 하겠다.

이 세 왕녀의 도래신화에는 이들 왕녀가 제주도에 "망아지와 송아지, 오곡의 씨앗" 등을 가지고 왔다고 하였다. 이것은 세 신인이 그녀들과 혼인함으로써 말과 소를 기르면서 정착된 농경 생활을 했음을 드러내는 것이다.

그러나 일본으로부터 오곡의 씨앗이 들어왔다는 기술을 그대로 받아들이기는 어려울 것 같다. 일본 학계에서는 그들의 벼 재배 문화[稻作文化]가 야요이 시대弥生時代에 한국으로부터 전래되었다는 것이 하나의 통설通說로 되어 있다.**40** 그러므로 이와 같은 신화적 기술은 외부 세계로부터 새로운 문물이 도입되

40　金錫亨, 朝鮮史研究會 譯, 앞의 책, 67~123쪽.

었음을 표현하는 것으로 보는 편이 합리적이라고 생각된다.

이런 추정은 이미 탈해의 도래신화에서 본 것처럼, 외부 세계로부터 들어온 집단은 무엇인가 새로운 문물을 가지고 온다는 믿음이 일찍부터 존재했다는 데 바탕을 둔 것이다. 따라서 이 신화는 한반도에서 일본으로 건너가 상당한 세력을 떨치고 있던 집단들이 본국과 혼인 관계를 맺으면서 그들이 가졌던 새로운 문화를 제주도에 전해 주었음을 말해 준다고 하겠다.

5-3 연구의 의의

삼면이 바다로 둘러싸인 한반도는 해양 문화와 뗄 수 없는 관계를 맺으며 생활을 영위해 왔다. 이런 지리적 환경에서 창출된 것이 해양과 관련된 신화들이다. 이와 같은 신화로는 동해안을 통해 들어온 탈해 신화와 일본에 있던 분국으로부터 들어온 탐라국의 세 왕녀 도래신화가 있다. 그래서 이 신화들이 한국 신화에서 어떤 의미를 지니는지 살펴보았다.

먼저 탈해의 도래신화에는 난생 모티프가 있다는 점에 유의하였다. 그래서 남방에서 들어왔다든지 아니면 불전설화의 영향을 받았을 것이라는 종래의 주장과 다른 견해를 제시하였다.

이어서 탈해 신화가 전하는 《삼국유사》 및 《삼국사기》에 그가 '왜의 동북 1천 리에 있는 용성국(다파나국)에서 왔다.'고 한 신화적 표현에 주목하였다. 여기에서 '왜'는 기타큐슈 지역을 가리킨다는 일본 신화학자 오바야시 다료와 고고학자 모리

고이치森浩一의 해석을 받아들여, 러시아의 캄차카반도 일대가 탈해가 출발했다고 하는 용성국일 것이라고 상정하였다.

마침 이 지역에 사는 고아시아족의 일파인 코랴크족이 난생신화를 가지고 있었다. 그것도 난생신화의 가장 원초적 형태인 조란형에 속하는 것이었다. 이런 점에 착안하여, 탈해신화는 오야시오 해류의 지류인 연해주 한류(리만 해류)와 북서 계절풍을 이용하여 동해안을 따라 내려온 어로 문화와 함께 경주 지역에 유입되었을 것으로 보았다. 그리고 이 집단이 남긴 문화적 유산의 하나가 동해안과 남해안 일대에 분포되어 있는 암각화라는 견해를 밝혔다.

다음으로 제주도 삼성 시조신화에 나오는 세 왕녀의 도래신화를 검토하였다. 《고려사》 지리지 계통 자료에는 일본국에서 온 세 왕녀가 대지에서 용출한 세 성씨의 시조와 혼인한 것으로 되어 있다. 〈영주지〉 계통 자료에서는 세 왕녀가 동해 벽랑국 출신으로 되어 있다.

송석범은 그녀들이 일본에서 온 것으로 보았고, 일본의 요다 치요코는 상상의 나라인 '바다의 나라'를 뜻한다고 보았다. 그러나 필자는 이 신화에 나오는 '일본'을 한반도에서 일본에 건너가 상당한 세력을 확보하고 살던 집단으로 보았다. 이미 가락국 허황옥의 도래신화에서 살펴본 바와 같이 한반도에서 일본의 기타큐슈 일대로 건너간 집단이 거기에서 몇 개의 소국을 이루고 있었으므로, 이들과 본국의 관계를 서술하는 것으로 보는 편이 더욱 합리적이기 때문이다.

결론과
전망

한국은 비교적 많은 신화 자료를 가지고 있다. 그렇지만 그것들이 체계적으로 정리되었던 것은 아니다. 그러다 보니 자료 대부분은 구전되어 왔고, 나머지 일부만이 사서에 기록되었다. 여기에서 사서라고 하는 것도 《삼국사기》와 《삼국유사》, 그리고 중국과 일본의 문헌 정도를 가리킨다. 이 밖에도 《고려사》나 가승에 정착된 것도 있으나, 그 수는 매우 제한적이다.

이렇게 사료에 정착된 문헌 신화는 나름의 특징을 지닌다. 즉 고대 국가의 성립과 관계가 있는 왕권신화가 주류라는 것이다. 이런 한국의 신화자료에 주목한 사람들이 바로 일제 어용학자들이었다. 그들은 일본 제국주의자들의 한국 침략을 정당화하는 데 앞장서며, 한국의 역사와 문화를 왜곡하는 일을 서슴지 않았다. 그 때문에 제한된 신화 자료마저 그들의 뜻대로 굴절되는 비극을 감수해야만 했다.

한국이 독립되면서 이러한 연구들도 많이 시정되기에 이르렀다. 그 단적인 예가 단군 신화이다. "승도僧徒의 날조로 나오게 된 망탄"으로 치부되었던 이 신화는 고조선의 왕권신화라는 사실이 증명되었다.

하지만 그 외의 많은 신화는 아직까지도 일제 어용학자들의 프레임에서 벗어나지 못하고 있는 듯하다. 특히 미시나 아키히데의 영향이 너무도 크다. 이와 같은 선행 연구를 극복하는 데 많은 노력을 기울이지 않을 수 없었다. 그 결과로 얻어진 성과가 바로 《한국 왕권신화의 전개》에 이은 이 책 《한국 왕권신화의 계보》이다.

거듭 말하지만 고대 국가의 왕권신화는 지배 계층이 일정한 영토를 소유하고, 피지배민을 다스리는 국가라는 통치 조직을 갖추고 난 다음 자신들이 장악한 왕권의 정당성과 정통성을 확보하기 위해서 마련한 것이다. 그러므로 왕권신화에는 지배층의 문화가 반영되어 있을 수밖에 없다. 그들이 향유하던 문화가 신화를 만드는 데 중요한 역할을 한 것이다. 따라서 한국 고대 국가의 왕권신화에 대한 연구는 한국 민족과 그 문화의 성립 과정을 밝히는 데 빼놓을 수 없는 중요한 작업이라 하겠다.

이 책에서는 한국의 왕권신화들이 어떤 문화와 관련을 가지며, 또 이렇게 복합된 신화가 주변의 어떤 민족 사이에 전승되고 있었느냐는 문제를 구명하기 위해 왕권신화와 관련된 문화를 하늘, 대지, 짐승, 알, 해양으로 구분하여 고찰하였다.

한국의 왕권신화에는 왕권이 하늘로부터 유래되었다고 서

술하는 자료가 절대적으로 많다. 그래서 우선 천상 세계를 다스리는 절대자나 그 자손이 지상에 내려와 왕권을 장악하는 신화들을 살펴보았다. 이 유형에 속하는 단군과 해모수의 신화는 전부 국내 사서에만 전한다.

일본 천황의 조상인 니니기노미코토 신화도 이 유형에 들어간다. 이 때문에 일찍부터 일본 학자들의 관심을 불러일으켰다. 이 신화의 계보에 대하여 오바야시 다료는 이들 신화가 북방의 기마 민족 문화와 깊은 관련이 있다는 입장을 취했다. 실제로 고대 돌궐족의 일파인 고차족 신화나 부랴트족의 게세르 보그도 신화, 일한국의 부쿠 칸 신화 등이 왕권의 기원을 하늘에 두고 있다. 이 같은 자료들을 볼 때, 고대 돌궐족이 지녔던 왕권신화가 이 일대에 전해졌다고 해도 지장이 없지 않을까 한다.

하늘에서 내려온 기운, 곧 천기의 감응으로 잉태되어 태어난 절대자가 왕권을 잡는다는 한 무리의 자료도 존재한다. 이 유형에 들어가는 부여의 동명 신화와 백제의 구태 신화는 모두 중국 사서에 전한다. 구태 신화는 동명 신화를 거의 옮겨 적은 것 같은 인상을 주지만, 뒷날 동명의 후손 구태가 나라를 세워 한나라의 인정을 받았다는 내용이 들어 있다. 이는 백제에 부여의 동명 신화와 같은 계통의 전승이 있었다는 사실을 말해 준다. 이런 사실은 일본에 거주하던 백제 왕실의 후손들 사이에 전하던 백제의 도모 신화로도 증명된다.

이렇게 본다면 백제는 고구려보다는 부여와 더 밀접한 관계를 가진다고 보아도 무방할 듯하다. 신화뿐만이 아니라, 백제

왕의 성씨 '부여씨'에 대한 《삼국사기》와 《주서》 열전 백제 조의 기록으로도 그 타당성을 확인할 수 있다. 따라서 백제에 있었던 동명 묘에 대한 기록은 반드시 재고되어야 할 과제임을 지적하였다.

흉노의 단석괴 탄생신화도 천기감응으로 태어난 절대자가 왕권을 확보한다는 내용으로 되어 있다. 이것이 부여의 동명신화와 유사한 모티프로 되어 있는 것은 두 민족의 문화적 접촉에 따른 것일 가능성이 크다고 보았다. 특히 흉노가 유목 문화를 가진 기마 민족이었음을 감안하면, 농사를 짓기 이전 부여의 유목 문화도 그들과 긴밀하게 관련될 것으로 추정된다.

이와 같이 왕권신화 연구에서 천기감응 신화군을 설정하고 부여와 백제의 왕권신화가 여기에 속한다는 사실을 밝힌 것은 일제 어용학자들의 가설을 극복하기 위한 시도였다. 즉 백제가 고구려 계통의 유민들에 의해 세워졌다는 가설을 극복하고, 나아가 고구려와 부여가 민족이나 문화적으로 구분되며 백제는 부여 계통에 가깝다는 사실을 구명하기 위한 것이었다.

하늘과 관련된 왕권신화에는 나라를 세운 건국주가 태양과 연계되어 있다는 자료들도 존재한다. 고구려의 시조인 주몽과 가락국의 시조인 수로, 신라의 시조인 혁거세에 얽힌 신화가 이 유형에 들어간다.

칭기즈칸의 선조 보돈차르의 탄생담과 선비족이 세운 북위의 도무제 탄생담 또한 왕권이 태양에서 유래되었음을 이야기한다. 북제 고위高緯의 탄생담이나 요나라 아보기阿保機의 탄생담은 이 유형에 속하면서도 꿈의 세계를 매개로 한다는 특징이 있다. 이는 신화시대의 이야기에 들어 있던 태양 모티프가 역사 시대로 접어들면서 합리적인 사고에 의해 태몽신화로 바뀌는 양상을 나타낸다고 보았다.

이처럼 북방 아시아, 특히 몽골 일대의 수렵·유목 민족들 사이에는 왕이나 그의 선조가 햇빛의 감응으로 태어났다는 전승이 상당히 널리 퍼져 있다. 따라서 주몽 신화는 이들과 궤를 같이한다고 보아도 좋을 것이다. 이렇게 출자를 태양과 연계시키는 사상은 태양신 숭배와 밀접한 관련이 있다고 파악된다.

다음으로 이 책에서 중점을 둔 것은 출현신화였다. 한국 민요에 "하늘에서 떨어졌나, 땅에서 솟아났나." 하는 자장가가 있는 것으로 보아, 대지에서 인간의 출현을 이야기하는 출현신화가 일찍부터 존재했음을 알 수 있다. 이 때문에 출현신화가 알려진 제주도 탐라국의 왕권신화로 여겨지는 삼성 시조신화밖에 없을 리는 없다는 단순한 가정 아래 연구를 시작하였다.

그런데 한국 신화자료들을 연구한 미시나 아키히데와 오바야시 다료 같은 일본 학자들이, 앞서 살펴본 단군 신화나 니니기노미코토 신화의 경우와 다르게 일본에 출현신화가 있는데도 이 유형의 신화는 그다지 관심을 두고 연구하지 않았다는 사실을 알게 되었다. 이것은 그들의 기층문화와 관련된 신화들이 한반도에서 전래되었다는 사실을 무시하기 위한 것이 아니었을까? 만약 그렇다면 일본 민족이 남방에서 들어왔다고 하는 그들의 주장은 수정되어야 할 것이다. 이러한 의구심을 가지고 출현신화에 관심을 기울인 끝에 찾아낸 자료가 바로 동부여의 금와 탄생담과 신라의 알영 탄생담이다.

한국의 출현신화는 왕권 성립과 관계가 있다는 특징을 나타낸다. 특히 금와 신화를 가지고 있던 동부여의 집단과 알영이 속했던 신라 김씨 부족 모두 여진과 관련이 있다는 김철준의 견해를 바탕으로, 출현신화를 가진 금와 집단의 일부가 동해안을 따라 남하하여 신라의 김씨 부족으로 정착했을 가능성을 제시하였다. 신라와 밀접한 관계를 가지는 일본의 이즈모계 신화에 이 유형의 자료가 존재하고, 제주도의 삼성 시조신화도 이 유형에 속한다는 점을 고려한다면 이들 자료는 신라로부터 유입되었을 것으로 상정된다.

이러한 한국의 출현신화는 중국 양쯔강 유역 일대에 전하던 자료가 들어온 것이라고 보았다. 중국에는 동진 대의 《포박자》나 당대 《진서》에 출현신화가 기록되어 전할 뿐만 아니라, 오늘날도 윈난성 일대에 사는 하니족들 사이에 구전되고 있다.

난생신화 문제에도 주안점을 두지 않을 수 없었다. 한국 왕권신화 대부분이 난생 모티프를 가지고 있어, 난생신화가 어디로부터 들어왔는가 하는 문제는 한국 지배층 문화의 연원을 해명할 수 있는 매우 중요한 과제이기 때문이다. 그러나 한국 신화학계는 미시나 아키히데가 주창한 난생신화와 남방 해양 문화의 관련성에 대해 치밀한 검증을 하지 않고 있다.

따라서 먼저 미시나가 남방의 자료로 제시한 대만 파이완족의 시조신화와 수로 신화 및 혁거세 신화를 비교하여, 이들 자료가 형태나 내용상 도저히 같은 계통의 신화일 수 없다는 사실을 확인하였다. 또 미시나는 서국 서언왕의 신화가 중국 한족漢族의 자료로서 고구려의 주몽 신화에 영향을 미쳤다고 주장하였지만, 현재 학계는 서국을 동이족 일파가 세운 것으로 보고 있다는 사실을 지적했다.

같은 동이족이 세운 나라인 상나라 설의 탄생신화와 진나라 대업의 탄생신화가 난생 모티프를 가진 데 대해서는 장광직의 주장을 받아들여 동이족이 원래부터 난생신화를 가지고 있었을 것이라는 가설을 제시하였다.

이 밖에도 책에서 논의한 내용 가운데 중요하게 여긴 부분들이 있다. 먼저 한국에서는 왕권신화로 정착되지 못하였으나, 주변의 만주족이나 몽골에서는 신화로 전해 오는 천녀지남 모티프의 이야기를 꼽을 수 있다. 창세신화의 주류를 이루는 천부지모 모티프와 달리, 〈나무꾼과 선녀 설화〉처럼 하늘 세계의 여성과 지상의 남성이 결합하는 형태에는 이집트 창세신화와 유사한 신화적 사유가 반영되어 있어 좀 더 연구할 필요가 있는 과제라 하겠다.

또 미시나 아키히데는 한국에 짐승을 조상으로 하는 수조신화가 존재하지 않는다고 보았다. 하지만 고조선을 세운 단군이 웅녀로부터 탄생했다는 것은 너무나 잘 알려진 사실이다.

단군 신화와 연관되는 구전설화, 즉 곰과 인간의 교구를 이야기하는 자료들이 아무르 강변에 사는 퉁구스 계통의 비라르족과 에벤크족들 사이에 전해 온다. 이러한 사실을 바탕으로 하여 곰 신앙이 고아시아족만의 전유물은 아니므로 단군 신화를 가졌던 민족이 고아시아족이라는 기존 견해는 수정해야 한다는 점을 지적하였다.

호조설화에 들어가는 강감찬의 탄생 이야기와 관련된 자료로는 여우나 이리를 조상으로 하는 문헌 신화 자료를 살폈다. 부계를 이리로 하는 고차족과 강족의 신화, 모계를 이리로 하는 돌궐의 아사나씨 시조신화 및 몽골 칭기즈칸의 선조 바타치 칸의 탄생담, 그리고 이리가 젖을 먹여 어머니 역할을 하는 오손족의 곤막 신화 같은 호조신화·낭조신화는 북방 아시아 지역에 상당히 널리 분포되어 있고, 또 다 같이 유목 문화를 가졌다는 공통점을 지닌다.

또 개를 조상으로 하는 설화는 두만강 부근에 살던 여진족 족조의 탄생설화로 남아 있다. 오랑캐라는 호칭에 대한 민간 어원적 설명에 잠재되어 있는 그들에 대한 멸시적인 인식이 이 설화가 여진족 조상의 탄생담으로 전하는 이유라고 보았다.

중국에는 동진 시대에 간보가 지은《수신기》에 기록된 반호 신화라는 견조신화가 있다. 이 신화는 5세기 초의《후한서》남만 서남이열전에도 기록되어 있다. 견조신화가 남방 문화의 산물이 아니라 북방 이적의 것이라는 양관의 견해를 수용한다면 한국의 견조설화도 이들과 접촉하며 들어왔을 가능성이 있다.

한국에서 웅조신화를 제외한 나머지 짐승을 시조로 하는 이야기가 신화로 기록되지 못하고 민간에 구전되어 오는 것은 합리적 사고를 중시한 성리학의 영향일 것으로 상정된다. 이들 수조설화를 바탕으로 한 한국 수조신화의 성격과 계보에 대해서도 더 연구할 필요가 있다.

해양 관련 신화에서 고찰한 신라의 탈해 및 가락국의 허황옥, 탐라국의 세 왕녀 도래신화 같은 자료들도 있다. 이 책에서는 탈해가 '왜의 동북 1천 리에 있는 용성국(다파나국)에서 왔다'는 기록에 주목하였다. 여기에서 왜는 기타큐슈 지역을 가리키고 1천 리는 대단히 먼 거리를 의미한다는 해석을 받아들여, 용성국을 지금의 러시아 캄차카반도 일대로 추정했다. 이 지역에 사는 코랴크족이 난생신화를 가지고 있다. 이를 근거로 오야시오 한류의 지류인 연해주 한류(리만 해류)와 북서 계절풍을 이용하여 동해안을 따라 내려온 어로 문화와 함께 경주 지역으로 유입되었을 것으로 상정하였다. 아울러 이 집단이 남긴 문화적 유산의 하나가 동해안과 남해안 일대의 암각화라는 견해를 밝혔다.

다음으로 살펴본 것은 탐라국의 세 왕녀 도래신화였다. 이들 신화에 대해서는 다양한 견해들이 제시되었으나, 이 책에서는 북한 역사학자 김석형의 주장을 바탕으로 이들이 일본 기타큐슈 이도지마반도에 있는 가락국 계통 소국 출신이라고 상정하였다. 삼성 시조의 배필이 된 세 왕녀가 상상의 나라에서 왔다고 주장할 것이 아니라 가락국에서 일본 열도로 건너간 집단들과의 교류를 서술하는 것이라고 보아야 마땅하다는 것이다.

여기까지 하여 한국의 고대 왕권신화가 다양한 양상과 계보를 가지고 있다는 사실을 구명하였다. 그렇지만 이 같은 연구는 아직 하나의 가설을 제시하는 수준에 머무는 것으로, 다소 무리한 주장이 포함되었을 가능성이 있음을 인정하지 않을 수 없다. 이것은 필자의 주장이 절대적이지 않다는 사실을 명시하는 동시에 후학들의 지적을 수용하는 데 망설이지 않겠다는 약속이다. 앞으로 많은 학자들이 이 방면에 관심을 가지고 연구를 계속해 주었으면 한다.

[사료]

김부식,《삼국사기》, 서울: 경인문화사 영인본, 1982.

김태옥 역,〈영주지〉, 제주도교육위원회 편,《탐라문헌집》, 제주: 제주도교
　육위원회, 1976.

성백효 역주,《시경집전》下, 서울: 전통문화연구회, 1993.

윤백현 편,《만주원류고》, 서울: 홍문제 영인본, 1993.

이규보·이승휴, 박두포 역,《동명왕편·제왕운기》, 서울: 을유문화사, 1974.

일연, 이재호 역,《삼국유사》上, 서울: 자유교양협회, 1973.

정인지 공찬,《고려사》, 서울: 경인문화사 영인본, 1972.

최남선 편,《신정 삼국유사》, 서울: 삼중당, 1946.

홍만종, 이민수 역,《순오지》, 서울: 을유문화사, 1971.

一然,《三國遺事》, 京都: 京都大學文學部, 1904.

＿＿,《三國遺事》, 東京: 東京大學文科大學, 1904.

＿＿,《晚松文庫本 三國遺事》, 서울: 오성사 영인본, 1983.

荻原淺男 共校注,《古史記·上代歌謠》, 東京: 小學館, 1973.

井上光貞 共校注,《日本書紀》上, 東京: 岩波書店, 1979.

井上光貞 共校注,《日本書紀》下, 東京: 岩波書店, 1979.
朝鮮史學會 編,《東國輿地勝覽》4, 京城: 朝鮮史學會, 1930.
佐山融吉 共著,《生蕃傳說集》, 台北: 杉田重藏書店, 1923.
中田千畝,《蒙古神話》, 東京: 郁文社, 1941.
黑板勝美 編,《續日本記》後篇, 東京,: 吉川弘文館, 1979.

班固,《漢書》, 서울: 경인문화사 영인본, 1975.
房玄齡 共纂,《晉書》, 서울: 경인문화사 영인본, 1976.
_____,《周書》, 서울: 경인문화사 영인본, 1976.
司馬遷,《史記》, 서울: 경인문화사 영인본, 1976.
範曄,《後漢書》, 서울: 경인문화사 영인본, 1975.
魏收,《魏書》, 서울: 경인문화사 영인본, 1976.
魏徵 共纂,《北齊書·周書·隋書》, 서울: 경인문화사 영인본, 1976.
李百藥,《北齊書》, 서울: 경인문화사 영인본, 1976.
李延壽,《北史》, 서울, 경인문화사 영인본, 1977.
陳壽,《三國志》, 서울: 경인문화사 영인본, 1976.
脫虎脫,《遼史》, 서울: 경인문화사 영인본, 1976.

干寶, 黃鈞 注譯,《搜神記》台北: 三民書局, 1996.
楊家駱 編,《遼史彙編》, 台北: 鼎文書局, 1973.
李文田 注,《元朝秘史》臺北: 藝文印書館.

[논문]

김병모, 〈가락국 허황옥의 출자: 아유타국고Ⅰ〉,《삼불김원룡교수 정년퇴
    임기념논총》, 서울: 일지사, 1987.
김병모, 〈고대 한국과 서역관계: 아유타국고Ⅱ〉,《동아시아문화연구》14,
    서울: 한양대학교 한국학연구소, 1998.
김재붕, 〈난생신화의 분포권〉,《문화인류학》4, 서울: 한국문화인류학회,
    1971.

김화경, 〈서귀포 본향당 본풀이의 구조분석〉, 《구비문학》 5, 성남: 한국정신문화연구원, 1981.

_____, 〈수로왕 신화의 연구〉, 《진단학보》 67, 서울: 진단학회, 1989.

_____, 〈옹·인 교구담의 연구〉, 수여성기열박사 환갑기념논총 간행위원회 편, 《수여성기열박사 환갑기념논총》, 인천: 인하대학교출판부, 1989.

_____, 〈일본 날개옷 설화의 연구: 한국의 〈나무꾼과 선녀 설화〉와의 관계를 중심으로 한 고찰〉, 《어문학》 95, 대구: 한국어문학회, 2007.

_____, 〈일제 강점기 조선 민속조사 사업에 관한 연구〉, 《동아인문학》 17, 대구: 동아인문학회, 2010.

_____, 한국 난생신화의 연구: 난생신화의 남방기원설에 대한 비판적 접근〉, 《민속학연구》 43, 서울: 국립민속박물관, 2018.

문일환, 〈한국 고대 남북 난생신화 연원연구〉, 《Journal of Korean Culture》 7, 대구: 한국어문학 국제학술포럼, 2007.

박다원, 〈한국 용설화 연구: 전승집단의 수용양상을 중심으로 한 고찰〉, 경산: 영남대학교 대학원 국어국문학과 박사학위논문, 2016.

박명숙, 〈고대 동이계열 민족 형성과정 중 새 토템 및 난생설화의 관계성 비교 연구〉, 《국학연구》 14, 안동: 국학연구소, 2010.

박용후, 〈영주지에 대한 고찰〉, 《제주도사연구》 창간호, 제주: 제주도사연구회, 1991.

박지홍, 〈구지가 연구〉, 《국어국문학》 15, 서울: 국어국문학회, 1957.

서유원, 〈한·중 주요 시조신화 중 난생신화의 연구〉, 《아시아문화연구》 31, 성남: 가천대학교 아시아문화연구소, 2013.

신태수, 〈나무꾼과 선녀 설화의 신화적 성격〉, 《어문학》 89, 대구: 한국어문학회, 2005.

양중해, 〈삼성 신화와 혼인지〉, 《국문학보》 3, 제주: 제주대학교 국어국문학회, 1979.

이광수, 〈고대 인도-한국 문화 접촉에 관한 연구: 가락국 허왕후 설화를 중심으로〉, 《비교민속학》 10, 서울: 비교민속학회, 1993.

이선아, 〈〈단군신화〉와 몽골 〈게세르칸〉 서사시의 신화적 성격 비교〉, 서울: 고려대학교 대학원 박사학위논문, 2012.

임세권, 〈한국 선사시대 암각화의 연구〉, 서울: 단국대학교 대학원 사학과

박사학위논문, 1994.

임장혁, 〈대곡리 암벽조각화의 민속학적 고찰〉, 《한국민속학》 24, 서울: 민속학회, 1991.

천관우, 〈삼한의 국가형성〉 上, 《한국학보》 2, 서울: 일지사, 1976.

최래옥, 〈현지조사를 통한 백제설화의 연구〉, 《한국학논집》 2, 서울: 한양대학교 한국학연구소, 1982.

현용준, 〈삼성신화연구〉, 《탐라문화》 2, 제주: 제주대학교 탐라문화연구소, 1983.

金和經, 〈韓國說話の形態論的研究〉, 筑波: 筑波大學博士學位論文, 1988.

那阿通世, 〈朝鮮古史考〉, 《史學雜誌》 5-4, 東京: 日本史學會, 1894.

武田幸男, 〈牟頭婁一族と高句麗王權〉, 《朝鮮學報》 99·100合併號, 奈良: 天理大朝鮮學會, 1981.

任晢宰, 〈朝鮮の異類交婚譚〉, 《朝鮮民俗》 3, 京城: 朝鮮民俗學會, 1940.

田村專之助, 〈魏略魏志東夷傳の性質上〉, 《歷史學研究》 10-7, 東京: 歷史學研究會, 1940.

黃鈺, 〈瑤族評皇券牒初探〉, 《瑤族研究論文集》 貴州: 民族出版社, 1988.

[단행본]

고창석, 《탐라국 사료집》, 제주: 신아문화사, 1995.

김석형, 《초기조일관계소사》, 평양: 사회과학출판사, 1990.

김열규, 《한국신화와 무속연구》, 서울: 일조각, 1977.

김영진·맹택영, 한국정신문화연구원 편, 《한국 구비문학대계》 3-2(충청북도 청주시·청원군편), 성남: 한국정신문화연구원, 1981.

김재원, 《단군신화의 신연구》, 서울: 탐구당, 1979.

김정배, 《한국민족문화의 기원》, 서울: 고려대학교, 1973.

김정학, 〈단군신화의 새로운 해석〉, 이기백 편, 《단군신화논집》, 서울: 새문사, 1988.

김철준,《한국 고대사회 연구》, 서울: 지식산업사, 1975.

_____, 〈부족연맹세력의 대두〉,《한국고대사 연구》, 서울: 서울대학교출판부, 1993.

김화경,《한국 설화의 연구》, 경산: 영남대학교출판부, 1987.

_____,《북한 설화의 연구》, 경산: 영남대학교출판부, 1998.

_____,《일본의 신화》, 서울: 문학과지성사, 2002.

_____,《재미있는 한·일 고대설화 비교분석》, 서울: 지식산업사, 2014.

노중국,《백제 정치사 연구》, 서울: 일조각, 1988.

문일환,《조선고대신화연구》, 北京: 민족출판사, 1993.

박연옥 편,《중국의 소수민족 설화》, 서울: 학민사, 1994.

박순호, 한국정신문화연구원 편,《한국 구비문학대계》 5-4(전라북도 군산시·옥구군편), 성남: 한국정신문화연구원, 1984.

박원길,《북방민족의 샤마니즘과 제사습속》, 서울: 국립민속박물관, 1998

박창묵·김재권 편,《파경노》, 북경: 민족출판사, 1989.

배원룡,《나무꾼과 선녀 설화 연구》, 서울: 집문당, 1993.

사회과학원 력사연구소 편,《조선전사》 2(고대편), 평양: 과학백과사전출판사, 1979.

_____,《금강산의 역사와 문화》, 평양, 과학백과사전출판사, 1984.

서대석, 한국정신문화연구원 편,《한국 구비문학대계》 1-2(경기도 여주군편), 성남: 한국정신문화연구원, 1980.

서유원,《중국 창세 신화》, 서울: 아세아문화사, 1998.

성기열, 한국정신문화연구원 편,《한국구비문학대계》 1-5(경기도 수원시·화성군편), 성남: 한국정신문화연구원, 1981.

손진태,《조선 민족설화의 연구》, 서울: 을유문화사, 1947.

유재원,《그리스 신화의 세계》 1-올림포스 신들, 서울: 현대문학, 1998.

유증선 편저,《영남의 전설》, 서울: 형설출판사, 1971.

이기백, 〈한국 고대의 남북문화권 설정의 문제점〉,《한국사시민강좌》 32, 서울: 일조각, 2003.

이범교 역해,《삼국유사의 종합적 해석》上, 서울: 민족사, 2005.

이복규,《부여·고구려 건국 신화 연구》, 서울: 집문당, 1998.

이병기·백철,《국문학전사》, 서울: 신구문화사, 1963.

임헌도,《한국전설대관》, 서울: 정연사, 1973.

장명수,〈한국 암각화의 편년〉,《한국의 암각화》, 서울: 한길사, 1996.

장주근,《한국 신화의 민속학적 연구》, 서울: 집문당, 1995.

조동일,《구비문학의 세계》, 서울: 새문사, 1980.

조희웅, 한국정신문화연구원 편,《한국 구비문학대계》1–4(경기도 의정부
시·남양주군편), 성남: 한국정신문화연구원, 1981.

진성기,《제주도 무가 본풀이 사전》, 서울: 민속원, 1991.

천관우 편,《한국상고사의 쟁점》, 서울: 일조각, 1975.

최래옥, 한국정신문화연구원 편,《한국 구비문학대계》5–2(전라북도 전주
시·완주군편), 성남: 한국정신문화연구원, 1981.

최동,《조선상고민족사》, 서울: 동국문화사, 1969.

최상수,《한국민간전설집》, 서울: 통문관, 1958.

최정여·강은해, 한국정신문화연구원 편,《한국 구비문학대계》7–4(경상
북도 성주군편), 성남: 한국정신문화연구원, 1980.

한글학회,《우리말 큰사전》둘째권, 서울: 어문각, 1992.

황용혼,《동북아시아의 암각화》, 서울: 민음사, 1987.

니오라쩨, 이홍직 역,《시베리아 제민족의 원시종교》, 서울: 신구문화사,
1976.

레비스트로스, 클로드, 류재화 역,《오늘날의 토테미즘》, 서울: 문학과지
성사, 2012.

캠벨, 조지프, 구학서 역,《여신들: 여신은 어떻게 우리에게 잊혔는가》, 파
주: 청아출판사, 2016.

헤더웨이, 낸시, 신현승 역,《세계 신화 사전》, 서울: 세종서적, 2004.

孫進己, 임동석 역,《동북민족원류》, 서울: 동문선, 1992.

袁珂, 전인초·김선자 공역,《중국신화전설》1, 서울: 민음사, 1992.

____, 김선자 공역,《중국신화사》上, 서울: 웅진씽크빅, 2010.

覃光廣 外 編著, 허휘훈·신현규 공편역,《중국 소수민족 종교신앙》, 서울:
태학사, 1997.

加藤九祚,《北東アジア民族學史の研究》, 東京: 恒文社, 1986.

姜東鎭,《日本の朝鮮支配政策研究》, 東京: 東京大出版會, 1978.

高橋亨,《朝鮮の物語集附俚諺》, 東京: 日韓書房, 1910.

高島忠平,〈初農耕遺跡の立地環境: 北部九州〉, 小田富士雄·韓炳三 編,《日
　　韓交渉の考古學》彌生時代編, 東京: 六興出版, 1991.

今西龍,〈朱蒙傳說及老獺稚傳說〉, 京都帝國大學文學部內京都文學會 編,《藝
　　文》六年 下卷, 京都: 京都文學會, 1915.

_____,《朝鮮古史の研究》, 東京: 國書刊行會, 1970.

松村一男·吉田敦彦,《神話とは何か》, 東京: 有斐閣, 1987.

大林太良,《神話學入門》, 東京: 中央公論社, 1966.

_____,〈琉球神話と周圍諸民族神話との比較〉,《沖繩の民族學的研究》,
　　東京: 日本民族學會, 1972.

_____,〈古代日本·朝鮮の最初の三王の構造〉, 吉田敦彦 編著,《比較神
　　話學の現在》, 東京: 朝日新聞社, 1975.

_____,《邪馬台國》, 東京: 中央公論社, 1977.

_____,《東アジアの王權神話: 日本·朝鮮·琉球》, 東京: 弘文堂, 1984.

_____,《神話の系譜》, 東京: 靑士社, 1986.

_____,〈海人の系譜をめぐって〉,《古代海人の謎》, 東京: 海鳥社, 1991.

東潮·田中俊明 編著,《高句麗の歷史と遺跡》, 東京: 中央公論社, 1995.

木村秀雄,《鯨の生態》, 東京: 共立出版, 1974.

白石太一郎,《考古學からみた倭國》, 東京: 靑木書店, 2009.

山崎日城,《朝鮮の奇談と傳說》, 東京: ウッボヤ書籍, 1920.

山田信夫,《北アジア遊牧民族史研究》, 東京: 東京大出版會, 1989.

上垣外憲一,《天孫降臨の道》, 東京: 福武書店, 1990.

上田正昭,《日本神話の世界》, 東京: 創元社, 1967.

_____,《古代國家と宗敎》, 東京: 角川書店, 2008.

森三樹三郎,《中國古代神話》, 東京: 淸水弘文學書房, 1969.

三品彰英,《神話と文化史》, 東京: 平凡社, 1971.

_____,《增補 日鮮神話傳說の研究》, 東京: 平凡社, 1972.

_____,《三國遺事考證》上, 東京: 塙書房, 1975.

_____,《三國遺事考證》中, 東京: 塙書房, 1979.

森浩一, 《倭人傳を讀みなおす》, 東京: 筑摩書房, 2010.

孫晉泰, 《朝鮮民譚集》, 東京: 鄕土文化社, 1930.

松本信廣, 《東亞民族文化論攷》, 東京: 誠文堂新光社, 1968.

宋錫範, 《濟州島古代文化の謎》, 東京: 成甲書房, 1984.

柴田勝彦, 《九州考古學散步》, 東京: 學生社, 1970.

岩永省三, 〈日本における靑銅武器の渡來と生産の開始〉, 小田富士雄·韓炳三 編, 《日韓交渉の考古學》彌生時代編, 東京: 六興出版, 1991.

依田千百子, 〈韓國·朝鮮の女神小事典〉, 吉田敦彦·松村一男 編著, 《アジア女神大全》, 東京: 靑土社, 2011.

李成市, 〈《梁書》高句麗傳と東明王傳說〉, 《中國正史の基礎的研究》, 東京: 早稻田大學出版部, 1984.

齋藤君子, 《シベリア民話の旅》, 東京: 平凡社, 1993.

正木晃, 《宗像大社·古代祭祀の原風景》, 東京: 日本放送出版協會, 2008.

鳥越憲三郎, 《古代朝鮮と倭族》, 東京: 中央公論新社, 1992.

宗像神社復興期成會 編, 《宗像神社史》上, 東京: 宗像神社復興期成會, 1961.

佐口透, 〈アルタイ諸民族の神話と傳承〉, 《騎馬民族とは何か》, 東京: 每日新聞社, 1975.

秋葉隆·村山智順 共編, 《朝鮮巫俗の研究》上, 東京: 大阪屋號書店, 1937.

出石誠彦, 《支那神話傳說の研究》, 東京: 中央公論社, 1943.

後藤直, 〈日本への影響: 弥生時代開始期の無文土器〉, 小田富士雄·韓炳三 編, 《日韓交渉の考古學》彌生時代編, 東京: 六興出版, 1991.

金錫亨, 朝鮮史研究會 譯, 《古代朝日關係史: 大和政權と任那》, 東京: 勁草書房, 1969.

袁珂, 鈴木博 譯, 《中國神話·傳說大事典》, 東京: 大修館書店, 1999.

Lüthi, Max, 野村泫 譯, 《昔話の本質》, 東京: 福音館書店, 1974.

Kunene, Mazisi, 竹內泰宏 共譯, 《アフリカ 創世の神話: 女性に捧げるズールーの讃歌》, 東京: 人文書院, 1992.

Hoppál, Mihály, 村井翔 譯, 《シャ：マニズムの世界》, 東京: 靑土社, 1998.

Schmidt, Wilhelm and Koppers, Wilhelm, 大野俊一 譯, 《民族と歷史》上, 東

京: 河出書房新社, 1970.

陶陽·车钟秀,《中國創世神話》, 上海: 上海人民出版社, 1990.
譚其驤,《中國歷史地圖集》3, 北京: 中國地圖出版社, 1982.
劉城淮,《中國上古神話通論》, 雲南: 雲南人民出版社, 1992.

Curtin, Jeremiah, *A Journey in Southern Siberia*, reprinted, New York: Arno Press & The New York Times, 1971.

Dundes, Alan, *Interpreting Folklore*, Bloomington: Indiana University Press, 1980.

Eberhard, Wolfram, *Folktales of China*, New Jersey: The University of Chicago Press, 1965.

_____, *Studies in Chinese Folklore and Related Essays*, Hague: Mouton & Co., 1970.

Eliade, Mircea, *A History of Religious History*, Chicago: Chicago University Press, 1978.

Grimal, Pierre ed., *World Mythology*, London: Hamlyn, 1973.

Hocart, Arthur Maurice, *Kingship*, London: Humphrey Milford for Oxford University Press, 1927.

Jobes, Getrude edi., *Dictionary of Mythology, Folklore and Symbols*, Vol. 1, New York: The Scarcrow Press Inc., 1962.

Jochelson, Waldemar, *The Koryak: Religion and Myth* (Memoirs of the AMNH Vol. 6), Leiden: E. J. Brill; New York: G. E. Stechert & Co., 1905.

_____, *The Yukaghir and the Yukaghirized Tungus* (Memoirs of the AMNH Vol. 13), Leiden: E. J. Brill; New York: G. E. Stechert & Co., 1926.

Jordan, Michael, *Myths of the World: A Thematic Encyclopedia*, London: Kyle Cathie Ltd., 1993.

Juvaini, Ata-Malik, *The History of the World-Conqueror*, Boyle, Andrew trans., Manchester: Manchester University Press, 1958.

Leach, Maria and Fried, Jerome, *The Standard Dictionary of Folklore, Mythology and Legend*, 1ˢᵗ Edition, New York: Funk & Wagnalls Company, 1949.

Lord Somerset 4ᵗʰ Baron Raglan, Fitzroy Richard, "The Hero of Tradition" in Dundes, Alan ed., *The Study of Folklore*, Englewood Cliffs: Prentice–Hall Inc., 1965.

Malinowski, Bronisław Kasper, *Magic, Science and Religion* (Doubleday Anchor Books 23), New York: Garden City, 1954.

Propp, Vladimir Yakovlevich, *Morphology of the Folktale*, Austin: University of Texas Press, 1968.

[ㄱ]